Arena-Taschenbuch
Band 50725

Ebenfalls von Antje Babendererde im Arena Verlag erschienen:

Rain Song
Indigosommer
Der Gesang der Orcas
Libellensommer
Julischatten
Talitha Running Horse
Die verborgene Seite des Mondes
Isegrim

Dieser Titel ist auch als Hörbuch erhältlich.

Antje Babendererde,
geboren 1963, wuchs in Thüringen auf. Nach einer Töpferlehre arbeitete sie als Arbeitstherapeutin in der Kinderpsychiatrie. Seit 1996 ist sie freiberufliche Autorin mit einem besonderen Interesse an der Kultur, Geschichte und heutigen Situation der Indianer. Ihre einfühlsamen Romane zu diesem Thema für Erwachsene wie für Jugendliche fußen auf intensiven Recherchen und USA-Reisen und werden von der Kritik hoch gelobt.

Antje Babendererde

Lakota Moon

Arena

Zur Erinnerung an Robert »Boo« Many Horses,
den man am 30. Juni 1999 kopfüber
in einem Abfallcontainer in Mobridge S.D. fand.
Er wurde nur 22 Jahre alt.

Ich danke der Stiftung Kulturfonds für die Unterstützung
meiner Arbeit an diesem Roman.

Antje Babendererde

FSC
www.fsc.org
MIX
Papier aus verantwortungsvollen Quellen
FSC® C110508

1. Auflage als Limitierte Sonderausgabe im Arena-Taschenbuch 2015

Umschlaggestaltung: Frauke Schneider
Umschlagtypografie: KCS GmbH · Verlagsservice & Medienproduktion, Stelle/Hamburg
Sondergestaltung: komm Design/achkomm.com/Würzburg
Gesamtherstellung: Westermann Druck Zwickau GmbH
ISSN 0518-4002
ISBN 978-3-401-50725-5

www.arena-verlag.de
Mitreden unter forum.arena-verlag.de

Look at things
not with
the eyes in your face
but with the eyes in your heart.
Leonard Crow Dog

Laughter –
that is something
very sacred,
especially for us Indians.
John Fire Lame Deer,
Rosebud Lakota

1. Kapitel

Ich rannte durch die Nacht. Es regnete und die Straßen der Stadt waren beinahe menschenleer. Niemand beachtete mich und das war auch gut so. Ich heulte vor Wut und Verzweiflung. Ich wollte laufen, nur noch laufen, so weit weg von zu Hause wie möglich.

Nicht dass irgendetwas schlecht war an meinem Zuhause. Im Gegenteil, auf einmal schien es für mich nichts Schöneres zu geben als die kleine Zweizimmerwohnung im dritten Stock des alten Mietshauses, wo ich mit meiner Mutter wohnte. Auf einmal erschien mir sogar unsere Stadt attraktiv, obwohl an ihr eigentlich nichts Umwerfendes dran war.

Ich rannte weg, weil ich bleiben wollte.

Das klingt verrückt, aber genau so war es. Ich rannte, bis ich vollkommen durchnässt war und die kühle Luft in meine Lungen biss. Aber die Wut ließ nicht nach und der Schmerz auch nicht. Beides pochte in mir und nahm mir den Atem. Ich konnte einfach nicht fassen, was meine Mutter mir antun wollte: einen waschechten Indianer heiraten und nach Amerika auswandern.

Ich lachte laut in die Nacht. Es klang ein bisschen irre und tatsächlich hatte ich das Gefühl, jeden Augenblick verrückt zu werden. Es war nämlich kein Spaß und ich war auch nicht im falschen Film. Meine Mutter war tatsächlich fest entschlossen diesen Rodney Bad Hand zu heiraten und mit ihm in sein Reservat nach South Dakota zu ziehen. In ein Indianerreservat!

Und ich musste natürlich mit. Wo sollte ich denn auch hin? Ich war erst fünfzehn und meine Mutter durfte über mich bestimmen, als wäre ich ihr Eigentum. »Oliver«, hat sie gesagt, »jeder andere Junge wäre begeistert, wenn ihm ein solches Abenteuer bevorstünde.« Abenteuer! Dass ich nicht lache. Es war ein Alptraum. Ich würde irgendwo in einer klapprigen Indianerhütte ohne Wasser und Strom im Grasland hausen müssen, mit Indianern zur Schule gehen, meine Sprache nicht mehr sprechen können, meine Freunde niemals wieder sehen und Nina . . .

. . . ach verdammt, Nina war mein Traum, meine große Liebe, der Mittelpunkt meiner Gedanken und Gefühle und nun war sie mein größtes Problem. Weil ich sie verlassen musste. In meinem ganzen Leben hatte ich mich noch nie so schrecklich gefühlt wie nach dieser Offenbarung meiner Mutter.

Was sollte ich bloß tun? Mein Herz flimmerte vor Liebe. Nina war für mich das aufregendste Mädchen der ganzen Schule, mit den längsten Beinen und den schönsten grünen Augen, die ich je gesehen hatte. Sie war der Grund, warum ich überhaupt geboren wurde. Ich hatte mich schon vor einer Ewigkeit in Nina verliebt und sie wochenlang angehimmelt, bis ich mir endlich einen Ruck gegeben und sie angesprochen hatte. Und ich hatte unglaubliches Glück: Nina mochte mich auch. Ich meine, ich war nicht gerade der Typ, auf den die Mädchen flogen. Ich konnte ganz gut zeichnen und ein bisschen Gitarre spielen. Aber ich war nicht besonders sportlich. Körperlichen Rangeleien hielt ich mich fern, soweit dies möglich war, denn ständig eine neue Brille kaufen, das konnten wir uns nicht leisten.

Also, meine Kondition war nicht die beste. Ich war zu schnell gewachsen und machte im Augenblick einen etwas klapprigen Eindruck. Ich war ein langer Schlaks, eine Bohnenstange, wie meine Mutter zu sagen pflegte. Mir fehlte einfach der Mumm in den Knochen. Zu Hause, in meinem Zimmer, hatte ich heimlich begonnen Gewichte zu stemmen. Vielleicht brachte das ja was, wenn ich Nina mal verteidigen musste. Unsere Stadt war zwar klein, aber trotzdem ein ziemlich heißes Pflaster, jedenfalls bei Nacht.

Aber eigentlich war ich nicht erpicht darauf, meine Fäuste zu gebrauchen. Ich war mehr der sanftmütige Typ und hasste jede Art von Gewalt. Wahrscheinlich war es genau das, was Nina an mir gefiel. Dass ich von anderen Jungs hin und wieder als Weichei betitelt wurde, schien sie jedenfalls nicht zu stören.

Nina, meine Traumfrau. Wir gingen jetzt seit vier Monaten miteinander und meine Mutter hatte natürlich keine Ahnung, wie weit unsere Beziehung inzwischen fortgeschritten war. Kaum zu glauben, aber ich hatte Kondome gekauft. Was ich damit sagen will: Ich stand kurz davor, meine Unschuld zu verlieren, und da sollte ich nach Amerika auswandern. Das war einfach absurd, unmöglich. Ich würde mich nicht zum Indianer machen lassen – ich nicht. Mir blieb gar nichts anderes übrig, als wegzulaufen.

Aber wohin? Zu meinem Vater konnte ich nicht, ich wusste nicht einmal, an welchem Punkt der Erde er sich gerade aufhielt. Die letzte Postkarte von ihm war aus Brasilien gekommen, aber das war jetzt auch schon wieder drei Monate her. Es gab Momente im Leben, da konnte ein

Vater ganz nützlich sein, aber in solchen Momenten war meiner nie da gewesen. Nein, mein Vater konnte mir nicht helfen.

Er ging von uns weg, als ich neun war. Aber schon vorher, als er noch bei uns lebte, hatte ich begriffen, dass ich mich nicht auf ihn verlassen konnte. Hatte er den Auftrag, mich vom Kindergarten abzuholen, war ich meist der Letzte und manchmal vergaß er mich ganz. Das war dann immer richtig schlimm. Ich war unglücklich und heulte nach meiner Mutter. Waren wir beide allerdings allein zu Hause, lief meistens alles ganz prima. Ich durfte fernsehen bis zum Umfallen, wir aßen Pizza und Eis und er erzählte mir von seinen Rucksackreisen, die er als Student gemacht hatte. Das war mächtig interessant und damals wollte ich genauso werden wie er. Wir waren eine ganz normale Familie, bis er auszog und einen Neunjährigen zurückließ, der nichts begriff.

»Papa will frei sein«, hatte meine Mutter zu mir gesagt. »Er ist ein rastloser Mensch und wir sind ihm nur ein Klotz am Bein.«

Dieses Bild verfolgte mich lange. Meine Mutter und ich, geschnitzt aus schwerem Holz, wie wir als Gewichte an den Beinen meines Vaters hingen. Das war ein ganz schöner Brocken für einen Jungen von neun Jahren. Und dann, später, als mein Vater uns das erste Mal nach langer Zeit wieder besuchte und er mir in der Stadt ein Eis spendierte, erzählte er, dass meine Mutter ihn rausgeworfen hatte. Ich weiß bis heute nicht, wer von beiden nun im Recht gewesen war, aber ich denke, jeder von beiden ein bisschen.

Ich liebte meinen Vater. Obwohl ich ihn vor einem Jahr das letzte Mal gesehen hatte, liebte ich ihn. Wenn wir zusammen waren, hatten wir meistens eine Menge Spaß miteinander. Aber um zur Sache zu kommen: Ich hatte einen Vater, auch wenn der mir im Augenblick nicht helfen konnte. Was ich auf keinen Fall brauchte, war noch ein Vater. Und schon gar keinen, der Rodney Bad Hand hieß. »Schlimme Hand«, das konnte alles Mögliche bedeuten. Ich kannte den Mann überhaupt nicht, der mein neuer Vater werden sollte. Ich hatte ihn erst einmal kurz gesehen. Meine Mutter hatte ihn zweimal gesehen, aber ich hielt auch das für unzureichend. Sie musste von allen guten Geistern verlassen sein einen Mann heiraten zu wollen, den sie nur zweimal gesehen hatte.

Als ich meiner Mutter heute sagte, dass ich nicht mit nach Amerika kommen würde, fing sie an zu heulen. »Warum gönnst du mir nicht, dass ich glücklich bin?«, fragte sie mich. So ein Unsinn. Natürlich wollte ich, dass sie glücklich ist. Aber sie konnte ja schließlich auch hier glücklich werden. Warum musste es unbedingt Amerika sein? Und noch dazu ein Indianerreservat. Keine Ahnung, ob sie überhaupt begriff, was sie uns da einbrockte. Wenn dieser Rodney sie wirklich so sehr liebte, wie sie es behauptete, dann konnte er doch auch zu uns ziehen. Wir würden uns eine größere Wohnung mieten und alles wäre in Butter. Ich könnte Nina haben und meine Mutter Rodney. Ich meine, ich habe doch genauso das Recht, glücklich zu sein, wie meine Mom, oder?

Ich liebe Nina schon so lange. Wir kennen uns besser als meine Mutter diesen Indianer kennt. Sie haben sich Briefe geschrieben. Briefe! Als ob das was bringt. Da kann man den anderen überhaupt nicht richtig kennen lernen. Sie schreibt ihm nur Gutes über sich und er ihr nur das Beste über seine Person und sein Leben. Klar, dass jeder den anderen für einen tollen Typen hält. Aber so läuft das nicht. Das sind doch alles nur Hirngespinste.

Auf jeden Fall: Ich werde nicht mitkommen nach Amerika, niemals. Ich haue ab. Ich bleibe hier.

»Mein Gott Oliver«, rief meine Mutter erleichtert, als mich der Polizist um vier Uhr morgens an unserer Haustür ablieferte. Ich war sogar zu dämlich zum Abhauen. Als die Streifenpolizisten mich am Stadtrand aufgriffen, bin ich nicht mal weggerannt. Ich konnte einfach nicht mehr. Meine Kondition war eben nicht die beste.

Nachdem wir eine Weile im Streifenwagen umhergefahren waren, hatte ich dem Polizisten schließlich gesagt, wo ich wohne. Ich war müde, todmüde, und wollte nur noch in mein Bett. Und außerdem war er ein ganz netter Kerl. Er hat mir erzählt, dass er einen Sohn in meinem Alter hat, der auch schon mal abgehauen ist. Er sagte, von da an hätten sie immer über alles geredet.

Wahrscheinlich war er ein guter Vater. Ich ließ mich von ihm zu Hause abliefern, weil er dann mit einem besseren Gefühl seinen Nachtdienst beenden konnte.

Meine Mutter umarmte mich immer wieder. Sie sah verheult aus und auf einmal tat sie mir Leid. »Ich bin ja wieder hier, Mom«, sagte ich. »Und heute Nacht haue ich auch nicht mehr ab.«

Sie schluchzte wild auf und ich gab ihr einen Kuss auf die nassen Wangen. »Nun hör schon auf!«, sagte ich, weil mir ihre Tränen peinlich waren.

»Ich hätte nie gedacht, dass du so sehr dagegen sein würdest«, sagte sie. »Ich dachte immer, du würdest nach deinem Vater kommen und wärst froh mal was anderes zu sehen als Deutschland.«

»Ich hab ja auch nichts dagegen, mir Amerika anzusehen. Aber deswegen muss ich doch nicht gleich dort leben«, erwiderte ich. »Wenn du Schlimme Hand schon unbedingt heiraten musst, warum kann er dann nicht bei uns wohnen? Hier würde es ihm doch bestimmt besser gehen als in seinem Reservat.«

»Sprich nicht so über Rodney«, sagte sie leise, weil sie Angst hatte, dass unsere Nachbarn wach werden würden von meinem Geschrei. »Wir haben natürlich darüber geredet, wo wir leben werden, und uns die Entscheidung nicht leicht gemacht.«

»Aber du hast nachgegeben«, sagte ich und wurde gleich wieder wütend. »Indianermänner sind Machos, hast du das gewusst? Sie trinken und verhauen ihre Kinder und ihre Frauen.«

Das war dann wohl doch ein bisschen daneben gewesen, denn meine Mutter sah mich nur traurig an und sagte: »Reden wir morgen darüber, Oliver. Ich hatte einen harten Arbeitstag und bin vor Sorge um dich bald verrückt geworden. Ich muss jetzt schlafen.«

Mom ging in ihr Zimmer, schloss die Tür vor meiner Nase und ließ mich mit meiner Wut und meiner Verzweiflung allein zurück.

Am nächsten Tag war ich mit Nina verabredet, und bevor ich ihr von der ganzen Sache erzählen konnte, musste ich sie irgendwie geklärt haben. Wenn ich jetzt also verschwand, bevor meine Mutter aufgestanden war, legte ich mich nur selber rein.

Ich machte Frühstück, das würde sie mir gegenüber gnädig stimmen. Gegen zehn kam sie aus dem Bett und setzte sich zu mir in die Küche. Ich goss ihr einen Kaffee ein und sah sie an. Nicht aus dem Blickwinkel, aus dem ein Sohn seine Mutter sieht. Ich versuchte sie mit Rodney Bad Hands Augen zu sehen. Meine Mom – sie heißt Susanne – trug einen taubenblauen Samtbademantel und das Haar fiel ihr in schweren Locken auf die Schultern. Es hatte die Farbe von reifem Stroh und ich mochte es.

Über Nacht hatte sich meine Mutter von ihrer Furcht um mich erholt und sah jetzt wie ein junges Mädchen aus, obwohl sie schon 35 war. Also kein Wunder, dass Rodney sie heiraten wollte. Für jemanden, der nicht dazu verdammt war, von ihr erzogen zu werden, war sie wirklich eine tolle Frau. Ich meine, sie sah richtig klasse aus. Ein bisschen wie Sharon Stone, die Figur inbegriffen. Außerdem roch sie immer gut. Meine Mutter hätte wirklich jeden haben können, wieso musste es dann ausgerechnet Rodney sein?

»Warum muss es Rodney sein?«, fragte ich.

»Weil ich ihn liebe, Olli«, antwortete sie, »auch wenn du dir das vielleicht nicht vorstellen kannst. Rodney gibt mir das Gefühl, einzigartig zu sein.«

Oh ja, einzigartig, das war meine Mom wirklich. Besonders, was ihre Zukunftspläne betraf, die mich leider einschlossen. »Aber du kennst ihn doch überhaupt nicht«, wandte ich ein. »Wäre es nicht besser, mit der Hochzeit noch ein wenig zu warten? Du könntest deinen Urlaub bei ihm verbringen, sein Land kennen lernen, das Leben dort.« Mein Gott, ich hörte mich verdammt noch mal an wie ein Vater, der sich um seine minderjährige Tochter sorgt. Ich hätte mich eher darum kümmern sollen, was meine Mutter in ihrer Freizeit so treibt. Vermutlich hatte ich sie vernachlässigt, und das waren nun die Folgen.

Ihre blauen Augen wurden dunkelgrau. »Wahrscheinlich hast du mir nie zugehört, wenn ich dir von den Dingen erzählt habe, die mich interessieren. Ich beschäftige mich seit Jahren mit dem Leben der Lakota-Indianer. Ich weiß, was uns im Pine Ridge erwartet. Rodney ist ein wichtiger Mann im Reservat, ein Hoffnungsträger für sein Volk. Er kann nicht einfach wegziehen und seine Leute im Stich lassen.«

Ich stöhnte leise. Tatsächlich war meine Mutter schon immer von der Idee besessen gewesen, eines Tages dorthin überzusiedeln, wo sie ihre spirituellen Wurzeln vermutete. In unserer Wohnung sah es aus wie in einem Tipi. Überall hingen diverse indianische Gegenstände, die alle irgendeine tiefere Bedeutung hatten. Ich fand das Zeug ja ganz dekorativ, aber interessiert hatte es mich nie. Meine Kumpel dagegen waren jedes Mal hellauf begeistert, wenn sie in unsere Wohnung kamen. Besonders mein Freund Markus interessierte sich für all die Bilder, Holzschnitzereien, Leder- und Perlenarbeiten. Mom musste ihm dann immer etwas über das Leben der Indianer erzählen, was sie auch gerne tat. Sie war der Meinung, in dieser Hinsicht hätten wir Deutschen mächtige Bildungslücken und sowieso vollkommen falsche Vorstellungen.

Bis jetzt hatte ich den ganzen Hokuspokus einfach ignoriert, aber wenn meine Mutter es ernst meinte, dann würde ich das bald nicht mehr können. Dann würde es auf einmal mein Leben sein. Etwas, das ich mir beim besten Willen nicht vorstellen konnte.

»Ich komme nicht mit«, sagte ich. »Gewöhne dich an den Gedanken.«

»Du wirst es dort toll finden«, meinte sie, als hätte sie nicht gehört, was ich gerade gesagt hatte.

»Ich bleibe hier«, wiederholte ich mich. »Ich will mit Nina zusammen sein, genau so, wie du mit Rodney zusammen sein willst. Ich werde deinem Glück nicht im Wege stehen, aber du solltest es meinem auch nicht. Ich liebe Nina«, sagte ich und hoffte, meine ungewöhnlich klare Ausdrucksweise würde ihr die Augen öffnen.

Stattdessen sagte sie: »Du weißt doch noch gar nicht, was Liebe ist.«

Mir blieb die Luft weg. Das war ja wohl der Hammer. Ihre Worte hallten in meiner Magengrube wieder. Meine Mom hatte mich nie geschlagen, auch als ich klein war nicht. Aber nun hatte sie mich ungeheuer verletzt. Und verdammt, es tat weh. Wie konnte sie nur so etwas sagen? Sie wollte einen Typen von einem anderen Planeten heiraten und erzählte mir, ich wüsste nicht, was Liebe ist.

Ich stand wortlos auf und ging aus der Küche. Bevor ich die Haustür ins Schloss fallen ließ, rief ich noch: »Warte nicht auf mich, ich komme heute Nacht nicht nach Hause.«

Wie betäubt lief ich durch die Straßen und die Worte meiner Mutter hämmerten in meinem Kopf. »Du weißt doch gar nicht, was Liebe ist.« Und ob ich das wusste. Ich liebte Nina, mit allem was dazugehört. Seit ich sie hatte, interessierte mich kein anderes Mädchen mehr. Ich dachte unaufhörlich an sie und dabei war mir innerlich warm. Wenn sie redete, hörte ich ihr gerne zu, egal, was sie erzählte, und wenn es dabei um irgendwelche Klamotten ging. Mir gefiel ihr Stil. Sie sah immer perfekt aus, was sie auch anhatte. Ich sah Nina gerne an und am liebsten lachte ich mit ihr. Und natürlich wollte ich mit ihr schlafen. Wir hatten in diese Richtung schon einige Versuche unternommen, aber für den letzten Schritt hatte uns der Mut gefehlt. Es funktionierte einfach nicht, wenn jeden Moment die Türklinke heruntergehen konnte und sich draußen jemand darüber wundern würde, warum das Kinderzimmer abgeschlossen ist.

Aber wie auch immer, es war auch so schon aufregend genug und letztendlich hatten wir ja alle Zeit der Welt. Das hatten wir jedenfalls geglaubt. Und nun? Was würde Nina sagen, wenn ich ihr von den Plänen meiner Mutter erzählte? Ob sie einen Rat wusste oder eine rettende Idee hatte?

Vielleicht konnte ich bei ihr bleiben. Nina und ihre Eltern bewohnten ein großes Haus mit Garten am Stadtrand und es gab darin noch mindestens drei leere Zimmer, seit ihre Oma letztes Jahr gestorben war. Vielleicht konnte ich eines davon haben. Oder vielleicht konnte Nina mich im Keller verstecken, bis alles vorbei war.

Aber es würde nie vorbei sein. Nein, da brauchte ich mir keine Illusionen zu machen: Ohne mich würde Mom nicht nach Amerika gehen. Aber gehen würde sie, da kannte ich sie viel zu gut. Wenn sie sich einmal etwas in den Kopf gesetzt hatte, tat sie es auch. Ihre Entschlossenheit war beängstigend und raubte mir die letzte Hoffnung.

Als ich endlich vor Ninas Haustür stand, fühlte ich mich immer noch, als hätte ich einen Schlag mit dem Holzhammer bekommen. Nina öffnete mir und strahlte mich an. Sie trug Jeans mit weitem Schlag und ein kurzes dunkelbraunes T-Shirt, das ihren Bauchnabel frei ließ. Ihre Haare waren frisch gewaschen und noch feucht und dunkel. Der Duft nach Sommerwiese ließ mich aufwachen aus meiner Benommenheit.

»Komm rein!«, sagte sie. »Meine Haare sind noch nass, ich erkälte mich sonst.«

Sie hatte vielleicht Sorgen.

»Stimmt was nicht mit dir?«, fragte sie.

Das war auch etwas, das ich so an ihr mochte. Nina merkte gleich, wenn irgendetwas nicht stimmte. Sie konnte in meinem Gesicht lesen wie in einem Buch. Sie umarmte mich und gab mir einen Kuss. Es war so ein Kuss, der einem die Knie weich werden ließ. Dann nahm sie meine Hand und zog mich hinter sich her ins Wohnzimmer. Ihre Eltern waren übers Wochenende verreist und niemand würde uns stören. Wir setzten uns auf die gemütliche Ledercouch.

»Was ist los mit dir, Olli?«, fragte Nina erneut, während sie meine Hand immer noch hielt.

Am liebsten hätte ich angefangen zu heulen, aber das verkniff ich mir. »Meine Mutter will Rodney heiraten«, brachte ich hervor.

Nina überlegte eine Weile, dann warf sie den Kopf in den Nacken und lachte. »Ach Olli, bist du etwa eifersüchtig? Warum sollte sie nicht wieder heiraten? Deine Mutter ist eine schöne Frau und viel zu jung, um alleine zu bleiben.«

»Du verstehst nicht . . .«, hob ich an, da setzte sich Nina auf meinen Schoß. Ihre feuchten Haare streiften mein Gesicht. Mein Körper reagierte sofort und ich seufzte leise.

»Was verstehe ich nicht?«, flüsterte sie, ihre Lippen dicht

an meinem Mund. Sie strich mir das Haar hinter die Ohren, das tat sie immer, bevor sie mich küsste.

Ihr Kuss war ein Sommerwiesenwindstoß, der all die furchtbaren Gedanken aus meinem Hirn pustete. Da war nur noch Nina und ihr warmer Körper, die festen, kleinen Brüste unter ihrem kurzen Hemd. Es hatte Wochen gedauert, bis ich mit meinen Händen zu ihnen vordringen durfte, und jetzt genoss ich dieses Privileg in vollen Zügen. Ich schwebte irgendwo im Raum. In Windeseile waren wir dort, wo wir das letzte Mal aufgehört hatten. Wo hatte ich eigentlich die Kondome gelassen?

Aber dann zog Nina meine Hand unter ihrem T-Shirt hervor, warf ihre Haare über die Schultern und fragte: »Und was wird aus dir, wenn deine Mutter Rodney heiratet?«

Ich stöhnte und sagte: »Aus mir wird Oliver Schlimme Hand und ich werde nachts heulen wie ein Wolf, weil ich vor Sehnsucht nach dir nicht schlafen kann.«

Mit einem Ruck setzte Nina sich auf. Ihre grünen Katzenaugen blickten mich erschrocken an. »Heißt das etwa . . .?« Sie sprach es nicht aus, aber nun hatte sie endlich begriffen.

»Ja«, erwiderte ich. »Genau das heißt es: Meine Mutter wird zu Rodney nach South Dakota ziehen und ich muss mit.«

»Amerika?«, fragte sie.

»Amerika«, antwortete ich.

Nina zupfte ihr T-Shirt zurecht und zog ihre Jeans wieder an. Ihr Traumkörper verschwand unter den Kleidungsstücken und ich wusste, ich würde Nina nicht haben können. Nun nicht mehr. Ich würde nie wieder solche herrlichen Brüste berühren.

Ein bisschen war es wie sterben.

Ich zog mich auch an, setzte meine Brille wieder auf und dann saßen wir schweigend nebeneinander auf der Couch und starrten auf den Teppich zu unseren Füßen. Die orientalischen Muster verschwammen zu eigenartigen Gebilden, die plötzlich wie Ungeheuer aussahen.

»Ich kann nichts machen, Nina«, sagte ich. »Ich habe nicht mal eine Oma, bei der ich bleiben könnte.«

»Scheiße!«, sagte Nina.

Schimpfwörter passten gar nicht zu ihr, Nina drückte sich immer sehr gepflegt aus. Verwundert sah ich sie an. Sie weinte und die Tränen tropften auf ihre Hände, die auf ihren Knien lagen.

»Was machen wir denn jetzt?«, fragte sie leise.

Ich zuckte mit den Achseln. »Keine Ahnung. Ich dachte, du hast vielleicht eine Idee.« Sie sah mich mit großen Augen an und ich kam mir unendlich einfallslos vor. »Wir könnten zusammen abhauen«, sagte ich schließlich.

An Ninas Blick erkannte ich, dass sie von meinem Vorschlag wenig begeistert war. Einen besseren hatte sie allerdings auch nicht. Ich glaube, schon damals fing ich an sie zu verlieren.

2. Kapitel

Unser Flieger landete kurz vor Mitternacht auf dem Flughafen von Rapid City in South Dakota und Rodney nahm Mom und mich am Gepäckband in Empfang. Irgendwie hatte ich ihn kleiner und schmächtiger in Erinnerung gehabt. Aber jetzt stand er da wie ein aufgerichteter Bär, mit langem, kräftigem Oberkörper und einem breiten Grinsen auf dem dunklen Gesicht.

Er und meine Mutter drückten und küssten sich lange. Ich sah weg, weil ich es kaum ertragen konnte, die beiden so glücklich zu sehen, während ich todmüde und zutiefst deprimiert war. Das wird ihnen schon noch vergehen, dachte ich griesgrämig.

Dann kam Rodney auf mich zu und boxte mich freundschaftlich vor die Schulter. »Hi, Oliver«, sagte er. »Willkommen in South Dakota.«

»Hmm«, antwortete ich.

Rodney übernahm einen der beiden Rollwagen, auf die wir unsere vielen Gepäckstücke verladen hatten, und schob ihn in Richtung Glastür. Meine Mutter lief neben ihm, eine Hand auf seinem Arm. Ich schob den anderen Gepäckwagen hinterher. Rodney trug dunkelblaue Jeanskluft, ein weißes T-Shirt und Cowboystiefel. Sein glänzender Pferdeschwanz war so lang wie seine Arme. Meine Haare waren auch mal lang gewesen. Aber einen Tag vor unserer Abreise war ich zum Frisör gegangen und hatte sie mir abschneiden lassen. Millimeterkurz. Ich sah aus wie ein GI, es fehlte nur noch die Tarnuniform. Es sollte hier nur ja keiner denken, ich hätte was übrig für Indianer und wollte versuchen wie einer auszusehen. Jeder sollte wissen, dass ich mein Leben von nun an in einer Art Verbannung verbrachte. Ich musste drei Jahre lang durchhalten, dann konnte ich wieder heimkehren. Zurück zu meinen Freunden, zurück zu Nina. Drei Jahre und ich würde frei sein.

Es würden drei harte Jahre werden, da machte ich mir nichts vor. In den letzten Wochen hatte ich mich im Internet eingehend darüber informiert, was mich im Pine-Ridge-Indianerreservat erwarten würde. Und was ich herausgefunden hatte, war nicht nur deprimierend, es war bedrohlich. Ich würde die meiste Zeit damit zu tun haben, mich am Leben zu erhalten. Viele Lakota im Reservat waren arbeitslos und hatten nichts zu tun, außer sich jede Woche ihren Scheck von der Wohlfahrt abzuholen. Weil sie das Nichtstun verrückt machte, kauften sie sich Alkohol von ihrem Geld und betranken sich sinnlos. Und wenn sie erst betrunken waren, dann fuhren sie ihre Autos zu Schrott, ballerten mit ihren Jagdgewehren wild in der Gegend herum und waren auf solche wie mich vermutlich nicht gut zu sprechen.

Aber was sollte ich machen? Ich konnte nur versuchen mich so unauffällig wie möglich zu bewegen und die meiste Zeit unsichtbar zu bleiben. Vielleicht schaffte ich es, die nächsten drei Jahre ohne Schaden zu überstehen. Im Nachhinein muss ich allerdings zugeben: Ein Großteil dessen, was mir hier im Reservat passieren konnte, kam mir damals nicht mal in den Sinn.

Aber da waren auch noch ein paar andere Dinge, die mir Sorgen machten. Meine Mutter und ich würden vollkommen von Rodney abhängig sein und niemand wusste, ob er ein großzügiger Mensch war oder ein Geizkragen. Ich nahm mal an, er war nicht so arm, dass wir Gefahr liefen, verhungern zu müssen, sonst hätte meine Mutter sicher nicht eingewilligt bei ihm zu leben. Aber würde ich auch ein ausreichendes Taschengeld bekommen?

Na ja, der silbergraue Van, in dem jetzt unser Gepäck verschwand, sah ja ganz passabel aus. Ich quetschte mich auf die Rückbank neben eine große Kiste und Rodney sagte, dass ich mich anschnallen solle. Ich tat, was er sagte, und kurze Zeit später flogen wir durch die Nacht. Tatsächlich hatte ich das Gefühl, wir würden jeden Moment abheben, so schnell fuhr der Indianer. Vermutlich hielt er nicht das Geringste von Geschwindigkeitsbegrenzungen und ich fragte mich, was er von anderen Regeln hielt.

Aber um diese Zeit waren die Straßen leer, in den nächsten anderthalb Stunden begegneten uns nur zwei oder drei Fahrzeuge. Es war stockdunkel draußen und ich sah nichts als schwarze Nacht, wenn ich aus dem Fenster blickte. Die Dunkelheit hatte die Landschaft völlig ausgelöscht.

Irgendwann drosselte Rodney das Tempo, denn die Fahrbahn wurde holprig und er musste Schlaglöchern ausweichen. Ich ahnte, dass wir uns nun auf Indianerland befanden und bald unser Ziel erreicht haben würden. Wir fuhren aber dann doch noch eine ganze Weile und ich sah im Dunkel vereinzelte Lichter auftauchen, wie verirrte Glühwürmchen. Bis Rodney nach rechts abbog.

Kurz darauf hielten wir vor einem Haus, das einsam auf einer Wiese stand, umgeben von ein paar Bäumen und einigen Sträuchern. Ich löste den Gurt, stieg aus und streckte mich. Durch ein Loch in der Wolkendecke schien auf einmal der Mond. Sein fahles Licht erhellte den Hügel, auf dem Rodneys Haus stand, und ließ die Blätter der Bäume wie Silbertaler aufleuchten. Immerhin, es war keine Hütte, wie ich es befürchtet hatte, sondern ein großes Haus. Es hatte eine eigenwillige Architektur, soweit ich das bei dieser Beleuchtung erkennen konnte. In der Mitte gab es ein oberes Stockwerk mit einem Satteldach und der untere Teil des Hauses hatte Dachflächen, die im gleichen Winkel abfielen. Das sah eigentlich ganz nett aus, aber etwas daran irritierte mich. Das Haus schien nagelneu zu sein und machte einen unfertigen Eindruck. Als ich ein paar Schritte lief, kam neben dem Gebäude ein großer Bretterhaufen zum Vorschein.

Wir zogen auf eine Baustelle, das war der Hammer.

Rodney hantierte mit einer Taschenlampe und schloss die Haustür auf. Er knipste drinnen das Licht an und machte eine einladende Handbewegung. Nichts Gutes ahnend, trat ich ein und fand meine Befürchtungen bestätigt. Auch drinnen war nichts fertig. Überall kahle, ungestrichene Wände, leere Zimmer, manche noch ohne Fußböden. Trotzdem zeigte uns Rodney ganz stolz jeden Raum. Nur die Küche und das Bad waren fertig und benutzbar. Ich konnte mich nicht darüber freuen, so wie meine Mutter es tat. Ich war sauer auf Rodney, weil er ihr und mir zumutete auf einer Baustelle zu leben. Als ob alles andere nicht schon genug wäre.

Was sollte das werden? Dachte er etwa, er hätte jetzt in mir und Mom billige Arbeitskräfte? Da hatte er sich gehörig verrechnet. Keinen Handgriff würde ich tun, nicht einen. Das ging mich alles nichts an, ich wollte überhaupt nicht hier sein.

»Ich bin müde«, brummte ich.

»Rede englisch!«, sagte meine Mutter. »Gewöhne dich daran, auch mit mir englisch zu reden. Auf diese Weise lerne ich es am schnellsten.«

Die Sprache war bei all dem, was mich hier erwartete, das kleinste meiner Probleme. Ich war bisher auf ein neusprachliches Gymnasium gegangen und hatte immer eine Eins in Englisch gehabt. In den letzten Wochen hatte meine Mutter mich ständig als Wörterbuch benutzt, weil sie einen riesigen Haufen Papierkram zu erledigen hatte, bevor wir auswandern konnten.

Ich schwieg trotzig, aber Rodney schien mich auch so verstanden zu haben. »Hilfst du mir noch ausladen, Oliver? Dann zeige ich dir dein Zimmer.«

Wir luden Kisten, Koffer und Reisetaschen aus dem Van und brachten sie ins Haus. Dann nickte Rodney und machte eine Handbewegung, dass ich ihm die Treppe hinauf folgen sollte. Ich schnappte meine beiden Taschen, und als er sah, wie ich mich abschleppte, nahm er mir eine ab und trug sie nach oben.

Der obere Flur sah auch nicht besser aus als der untere, aber als Rodney die Tür zu einem großen Zimmer am Ende des Ganges öffnete und das Licht anschaltete, da verschlug es mir für einen Augenblick die Sprache. Ich war dabei, den gemütlichsten Raum des ganzen Hauses zu betreten.

»Das ist dein Zimmer, Oliver«, sagte Rodney und lachte breit, als er mein Staunen bemerkte.

Die schräge Decke war mit hellem Holz verkleidet, die

Wände in einem warmen Rot-Ton gestrichen. Ein halbhohes Regal aus dicken Holzbohlen nahm eine ganze Wand ein, an der anderen stand ein Kleiderschrank. Ich hatte einen eigenen kleinen Fernseher und unter dem Fenster stand ein großer, ebenfalls selbst gezimmerter Schreibtisch. Passend dazu das Bett, an einer Wand, die mit einem bunten Webteppich bespannt war. Über dem Bett hing ein Traumfänger, so ein rundes Ding mit nachgebildeten Spinnweben und Perlen in der Mitte.

Meine Mutter hatte mir mal erklärt, was so ein Traumfänger bedeutet. Der lederumwickelte Ring aus Weidenholz symbolisiert den Kreis des Lebens. Das Netz, gewebt von der Perlenspinne, fängt die guten Träume auf und über die Federn werden sie in den Kopf des Träumers geleitet. Die schlechten Träume fallen durch das Loch in der Mitte. Natürlich glaubte ich nicht an solche Sachen, ich war da mehr der bodenständige Typ. Außerdem fragte ich mich, welche Überlegungen Rodney dazu veranlasst haben könnten, mir einen Traumfänger übers Bett zu hängen. Rechnete er etwa damit, dass ich Alpträume haben würde? Verdammt, auch diesen Gefallen würde ich ihm nicht tun.

»Ich habe alles selbst gebaut«, sagte er stolz. »Und beinahe hätte ich es nicht geschafft. Du kannst dir das Zimmer natürlich so gestalten, wie du es willst. Deine Mutter hat gesagt, du magst Rot. Es ist eine machtvolle Farbe.«

Ich brachte nur ein krächzendes »Danke« hervor.

Rodney zeigte mir dann noch ein kleines Badezimmer mit einer Dusche, das ich für mich alleine haben würde. Dann wünschte er mir eine gute Nacht und ging wieder nach unten.

Ich war zwar müde, aber schlafen konnte ich nicht, dafür war ich viel zu aufgekratzt. Dieses Zimmer war ganz in Ordnung. Nichts Besonderes eigentlich, aber im Gegensatz zu den übrigen Räumen ein richtiges Paradies. Es hatte keine feuchte Ecke wie mein Zimmer zu Hause und es gehörte mir. Das Wichtigste war: Ich konnte es abschließen. Mit diesem Zimmer hatte Rodney mich wirklich überrascht. Nach dem, was ich über die Lakota gelesen hatte, war ich davon ausgegangen, dass alle Indianer arm waren und in baufälligen Hütten hausten.

Mom musste von dem neuen Haus gewusst haben, hatte mir jedoch nichts erzählt. Ich knipste das Licht aus und verschränkte die Arme hinter dem Kopf. Die Matratze war okay und das Bettzeug schien neu zu sein, jedenfalls roch es so. Rodney wusste wahrscheinlich nicht, dass man neue Bettwäsche erst einmal in die Waschmaschine steckt, bevor man sie benutzt, aber das konnte man von einer Rothaut wohl nicht erwarten.

Doch auch wenn ich froh war über all diese Dinge, die mir das Leben hier erträglich machen sollten, würde ich mich nicht so einfach kaufen lassen. Rodney war schuld, dass ich jetzt hier sein musste, herausgerissen aus meinem schönen Leben, mit Problemen, die mir auf einmal winzig klein erschienen. Hier würde ich andere haben. Schwerwiegendere. Kaum auszudenken, was in der nächsten Zeit alles auf mich zukommen würde. Vor allem in zwei Monaten, Anfang September, wenn aus mir ein Senior der Little Wound High-School in Kyle werden würde. Mir wurde schon übel, wenn ich nur daran dachte.

Ich stand noch einmal auf, weil ich pinkeln musste, und als ich aus dem Bad kam, hörte ich Rodney und meine Mutter unten in der Küche sitzen und reden. Rodneys Stimme war tief und klang heiser. Er nannte meine Mutter »Susan« und »Darling«. Auch etwas, an das ich mich erst gewöhnen musste. Es hörte sich seltsam an, als wäre sie gar nicht meine Mutter, sondern eine fremde Frau. Und irgendwie war sie das auf einmal auch.

Noch war Mom zwar nicht mit Rodney verheiratet, aber ich wusste, die Hochzeit würde die erste schwierige Hürde werden, die ich hier zu meistern hatte.

Ich konnte nicht gut verstehen, was die beiden da unten redeten, also ging ich wieder ins Zimmer zurück und kroch in mein Bett. Ich löschte das Licht und lauschte auf das leise Zirpen der Grillen, dem einzigen Geräusch der Nacht. Diese Stille war ich nicht gewohnt. Mein Zimmer zu Hause hatte an einer viel befahrenen Straße gelegen, auf der eine Straßenbahnlinie entlangführte. Es war nie still gewesen, auch nachts nicht. Ich hatte mich an das Quietschen der Straßenbahn gewöhnt und nun würde ich mich an die Stille gewöhnen müssen.

Während ich noch darüber nachdachte, was ich verloren hatte und was mich hier erwarten würde, war ich auch schon eingeschlafen. Ich träumte von Nina, aber da wusste ich natürlich nicht, dass ich nur träumte. Die Sonne schien warm und wir liefen Arm in Arm über eine grüne Wiese. Ich machte mir keine Gedanken, wo diese Wiese war, Hauptsache, Nina war bei mir. Sie küsste mich und ich hörte die Glocken läuten. Aber dieses selige Bimbam wandelte sich plötzlich in Geheule, das mich an Kriegsgeschrei aus Indianerfilmen erinnerte. Ich öffnete meine Augen und blinzelte über Ninas Schulter. Da kamen sie auch schon auf ihren Pferden, bunt gekleidet, mit Kriegsbemalung im Gesicht, die Tomahawks über dem Kopf schwingend.

Weit und breit war kein Baum, kein Strauch, hinter dem wir uns verstecken konnten. Die Rothäute kreisten uns ein, ihr Geheul wurde immer wilder und drohender und der Kreis um uns immer enger. Ich machte mir vor Angst bald in die Hosen. Nina presste sich an mich und ich wusste: Sie erwartete von mir, dass ich etwas unternahm.

Auf einmal streckte der Wildeste von allen, ein Krieger mit schwarzen Augen und einem siegessicheren Grinsen im bemalten Gesicht, seinen muskelbepackten Arm nach Nina aus, entriss sie mir und hob sie zu sich aufs Pferd.

»Neiiiin«, schrie ich und schreckte schweißgebadet aus meinem Traum.

Ich war wach, saß in meinem Bett, aber das Geheule hörte nicht auf. War ich jetzt verrückt geworden? Waren sie tatsächlich da draußen unterwegs? Der Traumfänger hing zwar über meinem Bett, aber gewirkt hatte er nicht.

Ich stand auf und ging zum Fenster. Draußen heulte es inbrünstig und vielstimmig. Wölfe, dachte ich. Mom hatte nicht mit einer Silbe erwähnt, dass es im Reservat Wölfe gab. Ich ahnte, dass sie mir überhaupt eine Menge verschwiegen hatte. Mit einem unbehaglichen Gefühl legte ich mich wieder ins Bett und wartete auf den Morgen.

Ein leises Klopfen weckte mich aus dem Schlaf. Ich schreckte hoch und zuerst wusste ich nicht, wo ich überhaupt war. Dann stand meine Mutter im Zimmer. Der Stoff ihrer roten Bluse leuchtete mich an wie ein Warnsignal. »Was ist los?«, fragte ich erschrocken.

»Es ist schon Mittag«, sagte sie und lächelte. »Ich habe uns was zu essen gemacht.«

Ich ließ mich aufs Kissen zurückfallen und stöhnte. Die Sonne schien hell in mein Zimmer und durch das große, offene Fenster kam warme Luft herein. Meine Mutter sah sich um und sagte: »Du hast ein schönes Zimmer, Olli. Rodney hat in den letzten Tagen nichts anderes getan, als es für dich herzurichten.«

Anstatt ihr zu sagen, wie froh ich über das Zimmer war und dass ich sogar einen winzigen Funken Dankbarkeit gegenüber Rodney empfand, fragte ich: »Warum müssen wir auf einer Baustelle wohnen? Warum konntet ihr nicht wenigstens warten, bis das Haus fertig ist?«

Meine Mutter setzte sich zu mir aufs Bett und streckte die Hand nach meinem Kopf aus, aber ich zog ihn weg.

»Weil das noch lange dauern wird«, erwiderte sie schließlich. »Rodney arbeitet hart, aber er ist auch viel unterwegs und manchmal sind andere Dinge wichtiger. Nach und nach werden wir das Haus fertig bauen und es gemütlich einrichten. Mach dir da mal keine Sorgen.« Sie stand auf und ging zum Fenster. »Hast du schon mal rausgesehen?«, fragte sie. »Es ist wunderschön hier.«

»Warum hast du mir nicht gesagt, dass es im Reservat Wölfe gibt?«, brummte ich verdrießlich.

»Wölfe?« Mom sah mich stirnrunzelnd an.

»Hast du sie nicht gehört – in der Nacht?«

Auf einmal lachte meine Mutter. »Das waren Kojoten, Olli, keine Wölfe. Hier gibt es keine Wölfe, Kojoten dafür eine ganze Menge.«

»Worin liegt der Unterschied?«

»Da fragst du am besten Rodney, Schatz.«

Ich konnte es nicht leiden, wenn sie *Schatz* zu mir sagte, und schwieg. Schließlich ging sie. Ein bisschen tat sie mir Leid, weil sie es so schwer hatte mit mir, aber sie machte es mir auch nicht gerade leicht. Sie hatte meine ganze Lebensplanung über den Haufen geworfen und erwartete nun auch noch von mir, dass ich hier alles toll fand. Aber das war nicht der Fall, nicht mal annähernd. Ich sehnte mich jetzt schon zurück nach Hause, obwohl ich noch keinen einzigen Tag im Reservat verbracht hatte.

Es nützte nichts. Ich musste aufstehen, denn meine Lage würde sich nicht ändern, nur weil ich versuchte sie zu ignorieren. Ich tappte zum Fenster und sah hinaus. Die Sonne blendete mich und ich musste die Hand über die Augen halten, damit ich etwas sehen konnte.

Rodneys Haus stand auf einer kleinen Anhöhe und war umgeben von mehreren Hügeln, die mit Sträuchern und Kieferngruppen bestanden waren. Mit Sicherheit hatte es wochenlang nicht geregnet, denn das Gras war gelb bis zum Horizont. Alles sah vertrocknet aus, wie tot.

Einige Schritte entfernt vom Haus, sah ich ein längliches rotes Gebäude mit hellem Blechdach und großem Tor. Das war vermutlich die Scheune, denn Rodney züchtete Pferde, so viel wusste ich zumindest schon. Und dann sah ich sie auch, die Tiere, ein Stück weiter unten in einem kleinen Tal, wo ein paar grüne Büsche wuchsen und sie Wasser und Schatten fanden.

Was ich weit und breit nicht finden konnte, war ein anderes Haus, obwohl ich gestern Nacht Lichter gesehen hatte, bevor wir abgebogen waren. Sollten wir tatsächlich völlig allein hier draußen wohnen? Meine Mutter war zwar nicht von der ängstlichen Sorte, aber diese Einsamkeit war eine Herausforderung. Für uns beide. Ich hatte keine Ahnung, wo ich mich befand. War die nächste Ortschaft 10, 20 oder 50 Meilen entfernt? Wo lag der Ort Kyle und wie kam ich dorthin, wenn ich im September zur Schule gehen musste?

Zu Rodney Bad Hands Haus führte nur ein Feldweg. Was würde im Winter werden, wenn Schnee lag und Stürme tobten? Wo war das nächste Krankenhaus, wenn ich plötzlich eine Blinddarmentzündung bekommen sollte? Auf einmal wurde mir ganz schlecht bei all den vielen Fragen, deren Antworten sich so direkt auf mein Leben auswirken würden. Ich merkte, dass es eine Menge Dinge gab, über die ich mir bisher nie Gedanken gemacht hatte. Vieles war selbstverständlich für mich gewesen und jetzt war es das auf einmal nicht mehr. Ich war wütend, aber da war auch noch etwas anderes, das mich plötzlich beherrschte: Ich hatte Angst. Angst davor, dass Dinge mit mir geschehen würden, die ich nicht voraussehen und die ich nicht beeinflussen konnte.

Ganz plötzlich überfiel mich heftige Sehnsucht nach Nina. Der Gedanke an sie trieb mir Tränen in die Augen und ich bekam Bauchschmerzen. Mit Nina hätte ich über alles reden können. Sie hätte mich verstanden und mit ihrer Hilfe hätte ich vielleicht eine Richtung gefunden, in die ich gehen konnte. Aber Nina war immer noch in Frankreich mit ihren Eltern und ich konnte sie nicht einmal anrufen. Mir würde nichts anderes übrig bleiben, als ihr einen langen Klagebrief zu schreiben.

Der Abschied von Nina war schrecklich gewesen. Wir hatten einander gegenübergestanden wie Fremde. Keine

Ahnung, wieso. Es war unser letzter Abend und in Ninas Zimmer stand ihre Reisetasche, fertig zur Abfahrt. Ihr Vater wollte nachts fahren, denn der Weg war weit bis ans Mittelmeer und die Hitze tagsüber unerträglich. Dabei hatten sie doch eine Klimaanlage in ihrem nagelneuen BMW.

Nina fuhr nach Frankreich und der Flieger, der meine Mutter und mich nach Amerika bringen sollte, ging zwei Wochen später. Nina und ich, wir würden beide auf eine Reise gehen. Mit dem Unterschied, dass sie wiederkommen würde und ich nicht. Jedenfalls für eine sehr lange Zeit nicht.

»Ich vermisse dich jetzt schon«, hatte ich gesagt. Nina war in Tränen ausgebrochen.

Am Ende hatte ich ihr einen langen, verzweifelten Kuss gegeben und war wortlos gegangen.

Die Erinnerung an diesen Abschied schmerzte, als würde jemand mein Inneres mit Sandpapier bearbeiten. Ich war innen wund und es tat verflucht weh. Es war ein tiefer, pochender Schmerz, der vielleicht niemals aufhören würde. Seit Nina und ich zusammen waren, hatte es keinen Tag gegeben, an dem wir uns nicht gesehen hatten. Und nun musste ich schon 16 Tage ohne sie auskommen. Von den Wochen und Monaten, die vor mir lagen, ganz zu schweigen.

Ich ging duschen und zog meine alte Jeans und ein frisches T-Shirt an. Nachdem ich einen Blick in den kleinen Raum auf der anderen Seite des Flures geworfen hatte, der vollkommen leer war und noch keinen Fußboden hatte, tappte ich missmutig nach unten. Rodney saß in der Küche an einem großen hellen Holztisch und blätterte in seinem Terminkalender. Als ich kam, tat meine Mutter das Essen auf. Spaghetti mit Tomatensoße. Wahrscheinlich hatte Rodney nichts anderes im Haus.

»Morgen«, brummelte ich und Rodney lachte mir freundlich zu. Langsam ging mir sein Grinsen mächtig auf die Nerven. Als ob sich was ändern würde, wenn er mich nur lange genug anlachte. Auf jeden Fall hatte ich keinen Appetit und stocherte lustlos in den Nudeln auf meinem Teller herum.

»Hast du keinen Hunger?«, fragte meine Mutter.

Nicht auf Spaghetti, wollte ich sagen, aber ich schüttelte nur den Kopf. Rodney redete was von Jetlag und dass ich spätestens morgen wieder normalen Appetit haben würde. Tja, dachte ich, vielleicht hat er Recht, aber was, wenn nichts da ist, worauf ich Appetit habe. Mann, war ich vielleicht beschissen dran. Ich sollte von nun an hier zu Hause sein, würde aber garantiert ein schlechtes Gewissen bekommen, wenn ich auch nur die Kühlschranktür öffnete.

»Magst du Toast?«, fragte Rodney. »Oder vielleicht Cornflakes?«

Ich nickte überrascht. Konnte er etwa Gedanken lesen? Ich sah ihn an und zum ersten Mal sah ich ihn wirklich. Er hatte eine große Nase und narbige Wangen. Seine Augen waren dunkelbraun, fast schwarz und ich wette, das gefiel Mom. Die langen schwarzen Haare auch. Rodney war schon 44, also fast zehn Jahre älter als meine Mutter, hatte aber noch kein einziges graues Haar auf dem Kopf. Zugegeben, er war eine beeindruckende Erscheinung und vermutlich genau das, wonach meine Mom immer Ausschau gehalten hatte. Der Mann ihrer Träume sozusagen. Die

Wahrscheinlichkeit, dass sie einander begegneten, hatte schätzungsweise eins zu einer Million gestanden. Aber es war passiert. Das Schicksal hatte die beiden zusammengeführt und mir einen Strich durch die Rechnung gemacht.

Rodney war mit einer kleinen Delegation Lakota-Indianer nach Deutschland gekommen, um sich über die Möglichkeiten der Verarbeitung von Nutzhanf zu informieren. Dabei war er ausgerechnet in dem ökologischen Baustoffbetrieb gelandet, in dem Mom damals arbeitete. Zwischen den beiden hatte es sofort gefunkt. Meine Mutter hatte ihn einmal mit nach Hause gebracht und für ihn gekocht. Ich hatte das als nette Geste gesehen und nicht als Bedrohung für mein zukünftiges Leben.

Rodney stand auf, öffnete sämtliche Küchenschränke, die hell und neu waren, und zeigte mir, wo sich was befand. Es war eine Menge da, auch der Kühlschrank war gut gefüllt. »Du kannst dir natürlich alles nehmen, Oliver, du bist jetzt hier zu Hause«, sagte er. »Wenn du was aufbrauchst, dann schreib es auf einen Zettel. Damit der, der einkaufen fährt, Bescheid weiß. Okay?«

»Okay«, sagte ich und füllte mir eine Schüssel mit Cornflakes. Meine Mutter sah mich mit einem seltsamen Ausdruck in den Augen an. Vielleicht dachte sie, dass ich krank war, denn Cornflakes hatte ich das letzte Mal zu mir genommen, als mein Vater noch bei uns lebte. Aber was sollte ich machen, mir war nun mal danach.

Als Rodney mit seinen Spaghetti fertig war, wandte er sich an mich und sagte: »Ich habe ein paar Dinge zu erledigen und würde gern Susan und dir dabei ein Stück vom Reservat zeigen. Wie sieht's aus, Kumpel, hast du Lust?«

Ich war nicht sein Kumpel und nach berauschenden

Abenteuern klang das auch nicht. Aber wenn ich allein hier blieb, würde es noch langweiliger werden. Vielleicht verschaffte mir die Fahrt eine Vorstellung davon, wo ich hingeraten war. Ich nickte also.

»Hoka hey«, Rodney schlug mit beiden Handflächen auf die Tischplatte. »Auf geht's!«

Ich half meiner Mutter das Geschirr in die Spülmaschine zu räumen. Dass Rodney eine Spülmaschine hatte, fand ich ganz okay. Zu Hause war ich nämlich oft mit dem Abwasch dran gewesen. Außerdem fand ich es beruhigend, zu wissen, dass Rodney ein fortschrittlicher Indianer war. Hätte ja auch sein können, er stand auf Traditionen und all diesen Kram und wir hätten jeden Tag das Wasser aus einem Brunnen heranschleppen müssen. Nein, ich war froh, dass es dieses Haus gab, obwohl es noch nicht fertig war. Und die Spülmaschine war auch okay. Aber das war dann auch schon alles. Der Rest war einfach vollkommen daneben.

3. Kapitel

»*Hoka hey*, auf geht's, waren also die ersten Lakota-Worte, die ich lernte. Draußen haute mich die Hitze beinahe um. Ich hatte nicht gedacht, dass es so heiß werden konnte in dieser Gegend. Drinnen im Haus war es angenehm kühl gewesen, obwohl die Räume keine Klimaanlage hatten. Jedenfalls hatte ich keine gesehen.

Rodney bemerkte meine Überraschung und wieder machte sich ein Lachen auf seinem Gesicht breit. »Ganz schön heiß hier, was? Aber im Haus merkst du nichts davon. Das liegt an der guten Isolation. Dieses Haus ist eines der ersten Hanfhäuser im Reservat. Ein Pilotprojekt, sozusagen. Die ehemalige Firma deiner Mutter hat einen Teil davon gesponsert. Kann sein, dass ab und zu mal jemand kommt, um sich das Haus anzusehen.«

So war das also gelaufen. Stirnrunzelnd sah ich Rodney an. Hatte er meine Mutter etwa geheiratet, um an dieses Haus zu kommen? Eigentlich traute ich ihm das nicht zu, aber wer weiß . . .

Er erzählte weiter: »Baustoffe aus Hanffasern, das ist vielleicht unsere Zukunft. Die Pflanze ist anspruchslos und bietet eine Menge Vorteile. Sieh dir das Land doch an«, er breitetet die Arme aus. »Hier wächst nicht viel, aber Hanf wächst. Er ist genauso genügsam wie wir Indianer. Allerdings stellen sich die Bundesbehörden quer. Sie denken, wenn sie uns erlauben Nutzhanf anzubauen, wird es auch andere Hanffelder geben.« Rodney zwinkerte mir zu.

Redete dieser Mann wirklich mit mir? Ich drehte mich zu meiner Mutter um, aber sie war gar nicht da. Er redete tatsächlich mit mir. Als wenn ich jemand wäre, mit dem man über so was reden könnte.

»Siehst du dort drüben?« Rodney zeigte nach Westen auf einen nahen, baumlosen Hügel. »Dort wächst Hanf auf meinem Land. Wir haben den Samen Anfang Mai ausgesät. Bei Gelegenheit werde ich dir die Pflanzen zeigen. Der Hanf gedeiht diesmal prächtig, er überragt mich bereits, und das will was heißen.« Er lachte zufrieden.

Ich sah mich noch ein bisschen um. Auf der Wiese hinter dem Haus standen drei hohe Bäume, die Ähnlichkeit mit unseren Pappeln hatten. Es waren Cottonwoods, wie ich später erfuhr, eine Pappelart, die für den heiligen Sonnentanzbaum verwendet wurde.

Zwei verkrüppelte alte Apfelbäume standen da noch und ein paar Holundersträucher. Meine Mutter kam aus dem Haus und schloss ab. Rodney hatte nicht vor mit dem neuen Van zu fahren, er steuerte auf einen weißen Pick-up zu, der im Schatten des Hauses stand.

Als wir in den rostigen, alten Ford-Pick-up steigen wollten, kam ein anderes Fahrzeug über den Feldweg geholpert und zog eine dicke Staubwolke hinter sich her. Der klapprige Kleinlaster hielt vor dem Haus und ein junger Indianer stieg aus. Er trug eine schwarze Sonnenbrille und auf dem Kopf eine umgedrehte Baseballmütze, unter der schulterlange Haare hervorschauten. Der junge Mann hieß Dustin Shortbull und Rodney stellte ihm Mom und mich als seine neue Familie aus Deutschland vor.

Uns erklärte er, dass Shortbull zur Deer-Creek-Genossenschaft gehörte, die nicht weit von uns noch ein anderes Hanffeld besaß und einen alten Schuppen, in dem die Ziegelsteine für das Haus hergestellt worden waren. Hanffasern vermischt mit Lehm, Kalkstein und Beton. »Alles ist jetzt noch ein bisschen primitiv, aber bald wird es dort eine kleine Fabrik und Arbeitsplätze geben.«

Dustin war guter Laune, weil er Rodney noch angetroffen hatte, und beide machten Späße mit schnellen Worten, die ich nicht verstand. Dustin hatte eine Ladung Hanfschindeln auf seinem Pick-up, die für die Verkleidung des Hauses bestimmt waren. Also hieß es abladen. Genau wie ich es befürchtet hatte. Gleich am ersten Tag musste ich arbeiten.

Meine Mutter fasste sofort mit an, obwohl die Schindelpakete schwer waren. Natürlich konnte ich mich nicht drücken, auch wenn ich das am liebsten getan hätte. Mir fiel es nun mal schwer, andere zu enttäuschen.

Mit mürrischem Gesicht trug ich dazu bei, dass das Zeug vom Wagen runterkam und wir endlich losfahren konnten. Nach einer halben Stunde war alles erledigt und der Schweiß lief mir den Rücken hinunter. Dustin klopfte mir lachend auf die Schulter, so heftig, dass ich einen Schritt nach vorn machen musste, um mein Gleichgewicht zu halten. Dann stieg er wieder in seinen Laster und fuhr davon, eine dicke Staubwolke hinter sich her ziehend. Wir wuschen uns die Hände an einem Wasserhahn hinter dem Haus und es konnte losgehen.

In der Fahrerkabine eines Pick-ups sitzt man weit oben und kann gut sehen, wenn man nicht gerade mörderisch durchgeschüttelt wird, weil die Straße schlecht ist. Meine

Mutter saß zwischen Rodney und mir und hielt sich an uns beiden fest. Sie fand das Geschaukel ungeheuer lustig und ich verdrehte mehr als einmal die Augen, weil sie hemmungslos kicherte wie ein Teenager.

Nach einer halben Meile bogen wir auf die Schotterstraße und ich sah, dass links und rechts tatsächlich noch andere Häuser standen. Der Ausdruck *Häuser* war vielleicht ein bisschen übertrieben, Behausungen passte besser. Es waren längliche, kastenförmige Fertighäuser aus Plastik, Trailer genannt, die im Stück an Ort und Stelle gebracht worden waren. Alte Reifen auf den Dächern sollten wohl verhindern, dass die Bedachung davonflog, wenn es stürmte.

Manchmal stand auch nur ein alter Wohnwagen da, von dem die Farbe blätterte, bewacht von drei oder vier Hunden und ein paar Pferden. Überall lag Müll herum, der schon seit Jahren nicht mehr weggeräumt worden war.

Die Nachbarschaft scheint ja nicht sehr viel versprechend zu sein, dachte ich enttäuscht, war aber doch froh nicht selbst in so einem Wohnwagen zwischen Müllbergen hausen zu müssen. Ich glaube, dann hätte ich meine Sachen gar nicht erst ausgepackt und wäre gleich wieder nach Hause geflogen.

Von Rodney hatte ich eine Karte vom Reservat bekommen, damit ich mich auf der Fahrt ein wenig orientieren konnte. Nach sieben Meilen Schotterpiste erreichten wir die Asphaltstraße nach Kyle, jener Ortschaft, in der ich zur Schule gehen würde.

Kurz darauf waren wir da und ich sah mich um. Rodney erklärte alles. Es gab zwei Tankstellen – eine davon mit Lebensmittelladen –, ein Kulturzentrum mit einer Imbissbude davor, das Kyle Food Stop Café und eine Menge Wohnhäuser verstreut auf den Hügeln ringsherum, die alle irgendwie gleich aussahen. Die meisten Asphaltstraßen wurden nach dem letzten Haus zu Feldwegen.

Menschen waren kaum zu sehen. Nur an der Tankstelle und der Imbissbude sah ich ein paar Leute. Sie standen herum, mit Getränkedosen in der Hand, und erzählten. Eilig hat es hier niemand, dachte ich. Hektik kannten die Lakota nicht. Dafür schienen sie sich nur schwer von Dingen trennen zu können, die aus Altersgründen ausgedient hatten. Keine Ahnung, warum, aber statt die alten Möbel, den kaputten Kühlschrank oder das ausgeschlachtete Auto dorthin zu bringen, wo man sich um die fachgerechte Entsorgung kümmern würde, wurde alles neben oder hinter dem Haus gelagert. Fast jeder hatte also seinen privaten Müllplatz gleich nebenan. »Indianische Gartenkunst«, nannte Rodney das. Ich fand, es sah nicht unbedingt hübsch aus, und fragte mich, warum die Indianer ihren Mist nicht einfach wegräumten. Die Trostlosigkeit, die mich umgab, schlug mir mächtig auf den Magen und ich musste mich ganz schön zusammenreißen, um es mir nicht anmerken zu lassen. Es war nicht so, wie ich es mir vorgestellt hatte, nicht annähernd.

Alles, was ich denken konnte, war: Du bist jetzt weit weg von zu Hause, Olli. Zu weit weg.

Ich hätte maulen können, Unmut und Unverständnis durch Grunzlaute oder Kopfschütteln kundtun können, aber das war nicht meine Art. Irgendwie hatte mir der Anblick der vernachlässigten Fertigteilhäuser mit dem Gerümpel drum herum die Sprache verschlagen. Alles da draußen wirkte fremd, ja beinahe feindselig auf mich. Das war kein Spaß, kein Abenteuer – wie meine Mutter es bezeichnet hatte. Das war mein zukünftiges Leben. Hier würde ich ab September zur Schule gehen und meine Klassenkameraden lebten in diesen klapprigen Häusern, Trailern oder Wohnwagen.

Eine Welle von Selbstmitleid überschwemmte mich. Wie sollte ich hier leben? Die Indianer kannten es vielleicht nicht anders, aber ich schon. Herausgerissen aus der zivilisierten Welt, war ich mitten in einem Alptraum gelandet. Und ich hatte nicht mal versucht es zu verhindern.

In diesem Augenblick wurde mir auch klar, dass ich mir umsonst Sorgen um Taschengeld gemacht hatte. Ich würde keines brauchen. Denn hier gab es nichts, wofür ich es ausgeben konnte. In gewissem Sinne vereinfachte das die Sache gewaltig.

Während ich grollend meinen trüben Gedanken nachhing, hielt Rodney vor einem großen roten Gebäude mit einer eigenwilligen Architektur, deren Sinn sich mir nicht gleich erschloss. Auf einem großen Schild las ich, dass es die Little Wound High-School war, meine zukünftige Schule. Mister Superindianer, der sich hier mit allem wunderbar auskannte, stellte den Motor ab, um mir einen Vortrag zu halten. Vermutlich konnte er Gedanken lesen, denn zuerst löste er das Rätsel um die seltsame Bauweise des Gebäudes.

Das Mittelstück in dem komplett rot gefliesten Bau hatte ein abgeschrägtes Dach und runde Fenster. Es sollten Bullenaugen sein. »Das Hauptgebäude wurde von einem indianischen Architekten entworfen und stellt einen stilisierten Büffelkopf dar«, erklärte Rodney mir und Mom.

»Deshalb heißt sie auch *Büffelkopfschule*. Little Wound ist eine der besten Schulen, die wir hier haben«, wandte er sich nun direkt an mich. »Sie wird vom Stamm kontrolliert und hat einen demokratisch gewählten Vorstand. Es ist die größte Schule dieser Art in den gesamten USA, darauf sind wir sehr stolz.« Er lachte sein raues Lachen.

Verdammt, was ging mich das alles an: demokratisch gewählter Vorstand, vom Stamm verwaltet – was machte das für einen Unterschied? Ich musste auf diese komische Büffelkopfschule gehen und mich unter lauter Indianern behaupten, die bestimmt nicht glücklich darüber waren, einen wie mich in ihrer Mitte zu wissen. Sicher hatte Rodney es gut gemeint, als er mich auf dieser Schule anmeldete, aber mit einer öffentlichen Schule wäre ich vielleicht besser dran gewesen. Ich hoffte nur nicht der einzige Weiße zu sein, der ab September in diesem blutroten Bau seine helle Haut zu Markte tragen musste.

Rodney startete den Motor und sagte: »Inzwischen sieht das Gebäude ein bisschen baufällig aus, weil die Schule kein Geld für eine dringend notwendige Renovierung hat. Aber dafür gibt es einen modernen Computerraum und eine neue Turnhalle. Du wirst schon zurechtkommen, Oliver, glaub mir.«

»Was heißt *ramshackle?«,* fragte meine Mutter.

»Ich bin kein wandelndes Wörterbuch«, brummte ich.

»Olli, bitte!«

»Baufällig«, sagte ich. »*Ramshackle* heißt baufällig.« Ich sah weg, raus aus dem Fenster und der Kloß in meinem Hals wurde immer größer. Was ich sah, blieb hinter einer dicken Glasscheibe, als berührte es mich nicht. Das war nicht meine Welt und ich gehörte nicht hierher. Am liebsten hätte ich mich in Luft aufgelöst. *Simsalabim* und weg.

Während der restlichen Fahrt sank meine Stimmung immer mehr, denn welche Ortschaft wir auch passierten, sie glichen sich alle und keine machte mir in irgendeiner Weise Mut. Besonders beunruhigend fand ich die ohnehin schon spärlich gesäten Verkehrs- und Hinweisschilder im Reservat, die allesamt von Kugeln Schießwütiger durchsiebt waren.

Rannte denn hier jeder mit einer Knarre herum? Und gab es kein Gesetz, das Herumballern in der Gegend verbot? Vielleicht war der Ausdruck »Wilder Westen« doch kein Klischee. Vielleicht stimmte auch alles andere, was ich über Indianer gehört hatte . . . Mein Magen zog sich nervös zusammen.

Es schien so, als wolle Rodney uns nichts ersparen. Wir sahen Ansammlungen von traurigen Indianerhütten und Farmen mit Häusern, die gut in Schuss waren, aber weißen Familien gehörten. Es gab Mais- und Kornfelder im Reservat, aber meistens war da dieses bis zum Horizont reichende Meer aus vertrockneten Grashalmen. Baumlose Straßen ohne Namen. Ausgeschlachtete Autowracks am Straßenrand – wie große Tierkadaver.

Schließlich tauchten die weißen Berge aus dem Grasland, auf denen schwarze Pinien wuchsen, aufgereiht wie Perlen auf einer Schnur. Rodney erzählte uns, dass der Ort Pine Ridge, nach dem später auch das Reservat benannt worden war, seinen Namen von diesen Pinien auf dem Kamm hatte. Er erzählte noch mehr, aber ich wollte nichts mehr sehen, nichts mehr hören. Ich wollte nur noch allein sein, allein mit meinem Kummer. Von all dem da draußen, ließ ich nichts mehr in mein Inneres dringen. Ich machte einfach dicht.

Nach unserer Rückkehr führte Rodney Mom und mich durchs Haus und erklärte alles Notwendige, was wir wissen mussten. Im Obergeschoss gab es eine winzige Abstellkammer, zwei Zimmer – meins und das unfertige – und das kleine Bad. Unten war die Küche, ein größeres Bad, ein Schlafzimmer, ein Arbeitszimmer und das große Wohnzimmer. Im Wohnzimmer war zumindest der Fußboden schon drin, er bestand aus einfachen versiegelten Holzdielen. Aber die einzige Einrichtung waren ein hässliches blaues Sofa mit Kunstlederbezug und ein Fernseher. Die große Satellitenschüssel hinter dem Haus ermöglichte den Empfang von mindestens 20 Sendern, das hatte ich schon ausprobiert.

Als Rodney uns in sein Arbeitszimmer führte, staunte ich nicht schlecht. Eine massive Arbeitsplatte aus Holz ging von einer Wand zur anderen. Darauf ein nagelneuer Laptop, den, wie sich später herausstellte, meine Mutter ihm finanziert hatte. Aber was mich besonders verblüffte, war, was Rodney noch machte. Er war ein richtiger Künstler. An der Wand hing, in einen Rahmen aus geschälten Zweigen gespannt, eine fast weiß gegerbte Hirschhaut. Sie war mit indianischen Reitern und bunten Tipis bemalt. Ganz unten, in der rechten Ecke, entdeckte ich Rodneys Namen. Auf der Arbeitsplatte standen Farben, Töpfe mit Pinseln, Stiften und verschieden großen Scheren. Sogar eine angefangene Perlenarbeit lag da und ich fragte mich, ob er mit seinen großen, kräftigen Händen tatsächlich solche winzigen Perlen auffädeln konnte. Traumfänger in verschiedenen Größen, gefertigt aus den unterschiedlichsten Materialien, hingen im Fenster.

Mom lächelte stolz. Im Gegensatz zu mir war sie auch nicht zum ersten Mal in diesem Zimmer, da war ich mir sicher. Wahrscheinlich hatte sie erwartet, dass ich irgendetwas Bewunderndes sagen würde, aber den Gefallen tat ich ihr nicht. Irgendwann musste mal Schluss sein mit dem netten Olli und ich hielt den Zeitpunkt für gekommen.

»Wenn du mal an den Computer willst, eine E-Mail verschicken oder so«, wandte Rodney sich an mich. »Das ist okay.«

Wie großzügig, dachte ich und brummte bloß: »Hm.« Zu Hause hatte ich einen eigenen Computer besessen. Aber er war nicht mehr der jüngste gewesen und Mom der Meinung, es lohne sich nicht, ihn mitzunehmen, weil er den Transport sowieso nicht überstanden hätte. Und wie immer hatte ich nachgegeben.

Im Keller waren die Gasheizung untergebracht, die Waschmaschine und der Trockner. In einem größeren Raum lagerte allerlei Kram: gegerbtes Leder, Farben und Werkzeuge aller Art. Auch zwei Gewehre steckten in einer Halterung an der Wand. »Wahrscheinlich muss ich dir nicht sagen, dass du da besser nicht rangehst«, sagte Rodney. »Sonst bekomme ich höllischen Ärger.«

Da brauchte er sich ausnahmsweise keine Sorgen zu machen. Ich hasste Gewehre und würde niemals freiwillig eins anfassen.

Zuletzt zeigte Rodney uns den Vorratsraum. Darin war es auffallend kühl und an den Wänden standen Regale, in denen Lebensmittel aufbewahrt werden konnten. Eine große Tiefkühltruhe summte vor sich hin. Rodney öffnete sie und ich schreckte mit einem »Uh« zurück. Es lag ein halbes Tier darin, vermutlich ein Reh.

Rodney lachte über mein erschrockenes Gesicht. »Ein Gabelbock. Ist noch übrig von der letzten Jagd«, sagte er. »Den gibt es zur Hochzeit.«

In den kommenden Tagen war meine Mutter ausgiebig damit beschäftigt, das ganze Haus auf Vordermann zu bringen. Sie putzte Fenster, scheuerte die nach und nach vollständig verlegten Böden und entfernte Baudreck, wo er liegen geblieben war. Es war erstaunlich, in welch kurzer Zeit sie deutsche Gründlichkeit in einen Indianerhaushalt brachte.

Rodney war helfend zur Stelle, wenn sie ihn um Hilfe bat (ich natürlich auch), aber von Hausarbeit schien er nicht viel zu halten. Ich glaube, er flüchtete. Meist war er bei seinen Pferden oder werkelte in der Scheune herum. An einem Tag begann er mit der Schindelverkleidung am Haus, aber die sengende Hitze ließ ihn irgendwann aufgeben.

Als die Bude blitzte, machte Mom sich daran, das Wohnzimmer und Schlafzimmer gemütlich einzurichten und Küche und Bad etwas von ihrer Nüchternheit zu nehmen. Wir hatten unsere Möbel in Deutschland gelassen, weil ein Umzugscontainer zu teuer geworden wäre. Die übrigen Habseligkeiten waren in den Kartons, die wir mit unserem Gepäck aufgegeben hatten, und einige Kisten würden nach und nach mit der Post eintreffen.

Aber auch Rodney besaß kaum Möbel. Bevor er in das Haus gezogen war, hatte er in einem Wohnwagen gelebt und war mit einem Bett, einem Tisch und einem Schrank ausgekommen. Also mussten Möbel angeschafft werden.

Zu diesem Zweck machten wir uns mit dem Van auf den Weg nach Rapid City, jener größeren Stadt am Rande der Blackhills, auf deren Flughafen wir gelandet waren. Rodney fuhr dieselbe Strecke. Im Reservat gab es nur wenige ausgebaute Straßen und diese war der kürzeste Weg in die Stadt, die allerdings nicht mehr zum Reservat gehörte.

Eine ganze Weile blieb die Landschaft flach und trostlos wie gehabt und ich döste vor mich hin. Bis meine Mutter erstaunt ausrief: »Das ist ja irre, Olli, hast du so was schon mal gesehen?«

Ich setzte mich auf und schluckte überrascht. Nun war ich tatsächlich im falschen Film. Wäre da nicht die Straße gewesen, ich hätte glatt angenommen auf dem Mond spazieren zu fahren. Links und rechts der Straße erstreckte sich eine baumlose Felsenlandschaft mit bizarren Formationen. Zackige Gebirgsgrate wie Zinnen, steile Abhänge mit verschiedenfarbigen Gesteinsschichten und zerklüftete Schluchten. Wohin ich auch blickte, erstreckten sich die tief eingeschnittenen Trockentäler bis zum Horizont.

Der Anblick traf mich völlig unvorbereitet und ich wusste nicht, ob ich diese karge Mondlandschaft schön oder beängstigend finden sollte. »Was, zum Teufel, ist denn das?«, fragte ich.

»Das sind die Badlands«, erklärte Rodney. »Wir Lakota nennen sie *Maco Sica*. Ein großer Teil der Badlands ist Nationalpark. Eine Hälfte gehört zum Reservat, der Rest liegt außerhalb. Jahrmillionen stetiger Erosion haben diese Landschaft geformt. Hier gibt es auch eine Menge Fossilien. Man hat herausgefunden, dass die ältesten 35 Millionen Jahre alt sind.«

»Es sieht wunderschön aus«, sagte meine Mutter. »Wie ein Märchenland.«

»Im Herbst, wenn es tagsüber kühler ist, werde ich eine Tour mit euch machen«, versprach Rodney. »Aber jetzt ist es viel zu heiß in diesen Tälern, das ist gefährlich.«

Nach einer Weile öffnete sich eine weite grüne Ebene vor unseren Augen. Und dann sah ich sie: echte Bisons. Riesige schwarze Kolosse, die einfach so frei herumliefen. Büffelmütter mit ihren kleinen hellbraunen Kälbern. Es waren viele, bestimmt hundert, eine richtige Herde. Mom klatschte vor Begeisterung in die Hände.

»Diese Herde gehört dem Stamm«, sagte Rodney. »Aber es gibt auch noch kleinere Herden im Reservat, die einzelnen indianischen Büffelzüchtern gehören.«

»Sind die Viecher gefährlich?«, fragte ich.

»Eigentlich nicht«, erwiderte Rodney. »Aber wenn die Kühe Kälber haben, sollte man ihnen aus dem Weg gehen. Und mit den alten Büffelbullen ist auch nicht zu spaßen. Also, versuch lieber nicht einen von ihnen zu streicheln.«

Irgendwann wies ein Schild darauf hin, dass wir das Reservat verlassen hatten, und einige Zeit später kamen wir durch Scenic, eine alte, halb verlassene Westernstadt. Es gab nur ein paar Bretterbuden links und rechts der Straße. Was schließlich meine Neugier weckte, war ein Bau mit dieser typischen Bretterwand über dem Eingang, wie ich sie aus alten Western kannte. Unzählige Rinderschädel waren darauf angebracht. »Longhorn Saloon«, prangte in großen schwarzen Buchstaben auf den ehemals weiß gestrichenen Brettern.

Ein alter Indianer mit strähnigem, langem Haar stand wankend an einen der Stützbalken vor dem Saloon gelehnt. Offensichtlich war er schwer betrunken und konnte sich kaum noch aufrecht halten.

Dann waren wir auch schon raus aus dem Ort.

Rodney brummelte wütend. »Im Reservat ist der Besitz und das Trinken von Alkohol verboten, aber hier, in solchen Grenzstädten wie Scenic, bekommen die Leute ihren Alkohol. Schon am Vormittag sind sie sturzbesoffen. Es ist zum Heulen.«

»Verbote nützen erfahrungsgemäß nicht viel«, sagte Mom. »Das habe ich bei Ollis Erziehung gelernt.«

Ich warf ihr einen missmutigen Blick zu. Was sollte das nun wieder?

»Vielleicht hast du Recht«, erwiderte Rodney. »Das Verbot ändert nichts. Es sorgt nur dafür, dass die *Bootleggers,* die illegalen Alkoholhändler, immer was verdienen, die Stammespolizei beschäftigt ist und die Gefängnisse im Reservat ständig überfüllt sind.«

»Man kommt ins Gefängnis, bloß weil man Alkohol getrunken hat?«, fragte ich erstaunt.

»Ja. Es wird nicht mal ein Test gemacht. Erwischen sie dich mit einer Alkoholfahne, bekommst du eine Anzeige oder du gehst für acht Stunden in den Knast.«

»Und Amerika soll ein freies Land sein«, sagte ich missbilligend.

»Das Res ist nicht Amerika, Oliver. Wie der Name schon sagt, das Res ist der Rest von Amerika.«

»Warum gehst du dann nicht weg? Es hält dich doch niemand fest im Reservat.«

»Da hast du wohl Recht. Aber so einfach, wie du es sagst, ist es für jemanden wie mich nicht. Ich bin im Reservat geboren, nicht weit entfernt von jener Stelle, wo jetzt unser

Haus steht. Ich bin dort aufgewachsen, es ist mein Zuhause. Auch wenn du im Augenblick vielleicht die Schönheit des Landes nicht erkennen kannst, sie ist für immer in meinem Herzen. Ich liebe dieses Land und es liebt mich. Dort draußen aber, in der Welt der Weißen, gibt es niemanden, der auf einen wie mich wartet. Sie mögen uns Ureinwohner nicht, die *Wasicun,* daran hat sich in mehr als 500 Jahren nichts geändert. Aber im Reservat lebt meine Familie und die braucht mich. Genau so, wie ich sie brauche. Verstehst du?«

»Hm«, sagte ich. Irgendwie konnte ich es verstehen, aber nicht nachvollziehen. Wie konnte man freiwillig an einem Ort bleiben, an dem man von vorneherein keine Chance hatte, etwas zu bewirken oder in irgendeiner Weise voranzukommen? Das wollte mir einfach nicht in den Kopf.

4. Kapitel

In Rapid City, einer Stadt mit knapp 60 000 Einwohnern, gab es nur ein einziges Hochhaus. Es war das Rapid City Regional Hospital, ein moderner, ziemlich hässlicher Bau mit elf Stockwerken. Außer ein paar überdimensionalen Straßenkreuzungen, Supermärkten, Tankstellen, vielen Hotels und Fastfood-Restaurants hatte die Stadt nicht viel zu bieten. Alles war riesig und überraschend einfallslos. Ich hatte etwas anderes erwartet.

Das nahe Beieinander von Armut und Reichtum haute mich bald um. Da gab es Straßen, deren Häuser sich von denen im Reservat nicht im Geringsten unterschieden. Indianer, die herumstanden und um Dollars bettelten. Und gleich daneben auf einmal ein protziger Bau wie eine historische Villa oder ein Schloss. Ausgesprochen kitschig, weil es nicht in die Gegend passte. Und davor ein Auto so lang wie ein Bus, mit verspiegelten Scheiben natürlich.

Irgendwann wurde mir klar, dass Rapid City eigentlich gar keine richtige Stadt war, jedenfalls nicht so, wie ein Europäer sich eine Stadt vorstellen würde. Es gab kein Zentrum, nur eben eine Hauptstraße mit etlichen Kreuzungen und ein paar alten Häusern. Die Straßen schienen hier sowieso das Wichtigste zu sein.

Rodney stellte den Van auf dem Parkplatz vor einem Einrichtungshaus ab und meine Mutter kaufte ein. Ich nahm mal an, dass es unser Geld war und nicht Rodneys, das sich da in Holzregale, Stühle und einen Tisch verwandelte. Rodney nickte zu allem, wenn Mom seine Zustimmung wollte. Außerdem kam noch eine Menge anderer Kram dazu. Vorhänge, ein Teppich, Lampen . . . bis Rodney meiner Mutter eine Hand auf den Arm legte und sagte: »Warte doch erst einmal ab, bis wir verheiratet sind. Zur Hochzeit bringen alle einen Haufen Geschenke. Sie werden enttäuscht sein, wenn du schon alles hast.«

Das überzeugte meine Mutter schließlich und sie gab sich zufrieden. Voll beladen, traten wir den Heimweg an.

Mit einer Engelsgeduld baute Rodney für Mom die Regale und den Tisch zusammen und schob mit ihr alles so lange von einer Ecke zur anderen, bis sie zufrieden war. Manchmal erwischte ich Rodney, wie er hinter ihrem Rücken die Augen verdrehte, aber er beschwerte sich nicht. Für seine Geduld bewunderte ich ihn.

Und meine Mutter bewunderte ich auch. Sie schaffte es in kürzester Zeit, die Räume behaglich einzurichten, und das mit den wenigen Mittel, die ihr zu Verfügung standen. In solchen Dingen war sie einfach spitze. Dank meiner Mom fühlte ich mich in Rodneys Haus bald zu Hause.

In der darauf folgenden Woche war meine Mutter mit Hochzeitsvorbereitungen beschäftigt. Noch einmal machten wir den weiten Weg nach Rapid City, um im Walmart frische Lebensmittel einzukaufen, weil es dies und das im Sioux-Nation-Supermarkt in Pine Ridge angeblich nicht gab.

Irgendwann, wir befanden uns gerade in einem besonders ärmlichen Wohnviertel, das mich sehr an die Siedlungen im Reservat erinnerte, hielt Rodney vor einem Trailer und sagte: »Bin gleich wieder da.«

Meine Mutter schien zu wissen, was er hier wollte, und jetzt drehte sie sich zu mir um, weil sie wohl das Gefühl hatte, mir etwas sagen zu müssen.

»Wir sind nicht nur zum Einkaufen in Rapid City«, sagte sie, ausnahmsweise mal auf Deutsch.

Ich sah sie nur fragend an.

»Rodney holt seinen Freund ab. Er soll unser Trauzeuge sein. Wir werden uns heute standesamtlich trauen lassen.«

Ich schluckte. Meine Mutter war immer so entwaffnend ehrlich. Es dauerte eine Weile, bis ich ihre Auskunft verarbeitet und meine Sprache wieder gefunden hatte. »Ihr wollt heute heiraten?«, fragte ich mit belegter Stimme. »Einfach so, zwischen den Einkäufen? Was ist mit Rodneys Familie, mögen die uns nicht? Müsst ihr deshalb heimlich heiraten?«

Meine Mutter lächelte kopfschüttelnd. »Nein, wir müssen überhaupt nicht heimlich heiraten. Rodneys Leute legen nur nicht viel Wert auf eine standesamtliche Hochzeit. Sie muss sein, und das ist alles. Das Fest am Wochenende wird die eigentliche Hochzeit sein. Dann werden wir auch Rodneys Familie kennen lernen.«

Ich sah aus dem Fenster, dorthin, wo Rodney jetzt mit seinem Freund aus dem Trailer kam. Die beiden lachten und für einen Augenblick hatte ich das Gefühl, sie lachten über Mom und mich. Ich fühlte mich zunehmend unbehaglicher.

Der Mann, den Rodney uns vorstellte, hieß Arlo Has no Horse. Wir erfuhren, dass er nicht nur Rodneys Freund, sondern sein Schwager war, der Mann seiner verstorbenen Schwester Donna.

Arlo Hat kein Pferd war ein fröhlicher Mensch, der uns herzlich willkommen hieß und auf dem Weg zum Friedensrichter noch ein paar Späße machte, sodass meine Stimmung sich wieder etwas besserte.

Was meine Mutter mir nicht gesagt hatte, war, dass ich der zweite Trauzeuge sein sollte. Und obwohl ich es nicht gerne tat, ihr zuliebe willigte ich ein. Mir blieb ja mal wieder gar nichts anderes übrig.

Wenn ich heute darüber nachdenke, dann ging alles ganz schnell und war so unwirklich wie ein Film. Nur dass ich zu den Hauptdarstellern gehörte. Die Augen meiner Mutter leuchteten wie die einer jungen Braut, als sie dem alten, graubärtigen Kauz im schwarzen Anzug, der sie und Rodney soeben verheiratet hatte, ihre Unterschrift gab.

Es gab nicht mal Eheringe, aber meine Mutter war trotzdem richtig glücklich und ich konnte nicht begreifen, warum. Arlo boxte mich einmal freundschaftlich vor die Schulter, als ich bei der kurzen Zeremonie ein allzu langes Gesicht machte. Nun war es passiert. Es gab kein Zurück mehr. Meine Mutter war mit einem Indianer verheiratet und ich hatte einen Stiefvater mit Zöpfen.

Rodney lud uns nach der Trauung in ein mexikanisches Restaurant ein und dort erfuhr ich, dass seine Schwester Donna vor drei Jahren an Krebs gestorben war und ihre beiden Töchter in Santa Fe Kunst studierten. Arlo, der als Automechaniker in einer Werkstatt in Rapid City arbeitete, versprach auf jeden Fall zur Hochzeitfeier zu kommen.

»So ein Ereignis lasse ich mir doch nicht entgehen«, sagte er grinsend. »Ich hätte nie gedacht, dass der alte Rodney noch mal heiratet, wo doch Ella Rae so ein alter Drachen war und er mit ihr keine ruhige Minute hatte.«

Zum ersten Mal erlebte ich Rodney verlegen. Meine Mutter konnte auch ein Drachen sein, wenn sie wollte. Alle Frauen konnten das. Ob er das ahnte?

»Susan ist anders«, sagte er. »Deshalb habe ich sie auch geheiratet. Sie macht mich glücklich.« Treuherzig sah er meine Mutter an. Es war unerträglich und ich musste meinen Blick abwenden.

Nachdem wir Arlo Hat kein Pferd zu seinem Trailer zurückgebracht hatten, fuhren wir zu Walmart einkaufen. Ich war ja wirklich einiges gewöhnt, aber so einen riesigen Supermarkt hatte ich noch nie gesehen. Draußen war eine Höllenhitze und drinnen, vor den Kühlregalen, klapperten mir die Zähne. Ich hätte mir was drüberziehen sollen. Rodney und meine Mutter kauften Unmengen an Lebensmitteln, Pappgeschirr und Plastikbesteck, und ich fragte mich, ob der ganze Stamm zu ihrer Hochzeit kommen wollte, denn danach sah es inzwischen aus.

Den ganzen nächsten Tag war Rodney unterwegs. Er war schon fort, als ich am Morgen aufstand, und ich war froh, mal wieder mit meiner Mutter allein zu sein – wenigstens für eine Weile.

Als ich am Tisch saß und mein Müsli löffelte, umarmte sie mich von hinten und legte ihre Wange an meine. Das hatte sie lange nicht mehr getan. Sie roch gut, so vertraut, und ich hätte auf der Stelle losheulen können.

Schließlich setzte sie sich mir gegenüber und legte ihre Hand auf meine. Ihr war natürlich nicht entgangen, dass ich, seit wir hier waren, mit einer Leidensmiene herumschlich. »Gibt es hier gar nichts, das dich ein wenig interessieren könnte?«, fragte sie, zwei Sorgenfalten über der Nasenwurzel.

»Mir fehlt die rosarote Brille«, erwiderte ich kopfschüttelnd. »Die hast du nämlich auf.«

»Warum sagst du das, Olli?«, fragte sie traurig. »Macht es dir Freude, mich zu quälen?«

»Fragt sich, wer hier wen quält, Mom. Hier zu sein ist wie eine Strafe für mich und ich habe keine Ahnung, womit ich die verdient habe.« Irgendwie war ich in der Phase des Selbstmitleids stecken geblieben und konnte nichts dagegen tun.

Meine Mutter zog ihre Hand zurück und verschränkte sie mit der anderen, wie um sich daran festzuhalten. »Ich war lange allein, Oliver«, sagte sie. »Du warst da, das hat mich gerettet. Trotzdem war ich oft sehr einsam. Jetzt habe ich jemanden gefunden, mit dem ich mein Leben verbringen möchte. Ich habe nur dieses eine. Vermutlich wird es nicht einfach, aber das habe ich vorher gewusst. Du hast dein Leben noch vor dir und du musst hier auch nicht für immer bleiben. In drei Jahren kannst du deine eigene Entscheidung treffen.«

»Drei Jahre sind eine endlos lange Zeit, Mom.«

»Nur, wenn man so jung ist wie du.«

»Mir gefällt aber auch nicht, dass du für immer hier sein wirst.«

Meine Mutter lächelte traurig. »Mach dir mal um mich keine Sorgen. Ich bin gerne hier. Es ist das, was ich immer wollte: ein Haus in der Prärie, Pferde, für jemanden der Halt sein.«

»Okay«, sagte ich. »Aber verlange nicht von mir, dass ich dasselbe empfinde wie du. Lass mich einfach damit in Ruhe und versuche nicht mir hier irgendetwas schönzureden.«

Die Sehnsucht nach Nina packte mich mal wieder wie ein Raubvogel, der seiner Beute die scharfen Krallen in den Rücken schlägt. Es tat so weh, dass mir die Luft wegblieb. Ich hatte ihr schon drei dicke Briefe geschrieben, mit kleinen Bleistiftzeichnungen, die ich gemacht hatte. Zeichnungen vom Haus, den scheckigen Pferden und einem traurigen Olli. Nina hatte mir erst einmal geschrieben, einen Brief aus Frankreich, der gar nicht traurig klang, sooft ich ihn auch daraufhin untersuchte.

Ich wählte Ninas Nummer, aber es war nur ihre Mutter dran, die mir erzählte, dass Nina bei irgendeiner Party war. Mich überkam die große Eifersucht, Selbstmitleid und furchtbare Wut, alles auf einmal. Ich rannte den Hügel hinter dem Haus hinauf und warf mich auf die Erde, riss mir die Brille vom Gesicht und heulte. Ich heulte so viel und lange, dass ein paar Tage später an dieser Stelle plötzlich Blumen wuchsen. Meine Tränen hatten ihre Samenkörner geöffnet.

Aber an diesem Morgen fühlte ich mich so elend wie lange nicht. Ich kam mir vor wie in der Verbannung, so weit fort von allem, das in irgendeiner Weise etwas mit Freude zu tun gehabt hätte. Um mich herum diese verdammten Hügel, bedeckt mit braunem, filzigem Gras. Kein Mensch in der Nähe, mit dem man ein paar Worte hätte reden können. Geschweige denn einer, der meinen Kummer verstanden hätte.

Ich konnte hier auf dem Hügel sitzen und vergehen vor Langeweile oder ich konnte in meinem Zimmer hocken und dort dasselbe tun. Da gab es wenigstens noch den Fernseher, aber ich war noch nie sonderlich wild auf Fernsehen gewesen und die langen Werbeunterbrechungen in den amerikanischen Filmen verleideten es mir endgültig. Eigentlich konnte ich mich gleich erschießen. Das würde überhaupt das Beste sein: eins von Rodneys blöden Jagdgewehren nehmen und mir eine Kugel in den Kopf jagen. Peng und aus. Aber ich hasste Gewehre und ich konnte sowieso keiner Fliege was zu Leide tun, geschweige denn mir selbst. Dazu fehlte mir einfach der Mumm.

So lag ich da, zerkratzte mir das Gesicht an den harten Halmen und hoffte, irgendwer dort oben würde mich aufheben, zwischen zwei Finger nehmen und zurücksetzen nach Deutschland, wie eine Figur in einem Schachzug.

»Bitte, Großer Geist!«, murmelte ich voller Hingebung. Aber nichts dergleichen passierte. Vielleicht erhörte *Wakan Tanka* die Gebete von Weißen nicht, ich konnte es ihm nicht verübeln. Schließlich war er Indianer.

Irgendwann wurde es zu heiß, um liegen zu bleiben, und dann hörte ich die Pferde wiehern. Ich richtete mich auf und setzte die Brille wieder auf meine Nase. In meinem Kopf drehte sich alles und ich sah Sterne tanzen. Die Pferde standen im Tal am Koppelzaun und sahen zu mir herüber. Wahrscheinlich machten sie sich Sorgen um mich. Ich machte mir auch Sorgen um mich.

Mühsam, mit bleischweren Gliedern, stand ich auf und wankte hinunter ins Tal. Die Pferde begrüßten mich mit nickenden Köpfen und ich fragte mich, womit ich das verdient hatte. Es waren sieben Tiere, mit kräftigem, kompaktem Körperbau und geflecktem Fell. Behütet wurde die kleine Herde von einem dunkelgrauen Hengst mit weißem Hinterteil, das mit faustgroßen grauen Punkten gesprenkelt war. Ein richtiges Indianerpferd, wie aus dem Bilderbuch. Auch die Stuten waren gescheckt oder hatten Flecken. Zwei waren trächtig, eine hatte ihr Fohlen schon. Auf langen, staksigen Beinen stand es dicht neben der Mutter und beäugte mich misstrauisch. Beinahe musste ich lachen, als ich es ansah. Die beiden anderen Stuten schienen noch jung zu sein und waren sehr neugierig.

Der Hengst schnaubte und ich hielt es für besser, ihn nicht zu berühren. Eine der Stuten, eine graue, die am ganzen Körper mit weißen Punkten gefleckt war, ließ sich streicheln, bis der Hengst dazwischen ging. Er rollte mit den Augen und ließ mich wissen, dass er es nicht mochte, wenn ein Fremder seine Frauen anfasste, noch dazu einer, der so aussah wie ich.

Die Pferde gefielen mir, auch wenn ich mich ein bisschen vor ihnen fürchtete. Sie gefielen mir, aber es waren Rodneys Pferde. Ich meine, Rodney war keineswegs der böse Stiefvater. Er ließ mich in Ruhe und war immer freundlich. Aber ich traute dem Frieden nicht. Ich hatte keine Ahnung, woran ich bei ihm war und ob ich mich auf ihn verlassen konnte.

Bei dieser Gelegenheit bekam ich auch noch Sehnsucht nach meinem richtigen Vater. Keine Ahnung, ob er überhaupt wusste, wo Mom und ich waren. Seine Alimente gingen weiterhin auf ein Konto in Deutschland. Ob er mal vorbeikam, wenn er erst unsere Adresse hatte? Möglich war es immerhin, schließlich kam er ziemlich herum in der Welt. Aber wenn ich ganz ehrlich war, wollte ich ihn gar nicht sehen. Er hatte mich im Stich gelassen, und dass ich plötzlich Sehnsucht nach ihm hatte, hing sicher damit zusammen, dass meine Nerven bloß lagen. Ich streckte die Hand erneut nach der Stute aus und versuchte nicht mehr an meinen Vater zu denken.

Beim Abendessen fragte mich meine Mutter nach den Schrammen in meinem Gesicht und ich erzählte ihr, dass ich gestolpert und hingefallen war. Sie glaubte mir nicht, fragte aber nicht weiter nach, denn sie hatte ganz andere Sorgen. Es dämmerte schon und Rodney war immer noch nicht nach Hause gekommen. Meine Mutter wurde mit jeder halben Stunde, die verrann, immer nervöser und schließlich sah ich Tränen in ihren Augen. Halb blind starrte sie das Telefon an.

»Mach dir mal keine Sorgen, Mom«, versuchte ich sie zu trösten. »Er wird schon noch kommen.«

»Vielleicht ist etwas passiert«, flüsterte sie Hände ringend, als irgendwann der Mond zum Fenster hereinschien.

»Was soll schon passiert sein?«, brummte ich und Mom warf mir einen Mangel an Phantasie vor.

»Er könnte ja wenigstens anrufen.«

»Vielleicht rufen Indianer nicht an, wenn sie sich verspäten«, sagte ich. »Vielleicht ist alles bloß ein kulturelles Missverständnis.«

Das tröstete meine Mutter kein bisschen. Irgendwann hörte ich sie »*Wakan Tanka*, bitte!« murmeln.

»Gib dir keine Mühe«, sagte ich. »Er ist jemand, der die Gebete von Weißen nicht erhört.«

Das verblüffte sie einigermaßen. »Woher willst du das wissen?«

»Ich habe es auch schon versucht.«

»*Wakan Tanka* ist kein Jemand, Olli. Er ist kein Gott, wie du ihn dir vorstellst«, sagte meine Mutter.

»Ich stelle mir gar nichts vor. Ich glaube nicht an höhere Wesen«, sagte ich, vorsichtig ausgedrückt.

»*Wakan Tanka*, der Große Geist, wird auch Großes Geheimnis genannt. Die Lakota beten zu diesem Geheimnis, indem sie die Natur verehren. Mutter Erde ist *Wakan*, sie ist heilig. Und alles, was aus ihren Kräften wächst, ist es auch.«

»Und du glaubst daran?«

»Natürlich.«

Mom hatte schon zu Hause, in Deutschland so geredet, aber nun ging sie richtig darin auf. Ich konnte ihr nicht folgen, aber ich wollte sie ein bisschen ablenken und so redeten wir noch eine Weile über Dinge, von denen wir beide nicht viel verstanden.

Irgendwann ging ich ins Bett und ließ meine Mutter mit ihrer Sorge um Rodney allein. Schlafen konnte ich nicht, weil ich über all das nachdenken musste, was meine Mutter mir erzählt hatte. Ich machte mir keine Sorgen um Rodney, denn er war ein Fremder für mich. Ich wusste kaum etwas über ihn, und wenn er nicht zurückkehrte, konnten wir wieder nach Hause fliegen und alles wäre nur ein merkwürdiger Traum gewesen. Ein Traum, den ich schnell vergessen würde.

Am nächsten Morgen hatte meine Mutter rote, verquollene Augen und da wusste ich, dass Rodney nicht nach Hause gekommen war. Mir fiel nichts ein, womit ich sie trösten konnte, und so redeten wir kaum miteinander. Irgendwann machte ich mir dann auch Sorgen, keine Ahnung, warum. Als am Nachmittag der weiße Pick-up, beladen mit langen Stangen den staubigen Weg zum Haus heraufrollte, verzog ich mich in mein Zimmer. Wenn der Zorn meiner Mutter auf Rodney niederging, wollte ich nicht dabei sein.

Rodney kam ins Haus und zuerst war es ganz furchtbar still. Ich hatte meine Tür einen Spaltbreit geöffnet und lauschte. Nichts. Das war typisch für meine Mutter, wenn sie auf jemanden wütend war. Zuerst strafte sie ihn mit Schweigen, das hatte sie mit meinem Vater und mir auch immer so gemacht. Aber dann brach das Donnerwetter los.

»Warum hast du nicht angerufen, wenn du über Nacht nicht nach Hause kommst?«, sagte Mom laut und vorwurfsvoll. »Ich habe mir solche Sorgen gemacht.«

»Die Leute, bei denen ich letzte Nacht war, haben kein Telefon«, verteidigte sich Rodney.

»Aber wenn du doch gewusst hast, dass du nicht nach Hause kommst, warum hast du mir das dann nicht gesagt?«

»Weil ich es eben nicht vorher gewusst habe, es ist was Unvorhergesehenes dazwischengekommen.«

Der erste Ehekrach war also im Gange, und das noch vor der eigentlichen Hochzeit. Na, das fing ja gut an. Genau so hatte ich es mir gedacht. Schließlich kannten sie sich überhaupt nicht richtig. Alles war ein einziges, riesengroßes Missverständnis.

Meine Mutter war immer noch aufgebracht, während Rodney ganz ruhig blieb. »Du musst dich daran gewöhnen, Susan, dass ich manchmal nicht nach Hause komme«, eröffnete er ihr. »Das bringen meine Arbeit und die großen Entfernungen hier so mit sich. Und schließlich bist du ja nicht allein, sondern hast einen erwachsenen Sohn im Haus.«

Meinte er damit etwa mich?

Irgendwann, ziemlich rasch, kam es dann zur Versöhnung. Meine Mutter entschuldigte sich und Rodney entschuldigte sich und dann umarmten sie sich wahrscheinlich. Was sonst!

Kurze Zeit später rief Rodney nach mir und ich ging nach unten.

»Ich brauche deine Hilfe, Oliver«, sagte er. »Die Tipis müssen aufgebaut werden.«

Tipis? Was hatte das nun wieder zu bedeuten? Wollten wir jetzt »Der mit dem Wolf tanzt« spielen?

Ich half Rodney die etwa sieben Meter langen Stangen und die Zeltplane vom Pick-up zu laden. Die Stangen waren schwer und die Plane auch und ich kam ganz schön ins Schwitzen. Dann tat Rodney seltsame Dinge und ich sah ihm dabei zu. Er breitete die Plane auf der Wiese aus und errechnete so die Höhe, in der die drei Hauptstangen zusammengebunden werden mussten. Dabei zeigte er mir, wie der Strick um die Stangen geschnürt wurde, damit er beim Aufstellen nicht verrutschte.

Schließlich richteten wir diese Stangen in einem Dreieck auf und Rodney prüfte, ob sie auch sicher standen. Dann setzte er die übrigen Stangen in demselben Winkel ein, der durch die drei Hauptstangen entstanden war. Immer wieder prüfte er, ob die Stangen richtig saßen, und befestigte sie mit dem langen Strick, indem er rund um das

Holzgerüst marschierte und das Seil festzurrte. Mir wurde klar, dass ein Tipi aufzubauen eine Wissenschaft für sich war.

»Früher haben das die Frauen gemacht«, erzählte er mir augenzwinkernd. »Zwei Frauen konnten ein Tipi in kurzer Zeit aufstellen. Tja«, er zuckte die Achseln, »die Zeiten haben sich wohl geändert. Heutzutage müssen die Männer ran.«

Ich sagte nichts dazu, ich hatte keine Lust, mit Rodney zu reden. Als die Stangen komplett aufgestellt waren, band er den Strick fest und dann wurde die schwere Plane nach oben gezogen. Einmal dachte ich, das ganze Stangengestell würde jeden Moment in sich zusammenklappen, aber Rodney zog die Plane über die Stangen, ohne dass sie verrückten. Dann holte er eine Holzleiter aus der Scheune und lehnte sie an das Tipi.

»Jetzt musst du nach oben steigen und die Plane mit diesen Holzstiften verbinden«, sagte er, als wäre es das Selbstverständlichste auf der Welt.

Ich sah Rodney an und die Leiter und beide schienen mir wenig vertrauenswürdig. Wenn ich runterfiel, konnte ich mir fix den Hals brechen.

»Na komm schon«, sagte Rodney, der mein Zögern bemerkte. »Du bist leichter als ich und ich werde die Leiter halten.«

Ich nahm die Holzstäbe, kletterte nach oben und schob sie nach Rodneys Anweisungen durch die dafür vorgesehenen Löcher. Die Zeltplane war nun am oberen Ende miteinander verknüpft und ich konnte wieder absteigen.

»Danke«, sagte Rodney. »Das hast du gut gemacht.«

Ich pfiff auf sein Lob und zum Reden hatte ich immer

noch keine Lust. Rodney schien das überhaupt nicht zu stören. Er baute weiter am Tipi, verrückte die Stangen noch einmal um Zentimeter, bis die Plane sie straff umspannte. Dann gab er mir neue Anweisungen, wie sie mit Holzpflöcken am Boden befestigt wurde, und ich tat, was er mir auftrug. Es machte sogar Spaß, aber das konnte ich nicht mal vor mir selbst zugeben.

Zum Schluss schob Rodney zwei besonders lange Holzstangen durch die Rauchklappen, die Flaps genannt wurden. Damit konnte man den Rauchabzug regeln oder das Luftloch am oberen Ende des Tipis verkleinern, falls es regnen sollte.

Später kam meine Mutter dazu und spannte innen eine halbhohe Stoffbahn an die Stangen, die in den Nächten für etwas mehr Wärme sorgen sollte. Rodney grub ein Feuerloch in der Mitte des Tipis, das ich mit Steinen umlegen musste. Schließlich wurde der Boden mit einer Plane und dann mit Decken ausgelegt. Das Innere des Tipis war so geräumig wie eine Einzimmerwohnung. Aber wozu brauchte man ein Tipi, wenn man ein großes Haus hatte? Vielleicht wegen der Lagerfeuerromantik?

Als wir mit diesem Tipi fertig waren, holte Rodney noch ein weiteres, ein etwas kleineres aus seiner Scheune. Und alles begann noch einmal von vorn.

5. Kapitel

Am nächsten Morgen wurde ich durch laute Stimmen und Gelächter geweckt, die von unten aus der Küche kamen. Ich zog mich an und blickte aus dem kleinen, schrägen Fenster in meinem Bad. Da standen zwei fremde Autos, ein roter Pick-up und ein großer beiger amerikanischer Wagen. Rodney und eine junge Frau in Jeans waren dabei, ein weiteres Tipi aufzustellen, und zwei langhaarige Indianerkinder in filmreifen Klamotten tollten um die beiden herum.

Die ersten Hochzeitsgäste waren über Nacht eingetroffen. Seltsame Sitten, dachte ich. Mir blieb nichts anderes übrig, als nach unten zu gehen, sie zu begrüßen und mich begaffen zu lassen. Niemand konnte ahnen, wie schwer mir das fiel, wie elend mir an diesem Morgen zu Mute war. Ich wünschte, es würde ein Kraut auf diesen Hügeln wachsen, das mich unsichtbar machen könnte, um diesen Tag und alle folgenden zu überstehen.

In Zeitlupentempo wusch ich mich und putzte meine Zähne. Im Badezimmerspiegel sah mir ein Fremder entgegen. Stoppelhaarschnitt, rote Haut von der Sonne. Ich schälte mich auf der Nase wie eine Pellkartoffel und hatte blutige Kratzer auf der rechten Wange, wo ich mich gestern an die raue Erde geschmiegt hatte. Ich war eine Witzfigur, eine richtige Rothaut mit Brille und Kriegsverletzungen. Es würde ein furchtbarer Tag werden.

Noch langsamer, als ich mich gewaschen hatte, stieg ich die Stufen nach unten. Mein Weg führte mich in die Küche, in der Hoffnung, meine Mutter dort vielleicht zu treffen, und zwar allein. Leider erfüllte sich meine Hoffnung nicht. Mom hantierte wie erwartet am Herd, aber sie war nicht die Einzige in der Küche. Am Tisch saßen zwei richtige Krieger, junge Männer mit glitzernden schwarzen Augen, tiefbrauner Haut und offenen Haaren, die ihnen bis zu den Hüften reichten.

Meine Mutter hatte rote Flecken im Gesicht, wie immer wenn sie aufgeregt war und kurz davor, in Hektik zu geraten. Sie bewirtete die beiden Männer mit Pancakes, großen, in Fett gebackenen Teigfladen und Kaffee.

»Das ist mein Sohn Oliver«, sagte sie, als sie mich in der Türöffnung stehen sah.

Ich quälte mir ein »Guten Morgen« heraus.

»Hi, Oliver«, sagte der eine der beiden freundlich und reichte mir seine Hand, die ich gehorsam schüttelte. »Wie geht's denn so?«

»Mir geht's gut«, log ich.

Der andere, er mochte drei oder vier Jahre älter sein als ich, lachte nicht. Er musterte mich nur mit einem undurchdringlichen Blick aus seinen argwöhnischen schwarzen Augen. Er war eine jüngere Ausgabe von Rodney Bad Hand und ich ahnte Schlimmes. Mir wurde schlecht und ich wollte wieder gehen, aber meine Mutter drückte mich auf einen Stuhl und stellte einen Teller mit einem duftenden Pancake vor mich hin.

»Das ist Steve Red Crow«, stellte mir meine Mutter den freundlich grinsenden, jungen Mann vor, »Rodneys Schwiegersohn. Und das – sie machte mit dem Kopf eine

Bewegung in Richtung Finsterling – ist Ryan, Rodneys Sohn.«

Genau so hatte ich es mir gedacht. Ich nickte beiden noch mal kurz zu, bevor ich mich über meinen Pancake hermachte. Der finstere Krieger war also Rodneys Sohn, und wie es aussah, schien er nicht besonders glücklich darüber zu sein, dass es mich gab. Ich konnte es ihm nicht verdenken. Er hasste mich. Und ich würde nicht die Gelegenheit bekommen, ihm zu erklären, dass ich nicht vorhatte, ihm seinen Platz wegzunehmen; dass ich am liebsten gar nicht hier sein wollte. Ryan Bad Hand ignorierte mich einfach. Wahrscheinlich konnte er seine Wut so am besten zügeln.

Nachdem ich meinen Pancake heruntergewürgt hatte, ging ich nach draußen. Die Sonne schien und es würde wieder ein heißer Tag werden, genauso brütend wie all die anderen zuvor, die ich nun schon im Reservat verbracht hatte.

Rodney hatte mich entdeckt. Er winkte mich heran und stellte mir seine Tochter Sadie und ihre beiden Kinder Priscilla und Tim vor. Sadie musterte mich mit den gleichen schwarzen Augen wie ihr Bruder Ryan, aber in ihren lag so etwas wie Bereitschaft zur Versöhnung und schließlich erschien ein Lächeln auf ihren Lippen.

»Guten Morgen, Oliver«, sagte sie. »Vielleicht kannst du mir helfen unsere Sachen aus dem Auto ins Tipi zu tragen.«

Ich folgte Sadie, dankbar, dass ich eine Aufgabe hatte. Sadie war eine richtige Schönheit, was mich total verlegen machte. Sie hatte Mandelaugen, volle Lippen, schöne braune Haut und eine spitzenmäßige Figur. Alles, was ein

Männerherz höher schlagen lässt, meins nicht ausgenommen. Zum Glück redete sie gern und war außerdem neugierig und so lief zwischen uns alles erstaunlich locker. Gemeinsam schleppten wir allerhand Kram vom Auto ins Zelt, unter anderem auch Pampers für Tim, der mit seinen zwei Jahren immer noch in die Hosen machte, sehr zum Unmut seiner Mutter.

»Es macht ihm nichts aus, wenn ihm warm und weich ist am Hintern und er erbärmlich stinkt«, beklagte Sadie sich bei mir. »Von mir kann er das nicht haben, ich war mit zwei Jahren sauber. Muss wohl ein Erbteil seines Papas sein.«

Ich dachte an den Krieger in der Küche und musste lachen. Ich musste wirklich lachen, das hatte ich Sadie zu verdanken. Sie lachte mit und ich war froh, dass es meine Stiefschwester gab.

Nach und nach kamen dann immer mehr Indianerautos über den Weg zum Haus gefahren. Pick-ups, rostige und chromglänzende, Thunderbirds, eckige Pontiacs, mit Kindern voll gestopfte Vans und klapprige Zweisitzer, aus denen ungeheuer viele Menschen purzelten, wenn die Türen sich erst öffneten.

Der Platz neben Rodneys Haus wurde zum Indianerlager. Ein Tipi nach dem anderen erstand aus dem Prärieboden, dazwischen einfache Zelte, die mit Tabakbeuteln und Stoffbändern geschmückt waren. Klapptische wurden aufgestellt und Campingstühle. Es sah so aus, als wollten die Indianer hier ihr Sommerlager einrichten und länger bleiben.

Ein Anflug von Panik befiel mich. Inzwischen waren so viele Leute eingetroffen, dass ich Verwandte und Bekannte von Rodney nicht mehr auseinander zu halten vermochte, und Namen konnte ich mir schon gar nicht merken. Da klang einer märchenhafter als der andere. Dabei wurde mir wieder bewusst, dass ich ja jetzt auch so einen verrückten Namen hatte.

Mein neuer Name. Oliver Bad Hand. Es war nur ein Name. Ich hatte ihn bekommen, weil Mom mir zu verstehen gegeben hatte, dass er hier von Vorteil für mich sein würde. Inzwischen bereute ich, dass ich mich breitschlagen lassen hatte. Ich war nicht wie sie und würde nie so sein. Was hier passierte, war mir völlig fremd. Zu Hause hatten wir zwar manchmal Gäste gehabt, aber nie so viele. Mehr als sechs Leute hatten gar nicht an unseren Tisch gepasst. Unsere Familie war klein. Ich hatte keine Großeltern mehr und meine Mutter keine Geschwister. Meinen Onkel Jürgen, den Bruder meines Vaters, hatte ich nur selten gesehen, er wohnte irgendwo an der Grenze zu Frankreich und hatte nie geheiratet. Ich hatte also nicht mal Cousins und Cousinen. Eigentlich hatte ich das immer sehr bedauert, denn ich mochte große Familien und Nina und ich, wir wollten mal viele Kinder haben. Zwei mindestens, hatten wir uns vorgenommen. Ich hatte Kinder gern, auch wenn sie einem fix mal auf die Nerven gehen konnten.

Die siebenjährige Priscilla, die von allen nur Cilla genannt wurde, und ihr Bruder Tim mussten das schnell gemerkt haben. Seit Sadie ihnen gesagt hatte, dass ich ihr neuer Onkel aus Deutschland war, hingen sie mir am Rockzipfel. Cilla ähnelte ihrer Mutter, mit ihren großen dunklen Augen und der sehr braunen Haut. Ihre schwarzen Zöpfe glänzten. Zur Feier des Tages hatte Sadie ihr ein mit gefärbten Stachelschweinborsten besticktes Lederkleid angezogen, und wenn Cilla zwischen den Tipis umherhuschte, hätte man denken können in einer anderen Zeit zu sein.

Die Kleine redete nicht mit mir und lachte mich auch nicht an. Aber sie war mir ständig auf den Fersen. Vielleicht ging es ihr gar nicht um mich, sondern um ihren Bruder Timmy. Der hatte sich fest an mein Hosenbein gekrallt und hinderte mich so daran, dorthin zu gehen, wohin ich gerne wollte: in mein Zimmer. Ich hätte ihn abschütteln können, aber das brachte ich nicht fertig, nicht unter dem wachsamen Blick von Cilla.

Irgendwann machte ich versehentlich einen zu großen Schritt für den kleinen Kerl und er fiel hin und schlug sich die Lippe blutig. Ich nehme mal an, es tat weh, aber das ließ er sich nicht anmerken, da war er ganz Indianer. Er rappelte sich auf und streckte mir seine Ärmchen entgegen. Ich hob ihn hoch und betupfte seine blutende Lippe vorsichtig mit einem Taschentuch. Tim grinste zufrieden. Endlich war er da, wo er schon die ganze Zeit hinwollte. Und ich fand es auch ganz okay so. Wenigstens einer, der mich mochte.

Bis ich was roch. Ich hatte absolut keine Erfahrung mit solchen Dingen, aber hier war die Kacke ganz gewaltig am Dampfen, das merkte sogar ich.

»Oje, kleiner Mann, du riechst verdammt unappetitlich«, sagte ich und verzog naserümpfend das Gesicht. Cilla, die jeden meiner Handgriffe genau beobachtet hatte, wohl um notfalls einzugreifen, falls ich etwas falsch machen sollte, grinste auf einmal über beide Ohren.

»Weißt du, wo deine Mom ist?«, fragte ich sie.

»Sie ist mit Dad weggefahren, den Großvater holen.«

»So, so.« Ein wenig hilflos sah ich mich um. Alle schienen furchtbar beschäftigt zu sein und ich hatte ein Problem.

»Aber ich weiß, wo Timmys Windeln sind«, sagte sie.

»Das weiß ich auch«, stöhnte ich nach einigem Zögern und folgte ihr ins Tipi.

Sadie hatte aufgeräumt. Der Boden war mit Decken ausgelegt und die Schlafsäcke darauf ausgebreitet. Ich ließ Timmy herunter und er legte sich gleich brav auf den Rücken. Wahrscheinlich war er doch froh das klebrig warme Paket endlich loszuwerden.

Cilla reichte mir eine Pampers und eine Dose mit Öltüchern, um Tims Hintern abzuputzen. Alles war da, ich musste nicht Gras oder Blätter nehmen, wie ich zuerst befürchtet hatte. Mit angehaltenem Atem säuberte ich Tims Hintern und Cilla sah mir dabei zu. Ich konnte nicht glauben, was ich da tat: in einem Tipi hocken und einen kleinen Indianerpo säubern.

»Hast du das schon mal gemacht?«, fragte Cilla.

»Nee.«

»Das sieht man.«

Das war nun der Dank. Frustriert sah ich sie an und da lachte sie wieder. Geschickt ließ sie die benutzten Öltücher in der Windel verschwinden und klebte sie zu einem sauberen, runden Paket. »Ich bringe sie weg, okay.«

»Danke«, sagte ich und Timmy bekam von mir eine neue Pampers, was mir seine ganze Zuneigung einbrachte.

Ich war gerade fertig, da kam Sadie zum Einstieg herein. Sie schnupperte und rümpfte die Nase. Tim sagte so etwas wie »A-A« und grinste zufrieden.

Sadie lachte. »Hey kleiner Bruder, du bist ja richtig gut.

Wirst mal ein prima Papa werden. Steve liebt seine Kinder zwar, aber ihre Windeln wechselt er nur im Notfall.«

»Das war ein Notfall«, sagte ich und bekam rote Ohren.

»Na vielen Dank jedenfalls. Timmy wird dir das nie vergessen.«

Tim untermalte Sadies Drohung, indem er auf meine Beine kroch und seine Arme um meinen Hals legte. Was soll's, dachte ich. Einen Freund konnte ich gut gebrauchen, auch wenn es nur ein kleiner Hosenscheißer war.

Sadie nahm Tim von meinem Schoß und sagte: »Steve und ich, wir haben Großvater Joe geholt. Er möchte dich gerne kennen lernen.«

Auch das noch. Mir blieb wirklich nichts erspart an diesem Tag.

»Na geh schon!«, meinte sie aufmunternd. »Er ist ein großartiger, alter Mann und du wirst ihn bestimmt mögen.«

Am liebsten wäre ich den ganzen Tag im Tipi bei Sadie und Timmy geblieben, aber Sadie knuffte mich sanft nach draußen. Als ich aus dem Tipi kletterte, wäre ich beinahe rückwärts wieder hineingefallen. Auf der Wiese neben dem Haus tummelten sich mindestens hundert Rothäute. Es war ein ganzer Stamm. Männer, Frauen und Kinder. Das konnten unmöglich alles Rodneys Verwandte sein. Manche sahen nicht mal wie Indianer aus. Ein paar Jungs mit Bürstenhaarschnitt und schwarzen Sonnenbrillen saßen auf der Wiese und schienen sich köstlich zu amüsieren. Ich hatte meine Haare also vollkommen umsonst abgeschnitten und jetzt tat es mir Leid. Ich hatte sie nämlich gemocht, meine langen Haare. Jetzt kam ich mir nackt vor um die Ohren und sah zu allem Übel auch noch zwei Jahre jünger aus.

Sadie stieg hinter mir aus dem Zelt.

»Sind das jetzt alle meine Verwandten«, fragte ich mit strohtrockener Kehle.

Sadie lachte herzlich. »Nein, keine Angst. Da sind auch ein paar dabei, die nicht direkt zur Familie gehören. Sie haben von der Hochzeit gehört und traditionsgemäß gibt es bei einem Fest so viel zu essen, dass auch noch ein paar hungrige Mäuler mehr satt werden. Aber wenn du sie fragst, werden sie dir sagen: ›Ich bin Rodneys Cousin oder Rodneys Cousine. Das ist bei uns eben so. Eigentlich sind wir alle eine große Familie. Wir nennen es *Tiospaye*.«

»*Tio* was?«, fragte ich.

»*Tiospaye*. Das heißt so viel wie Großfamilie. Wenn es einem schlecht geht, dann sorgen wir füreinander.«

Das kann ja heiter werden, dachte ich.

Sadie nickte mit dem Kopf in Richtung eines bunten Tipis, das aufgebaut worden war, während ich Timmys Hintern gesäubert hatte. Es war nicht so groß wie die anderen, dafür aber mit bunten Motiven bemalt. Ein blaues Pferd, darauf ein speerschwingender Reiter. Daneben ein roter Büffel. Was noch drauf war, konnte ich von dieser Seite aus nicht erkennen, aber ich würde es mir bei Gelegenheit ansehen.

»Es ist unser Familientipi«, sagte Sadie. »Und der alte Mann davor, das ist Großvater Joe.«

Großvater Joe, ein großer Mann in Jeans, Turnschuhen und weißem Baumwollhemd, der sich gerade mit Sadies Bruder Ryan unterhielt, hatte uns entdeckt und winkte uns zu. »Geh schon!«, sagte sie. »Er beißt nicht.«

Er vielleicht nicht, aber möglicherweise der Finsterling neben ihm, dachte ich. Trotzdem schlenderte ich los, weil ich Sadie nicht zeigen wollte, dass ich Schiss vor ihrem Bruder hatte – meinem Stiefbruder Ryan Bad Hand. Und solange der alte Mann dabei war, würde Ryan mir auch nichts tun.

»Hi«, sagte ich, als ich bei den beiden angelangt war. »Ich bin Oliver, Susans Sohn«, wandte ich mich an den Alten. »Sadie sagt, Sie wollen mich sprechen.«

Großvater Joe grinste freundlich. Er hatte graues, zu zwei dünnen Zöpfen geflochtenes Haar und ein längliches Gesicht mit einer großen Nase. Seine Haut war dunkel und wettergegerbt, aber noch erstaunlich glatt. Die Ähnlichkeit des Alten mit Rodney war unverkennbar, aber er sah jünger aus als er meiner Schätzung nach sein musste.

Mit einem verschmitzten Grinsen sah der Alte mich an. »Weiß nicht, ob wir was zu besprechen haben, mein Junge«, sagte er. »Aber kennen lernen wollte ich dich erst einmal, bevor ich meinen Sohn mit deiner Mutter verheirate.«

Ryan hatte einen fiesen Spruch auf den Lippen, das sah ich ihm an, aber in Gegenwart seines Großvaters traute er sich nicht ihn anzubringen. Er verdrehte zornig die Augen und trollte sich.

»Er mag mich nicht«, stellte ich nüchtern fest.

Der alte Indianer legte mir seine schwere Hand auf die Schulter. »Ryan hat lange Zeit gehofft, sein Vater und seine Mutter würden wieder zusammenkommen. Dabei hat Ella Rae längst einen anderen. Ryan ist sauer auf seinen Vater, weil er eine weiße Frau heiratet. Der Junge muss noch eine Menge lernen.«

Mir wurde ganz schlecht bei Großvater Joes Offenbarungen. Ryan hasste mich gleich aus zweierlei Gründen, wo blieb da meine Chance? Sadie hatte mir erzählt, dass er mit seiner Mutter in Potatoe Creek wohnte, und das war weit genug weg von hier. Doch obwohl er älter aussah, war er erst 17 und musste noch ein Jahr auf die Büffelkopfschule gehen. Spätestens dort würde ich seinem Unmut gnadenlos ausgeliefert sein. Alles war nur eine Frage der Zeit.

»Ich bin vor vielen Jahren mal in Deutschland gewesen«, sagte der Alte. »Deshalb weiß ich, wie fremd dir das alles hier vorkommen muss. Ich kann nachempfinden, wie du dich jetzt fühlst. Um sich an einen Ort wie diesen zu gewöhnen, braucht man eine lange Zeit. Aber wenn du dich öffnest und das Land und die Menschen in dein Herz hineinlässt, wirst du bald besser zurechtkommen. Mein Sohn Rodney ist ein guter Mann und er wird versuchen dir ein guter Vater zu sein.«

Mir saß ein dicker Kloß im Hals, der jegliche Antwort unmöglich machte.

»Wenn du Probleme hast, Junge, ich bin immer für dich da.« Joe sah mich eindringlich an und ich hatte das Gefühl, dass er das nicht nur so dahersagte.

»Danke«, würgte ich hervor. »Aber ich weiß gar nicht, wo Sie wohnen.«

Der alte Indianer lachte, dass ihm die falschen Zähne im Mund herumrutschten. »Wenn du mich wirklich brauchst, wirst du mich schon finden. Und ich würde mich freuen, wenn du Großvater Joe zu mir sagst, wie alle anderen auch.«

Unser Gespräch war beendet und ich ging ins Haus, um

nachzusehen, ob meine Mutter Hilfe brauchte. Die Küche war voll gestellt mit Schüsseln, Schalen und Tellern, auf denen die verschiedensten Speisen angerichtet waren. Es roch gut. Drei Frauen hantierten mit Messern und Kellen und eine war pausenlos damit beschäftigt, Kaffee zu kochen. Als ich nach Susan fragte, drehte sich die an der Kaffeemaschine zu mir um und ich sah, dass es ein Mädchen in meinem Alter war.

Verdammt noch mal, ich wollte es verhindern, aber es funktionierte nicht. Ich wurde rot. Jedenfalls glühte ich und meine Haut prickelte überall, als würde ich mit Nadelspitzen attackiert. Das Mädchen sah ein bisschen aus wie Sadie, nur dass sie ein breiteres Gesicht hatte und ihre Augen noch asiatischer aussahen. Es war der Schalk in ihrem Blick, der mich so aus der Fassung brachte.

»Du musst Oliver sein«, sagte sie. »Ich bin Tammy, deine Cousine.« Sie deutete auf die anderen drei. »Und das sind Bonni, Maren und Bernadette, die fleißigen Küchenfeen.«

Die drei jungen Frauen lächelten mir kurz zu, ohne die Bewegung ihrer geschäftigen Hände zu unterbrechen. Ich hoffte, ich würde mir nicht all die Namen merken müssen, denn das würde ich nie schaffen. Wenigstens waren die drei nicht auch noch meine Cousinen, denn das wäre gleich ein bisschen viel gewesen.

»Deine Mutter ist im Schlafzimmer«, sagte Tammy. »Sie zieht sich um. Es ist bald so weit.«

Ich nickte und verschwand im Flur. Zaghaft klopfte ich an die Schlafzimmertür von Rodney und meiner Mutter.

»Wer ist da?«, rief Mom. Sie hatte diesen genervten Ton in der Stimme, den ich überhaupt nicht mochte.

»Ich bin's«, sagte ich. »Olli.«

»Komm rein.«

Ich drückte die Klinke herunter und betrat das Zimmer. Ich war nur einmal kurz drin gewesen bisher und seitdem hatte es sich mächtig verändert. Meine Mutter hatte wirklich ein geschicktes Händchen, wenn es darum ging, einen Raum gemütlich einzurichten.

Aber es war nicht der Raum mit seinen bunten Vorhängen und der sonnengelben Tapete, der mich so beeindruckte. Was mir die Sprache verschlug, war der Anblick meiner Mutter. Sie war von oben bis unten in weiches hellbraunes Leder gekleidet, das kunstvoll mit winzigen Glasperlen und eingefärbten Stachelschweinborsten bestickt war. Eine rundliche Indianerin um die vierzig war dabei, ihr das Haar zu Zöpfen zu flechten.

»Muss das sein, Mom?«, stieß ich hervor. »Meinst du nicht, dass das ein bisschen übertrieben ist? Du siehst aus wie eine Squaw aus einem schlechten Western.«

Ich hatte deutsch gesprochen, aber bei dem Wort Squaw war die Indianerin zusammengezuckt.

»Das ist Alvina«, sagte meine Mutter tapfer. »Sie ist Rodneys Schwester.«

»Hi«, sagte ich zum hundertsten Mal an diesem Tag und Alvina nickte mir zu, ohne ihre Miene zu verziehen.

»Du meinst, es ist albern?«, fragte Mom zerknirscht.

»Ein bisschen«, sagte ich, weil ich sie nicht kränken wollte.

»Rodney hat sich gewünscht, dass ich das anziehe. Es gehörte seiner Mutter.«

»Wie wäre es mit einem Kompromiss«, schlug ich nach kurzem Überlegen vor.

»Einem Kompromiss?«

»Lass die Zöpfe weg und die Lederhosen. Trag dein Haar wie immer und zieh eine von deinen Hosen an. Das Hemd kannst du ja anlassen, es steht dir.«

Meine Mutter stieß erleichtert Luft durch die Lippen. »Du hast Recht, Olli. Das ist ein guter Vorschlag. Ich habe mich selbst nicht wohl gefühlt, so als falsche Indianerin.« Sie sagte zu Alvina auf Englisch, dass sie es sich anders überlegt habe, und die Indianerin zog achselzuckend das Band aus dem fertigen Zopf.

»Ich wollte fragen, ob ich noch was helfen kann«, sagte ich auf Englisch und Alvinas Gesichtsausdruck wurde gleich eine Nuance freundlicher.

»Ich fürchte, ich habe den Überblick verloren«, sagte meine Mutter, während sie aus den ledernen Hosen schlüpfte. »Aber du kannst die Augen offen halten, ob du jemanden Alkohol trinken siehst. Rodney hat es ausdrücklich verboten. Wer trinkt, muss das Fest verlassen. Wenn du jemanden siehst, dann geh zu Rodney und sag es ihm.«

»Hmm«, sagte ich und verließ das Schlafzimmer. Das war ja der Hammer. Nun sollte ich mich auch noch als Verräter hervortun. Als ob es nicht reichte, dass ich weiß war und schon von daher keine Chance auf ein paar Sympathien hatte, obwohl ich eigentlich ein ganz netter Kerl war.

6. Kapitel

Es wurde Nachmittag, bevor meine Mutter und Rodney Hand in Hand vor dem bunt bemalten Tipi erschienen. Mom sah toll aus. Sie hatte ihr Haar hochgesteckt, wie sie es gerne trug: geschickt festgemacht mit zwei hölzernen Stäben, die ich ihr zu Weihnachten geschenkt hatte. Das blau-weiß-rot bestickte Lederhemd mit den langen Zipfeln stand ihr gut. Sie hatte meinen Rat befolgt und eine helle Leinenhose und schwarze Wildlederschuhe angezogen.

Rodney trug hellblaue Jeans, ein blütenweißes Hemd und eine schwarze Lederweste mit Fransen, die ebenfalls mit blau-weiß-roten Perlen bestickt war. Beide sahen glücklich aus, auch wenn meine Mutter im Augenblick ein wenig unsicher dreinblickte. Sie waren ein schönes Paar, und wie ich sie so sah, wurde ich plötzlich spinneeifersüchtig. Auf Rodney, dass er meine Mutter kriegte. Darauf, dass die beiden glücklich waren und sich haben konnten und ich vor Sehnsucht nach Nina jeden Abend mit Bauchschmerzen einschlafen musste.

Mit finsterer Miene harrte ich der Dinge, die da kommen würden. Und als ich Ryan entdeckte, gegen den Stamm einer Pappel gelehnt, sah ich, dass außer mir noch jemand ganz und gar nicht einverstanden war mit dieser Hochzeit.

Großvater Joe begann mit der Hochzeitszeremonie und das Gelächter und Gemurmel auf der Wiese verstummten. Sogar das Geschrei der Kinder ließ nach. Alles lauschte auf die feierlichen Worte des alten Mannes, der uns etwas von Liebe erzählte.

»Liebe ist ein heiliges Ritual«, sagte er. »Sie gibt uns die Kraft für viele Dinge, auch für so manches, was wir nicht für möglich gehalten hätten. Liebe kennt keine Grenzen, keine Entfernungen, sie lässt sich von Äußerlichkeiten nicht beirren. Die Liebe vermag Brücken zu schlagen und der Vernunft Raum zu geben. Liebe schließt viel mehr ein als das, was man begehrt.

Wir sind heute hier versammelt, um die Hochzeit meines Sohnes Rodney mit der Frau zu feiern, in die er sich in Deutschland verliebt hat. Sie heißt Susan und ist eine tapfere, kluge Frau. Susan hat einen Sohn mitgebracht, sein Name ist Oliver.«

Ein paar Köpfe drehten sich nach mir um und manch einer lächelte mir freundlich zu. Einige allerdings schienen sich zu fragen, ob mir klar war, worauf ich mich da eingelassen hatte.

»Ich werde Rodney und Susan jetzt auf Lakota-Tradition verheiraten«, sagte Joe. »Dadurch werden die beiden zu Mitgliedern unserer Familie. Das heißt, wir werden uns um sie kümmern und für sie sorgen, wenn sie uns brauchen.«

Zum Glück war der Alte kein Mann von großen Reden, auch wenn seine Stimme mich schwer beeindruckte. Sie trug seine Worte über die Wiese hinweg in die offene Prärie hinaus bis zu den Hügeln. Man konnte ausruhen darauf und sich sicher fühlen. So ehrfurchtsvoll, wie ihm alle lauschten, war er vermutlich ein wichtiger Mann. Und als er mit der Zeremonie begann, sahen zu meiner Erleichterung alle auf ihn, Mom und Rodney. Für mich interessierte sich niemand mehr.

Der Alte hüllte meine Mutter und Rodney in eine rote Decke und befächerte sie ausgiebig mit einem Zopf aus angesengtem Süßgras. Ein schwerer Duft zog über den Platz, der mich betäubte und mir das Ganze auf seltsame Art erleichterte. Später wickelte Großvater Joe behutsam etwas aus sehr altem Leder, das Sadies Mann Steve ehrfurchtsvoll in den Händen gehalten hatte. Was zum Vorschein kam, waren ein verzierter Stiel und ein Pfeifenkopf aus rotem Stein. Ein unterdrücktes Raunen ging durch die Anwesenden, als er beides zusammensteckte.

»Die heilige Pfeife unserer Familie«, flüsterte Tammy, die plötzlich hinter mir stand. »Großvater hütet sie und später wird Onkel Rodney sie bewahren, weil er der einzige Sohn ist.«

Der alte Mann nahm die Pfeife, murmelte ein Gebet und schloss die Hände von Mom und Rodney um den Pfeifenkopf. Dann band er ihre Handgelenke mit einem roten Stoffstreifen zusammen.

Nun sind sie aneinander gefesselt bis an ihr Ende, dachte ich und war nahe dran, in Panik auszubrechen. Irgendwie schien mir diese Hochzeitszeremonie auf der Wiese neben unserem Haus viel glaubhafter als die förmliche Angelegenheit beim Friedensrichter in Rapid City. So gerührt, wie Rodney guckte, nahm er all den Hokuspokus wirklich ernst. Und meine Mutter erst. Voller Ehrfurcht hing ihr Blick an den Lippen des alten Mannes.

»Was meinst du?«, fragte Tammy plötzlich. »Wird sie es im Reservat aushalten?«

Verblüfft starrte ich das Mädchen an. In der Küche hatte sie ihr Haar noch zu einem Zopf gebunden gehabt, jetzt fiel es ihr offen über die Schultern. Im Licht der Sonne schimmerte es blauschwarz. Erst jetzt sah ich, dass sie eine kleine Lücke zwischen ihren Schneidezähnen hatte.

»Da kommen viele Frauen aus Europa jedes Jahr«, sagte sie. »Aber nur ein paar sind noch da. Du kannst sie an einer Hand abzählen. Die meisten halten es nicht lange aus hier. Spätestens wenn der Winter kommt, sind sie wieder weg. Die kalten Stürme machen jedem zu schaffen, der nicht daran gewöhnt ist.«

»Meine Mutter ist eine ziemlich harte Nuss«, erwiderte ich. »Was sie sich einmal in den Kopf gesetzt hat, zieht sie auch durch. So schnell wird sie nicht aufgeben.«

»Und was ist mit dir?«

Ich sah Tammy an. »Was soll mit mir sein?«

»Du bist doch bestimmt nicht freiwillig hier.«

»Wie hast du das bloß erraten?«, brummte ich.

»Man sieht es dir an, Cousin. Dir geht das hier alles mächtig auf die Nerven und am liebsten wärst du ganz woanders.«

»Stimmt.«

»Und wieso bist du dann hier?«

»Weil ich keine andere Wahl hatte.«

»Die hat man immer«, sagte sie.

Blöde Kuh, dachte ich. Solche schlauen Sprüche hatten mir jetzt gerade noch gefehlt. Ich ging weg und ließ Tammy stehen. Die Hochzeitszeremonie war zu Ende und die Gäste fielen über das Essen her wie hungrige Raupen. Der halbe Gabelbock röstete über dem Feuer. Über einem anderen Feuer, in einem großen Kessel, köchelte Suppe. Es gab gekochte Maiskolben, in Fett gebackenes Indianerbrot und *Wojapi*, dunkle Beerengrütze. Ich kostete hier und da und hatte mir eine Schüssel mit Suppe füllen lassen, die ich vorsichtig aß, denn sie war heiß. Kartoffeln, Möhren und Maiskörner schwammen darin, kleine Zwiebeln und gräuliche Fleischstücke. Die Suppe war nicht sehr gewürzt, aber sie ließ sich essen.

Bis Steve neben mir auftauchte, mich anfeixte und sagte: »Hm, lecker Hundesuppe, was!«

Der Bissen, der schon fast in meinem Magen angelangt war, rutschte flugs wieder in meinen Mund zurück. Meine Wangen blähten sich und mir traten fast die Augen aus den Höhlen. Ich rannte zu einem Gebüsch, spuckte und würgte das ganze Essen wieder heraus, immer das schallende Lachen von Steve Red Crow in meinen Ohren.

Mann, war das vielleicht abscheulich. Ich hatte schon davon gehört, dass die Lakota-Indianer früher hin und wieder einen Hund verspeist hatten, aber irgendwie war ich der Meinung gewesen, diese Zeiten seien vorbei. *Hundesuppe*. Was für ein Hochzeitsessen.

Von diesem Schock erholte ich mich nur langsam. Meine Augen tränten, immer wieder würgte es mich und am Ende spuckte ich nur noch bitteren Magensaft. Der Appetit war mir für diesen Abend gründlich vergangen und ich hatte auch keinen Bock mehr auf Indianer. Gerade wollte ich unbemerkt im Haus verschwinden, als mich eine harte Hand an der Schulter packte und herumschleuderte. Es war Ryan, der finstere Krieger. Ich fragte mich, was ich falsch gemacht hatte und auf welche Weise er mich dafür bestrafen wollte. Wahrscheinlich hatte er mich schon eine ganze Weile auf dem Kieker und ich hatte es bloß nicht bemerkt.

»Willst dich verdrücken, was?«

»Was dagegen? Ich muss mal pinkeln«, erwiderte ich geistesgegenwärtig.

»Ah, bist dir wohl zu gut, um auf die Wiese zu pissen.«

Als er mit seinem Gesicht ganz nahe an meinem war, roch ich den Alkohol in seinem Atem. Was Rodney wohl dazu sagen würde, wenn ich ihm petzte, dass sein eigener Sohn getrunken hatte. »Lass mich in Ruhe«, sagte ich. Ich war nicht auf Streit aus und würde bei einer körperlichen Auseinandersetzung sowieso den Kürzeren ziehen.

»Das werde ich, wenn's so weit ist.«

»Ich geh jetzt rein.«

»Wirst du nicht.«

»Ist mein gutes Recht«, sagte ich. »Ich wohne hier.« Verdammt noch mal, wie ich solche Momente hasste, in denen Dinge passierten, die man nicht wollte und gegen die man trotzdem nichts tun konnte.

»Oh ja«, höhnte Ryan in mitleidiger Verachtung. »Das kleine weiße Arschloch wohnt im schicken, neuen Haus meines Vaters.«

»Hast du irgendein Problem damit?«

Das hätte ich nicht sagen sollen. Ryans Hand packte zu wie ein Schraubstock und ich ging vor Schmerz in die Knie. »Lass mich los, verdammt noch mal!«, ächzte ich. So schnell würde ich mich nicht geschlagen geben, auch wenn ich Angst um meine Brille hatte. Die Kassengestelle, die die meisten Indianer trugen, sahen bemitleidenswert aus.

»Bitte mich, vielleicht tu ich's dann«, fauchte Ryan und seine Augen funkelten vor Wut.

Ich hatte zwar ein bisschen mit Hanteln trainiert, aber gegen diesen Burschen kam ich nicht an. Obwohl er nicht größer war als ich und gar nicht kräftig aussah, war er doch sehnig und hatte lange Muskeln – im Gegensatz zu mir.

Ich hätte schreien können, aber das wollte ich nicht. Dann hätte er erst recht Grund gehabt, sich über mich lustig zu machen. »Lass bitte deinen Stiefbruder los, Ryan Bad Hand«, sagte ich so fest ich konnte, ohne dabei vor Schmerz aufzujaulen. »Sonst erzähle ich deinem Vater, dass du getrunken hast.«

Mit meinen Worten hatte ich vermutlich eine empfindliche Seite getroffen, denn Ryan lockerte seinen Griff und zerrte mich nach oben. »Du wohnst zwar in seinem Haus und hast das Zimmer, das er immer für mich bauen wollte, aber er ist *mein* Vater und du wirst nie sein Sohn sein. Du bist und bleibst ein stinkender *Wasicun*, auch wenn er dir seinen Namen gegeben hat.«

Das war es also, was Ryan am meisten grämte. Dass einer wie ich seinen Namen trug. »Ich hab ihn nicht haben wollen, deinen blöden Namen«, erwiderte ich wütend und machte mich mit einem Ruck von ihm los. »Und wer hier mehr stinkt, das fragt sich noch. Wenn's nach mir ginge, würde ich gar nicht hier sein in eurem beschissenen Reservat. Was gibt es denn hier schon außer vertrocknetem Gras, kaputten Autos und ein paar armseligen, windschiefen Hütten mit betrunkenen Indianern? Nichts!«, schrie ich ihn an, und weil er mit meinem Ausbruch nicht gerechnet hatte, wich er für einen Augenblick erschrocken zurück. Psychologische Kriegsführung nennt man das. Wenn man nicht mit Muskeln gesegnet war, sollte man sie beherrschen.

Aber dann war Ryan doppelt so sauer wie zuvor. Ich hätte wissen müssen, dass er nicht auf sich sitzen lassen konnte, dass ich sein Land und sein Volk beleidigt hatte. Eine derart wilde, fast wahnsinnige Feindseligkeit hatte ich noch nie zuvor erfahren. Ryan schäumte vor Zorn. Mit einem gurgelnden Laut stürzte er sich auf mich. Ich wollte noch versuchen meine Brille in Sicherheit zu bringen, da bog Tante Alvina um die Ecke.

Ryan ließ augenblicklich von mir ab und ich nutzte die Gelegenheit, um mit der Indianerin ins Haus zu gehen. Vielleicht hatte sie gesehen, was los war, aber sie fragte nichts und mischte sich auch nicht ein.

Ich ging in mein Zimmer, schloss ab und versuchte Nina anzurufen. Es dauerte ewig, bis sie abnahm und ihren Namen ins Telefon brummelte.

»Hallo Nina«, sagte ich. »Hier ist Olli.«

»Weißt du, wie spät es ist«, hörte ich ihre verschlafene Stimme. »Es ist zwei Uhr morgens.«

Mir war immer noch übel, ich war niedergeschlagen und unglücklich und eben erst den Fäusten meines ärgsten Feindes entkommen. Es war mir egal, wie spät es in Deutschland war. Ich wollte Ninas Stimme hören und mich bei ihr ausheulen.

»Tut mir Leid«, sagte ich trotzdem.

»Wie geht es dir?«, fragte Nina, die gemerkt hatte, dass etwas nicht stimmte.

»Beschissen. Nun ist es passiert.«

»Was ist passiert?«

»Weißt du, was ich jetzt bin? Ein *Stiefsohn*. Und zwar der eines Mannes namens Schlimme Hand. Wie soll es mir da gehen?«

»Aber du hast doch gewusst, dass sie heiraten werden«,

bemerkte Nina ungeduldig und ich vermisste das Mitleid in ihrer Stimme.

»Es zu wissen und dabei zu sein ist etwas ganz anderes. Da draußen toben mindestens hundert Rothäute auf der Wiese herum und futtern sich dick und rund. Es gibt Hundesuppe, Nina. Kannst du dir das überhaupt vorstellen? Die Gestalten da draußen sind jetzt meine neue Familie. Mein Stiefbruder Ryan hat noch vor zwei Minuten versucht mir die Knochen zu brechen. Er ist auf dem Kriegspfad. Da fragst du, wie es mir geht!«

Nina schwieg und nach einer Weile fragte ich: »Bist du noch dran?«

»Ja.«

Ich seufzte tief.

»Was hast du ihm denn getan?«, wollte Nina wissen.

»Nichts. Er kann mich einfach nicht ausstehen, das ist alles.«

»Ist niemand dabei, den du vielleicht mögen könntest?«

»Meine Stiefschwester ist ganz nett.«

»Wie heißt sie?«

»Sadie«, antwortete ich und langsam kam ich mir vor, als hätte ich eine vom Sorgentelefon an der Strippe und nicht Nina.

»Na das ist doch schon mal ein Anfang. Versuch nett zu sein, Olli.«

»Wie soll ich nett sein, wenn mich jemand als kleines weißes Arschloch beschimpft?«

Hörte ich da eben ein Glucksen in Ninas Stimme?

»Lachst du über mich?«

»Würde ich nicht wagen.«

»Sie sind über hundert, Nina, und ich bin schrecklich allein. Wenn du wenigstens hier wärst, dann . . . ich hab solche Sehnsucht nach dir. Ich kann hier nicht leben . . .«

»Du fehlst mir auch«, sagte sie sanft und ich weiß nicht, warum ich das Gefühl hatte, dass es nicht ganz ehrlich klang. Es hörte sich überhaupt nicht so an, als würde sie leiden.

»Hast du meinen letzten Brief bekommen?«

»Ja, hab ich. Die Zeichnungen sind sehr schön, ich habe sie an meine Zimmerwand gepinnt.«

»Wirklich?«

»Ja«, sie seufzte. »Ich muss jetzt trotzdem schlafen, Olli. Wir haben morgen einen Volleyballwettkampf und ich muss früh raus.«

»Verstehe.«

»Versuch einfach mal an die acht Stunden zu denken, wenn du mich anrufst, ja? Meine Eltern beschweren sich schon, dass du mich dauernd aus dem Schlaf holst.«

»Okay«, sagte ich. »Ich liebe dich.«

Eine Weile war es ganz still, während ich darauf wartete, dass sie dasselbe sagte.

»Ich dich auch«, brachte sie schließlich heraus und ich ahnte, dass es sie einige Überwindung gekostet hatte.

Ich warf mich auf mein Bett und rollte mich zusammen wie ein Embryo. Ich hatte Nina verloren, das spürte ich ganz deutlich. Selbst wenn ich jetzt auf der Stelle nach Deutschland zurückkehren würde, wäre nichts mehr wie zuvor. Ich hatte sie verloren. Während sich alle anderen draußen köstlich amüsierten, war ich so einsam wie noch nie in meinem Leben. Ich war allein. Nina kam auch ohne mich ganz gut zurecht und meine Mutter war jetzt Rodneys

Frau, sie gehörte zu ihm. Ich hatte niemanden mehr. Keinen Menschen, der verstand, was in mir vorging. Irgendwann würde ich einfach so wegsterben, aus Mangel an Zuneigung und Aufmerksamkeit. Und keiner würde es merken.

Ich weiß nicht, wie lange ich so gelegen und über mein Unglück nachgegrübelt hatte. Irgendwann klopfte es an meiner Zimmertür und in der Annahme, es wäre meine Mutter, rief ich grollend: »Lass mich in Ruhe!«

Der Türknauf drehte sich. »Hast du dich eingeschlossen?«, fragte eine dunkle Mädchenstimme.

Ich setzte meine Brille auf und ging zur Tür. »Wer ist da?«

»Ich bin's, Tammy.«

»Was willst du denn hier?«, fragte ich erschrocken.

»Ich soll dich holen«, sagte sie. »Nun mach schon auf!«

»Ich habe aber keine Lust, zu feiern«, brummte ich.

»Es gibt da ein paar Leute, die dich vermissen. Dein Großvater Joe erzählt Geschichten und möchte dich gerne dabeihaben.«

Nach einigem Zögern öffnete ich Tammy die Tür. Sie bewegte sich nicht über die Schwelle. Erst als ich zur Seite trat und eine einladende Handbewegung machte, kam sie rein und sah sich um.

»Du hast ein tolles Zimmer«, sagte sie und schob anerkennend die Unterlippe vor.

»Es ist ganz okay.«

»Es ist ganz okay?«, wiederholte sie in einem fragenden Tonfall und sah mich an.

»Es ist ganz okay«, sagte ich ein zweites Mal. »Mein Zimmer, das ich in Deutschland hatte, war viel kleiner und dunkel und es war in einer Ecke feucht. Trotzdem wäre ich jetzt lieber dort. Ich weiß nicht, ob du das verstehst.«

»Hast du dich wegen Ryan eingeschlossen?«, fragte sie, ohne auf meinen letzten Satz einzugehen.

Woher zum Teufel wusste sie . . .?

»Meine Mutter hat euch gesehen«, sagte Tammy achselzuckend.

»Er kann's nicht ertragen.«

»Was?«

»Dass ich weiß bin und seinen Namen trage. Dass ich in diesem Haus wohne und dieses Zimmer habe. Dass sein Vater meine Mutter geheiratet hat.«

»Ryan war schon immer ein schwieriger Fall«, sagte Tammy. »Er ist jähzornig und manchmal unberechenbar. Geh ihm lieber aus dem Weg.«

Wie denn, dachte ich, wenn er auf dem Kriegspfad ist.

»Kommst du nun mit runter oder möchtest du, dass ein anderer dich bittet?«, fragte Tammy.

»Schon okay«, seufzte ich. »Ich komme mit.« Sie sollte bloß nicht denken, dass ich mich vor Ryan fürchtete, auch wenn ich mir vor Angst bald in die Hosen machte.

7. Kapitel

Ich folgte Tammy nach draußen und sie steuerte geradewegs auf ein großes Lagerfeuer zu, um das sich fast alle Gäste in einem Halbkreis versammelt hatten, weil sie den Geschichten von Großvater Joe lauschen wollten.

In der Nähe des Feuers ließen wir uns nieder und der alte Mann nickte mir lächelnd zu, ohne seine Geschichte zu unterbrechen.

»Es geht um die Weiße Büffelkalbfrau«, erklärte mir Tammy leise. »Sie hat unserem Volk die heilige Pfeife gebracht.«

Und so hörte ich zum ersten Mal die Geschichte von den zwei Jägern, die von ihrem hungernden Stamm ausgeschickt worden waren, um nach Büffeln zu suchen, denen stattdessen aber eine wunderschöne, junge Frau in einem weißen, kunstvoll verzierten Lederkleid begegnete.

»Einen der Jäger packte ein Gefühl tiefer Ehrfurcht, der andere betrachtete die junge Frau mit Begierde und wollte nach ihr greifen«, erzählte Joe. »Aber da traf ihn ein Blitzschlag und sein Körper verbrannte, dass nur noch ein Häuflein Knochen und Asche von ihm übrig blieb. Zu dem anderen jungen Mann sprach die Büffelkalbfrau: ›Geh zu deinem Volk zurück und sage eurem Häuptling, dass er ein heiliges Zelt aufstellen soll. In vier Tagen werde ich kommen und euch eine Nachricht bringen.‹ «

Inzwischen war es dunkel geworden und Großvater Joes

Gesicht leuchtete rot im Schein des Feuers. »Der junge Jäger eilte ins Dorf zurück«, fuhr er fort, »und brachte seinem Volk die Kunde von der schönen Frau. Sie errichteten ein heiliges Zelt mit genau 24 Stangen und nach vier Tagen kam die Frau zu ihnen ins Zeltdorf.

Was sie dem Häuptling im Zelt aus ihrem Bündel überreichte, war unsere heilige Pfeife.« Der Großvater hielt die Pfeife in seinen Händen, mit der rechten den Stiel und mit der linken den steinernen Kopf. Er hob sie nach oben, damit jeder sie sehen konnte. Dann zündete er sie an, nahm drei Züge und Rauch stieg daraus auf. »Dieser Rauch ist der lebendige Atem von *Tunkashila,* dem mächtigen Großvater«, sagte der alte Mann. »Solange wir die Pfeife ehren, werden wir Lakota leben und uns selbst bewahren.«

Joe schwieg und rauchte und es blieb bei einem gedämpften Murmeln unter den Zuhörern, bis der alte Mann eine neue Geschichte begann.

»Du hast diese Geschichten doch bestimmt schon hundertmal gehört«, sagte ich leise zu Tammy.

»Ich kann sie nicht oft genug hören«, sagte sie achselzuckend. »Diese Geschichten halten unser Volk zusammen. Die *Canunpa*, die heilige Pfeife hält unsere Familie zusammen.«

»Du glaubst an diesen Hokuspokus?«, fragte ich leichthin.

Befremdet blickte das Mädchen mich an. »Hast du auch nur ein Wort von dem verstanden, was Großvater da gesagt hat?«

»Klar«, erwiderte ich. »So schwer zu verstehen war es ja wohl nicht.«

»Scheinbar doch.«

Neben uns zischte jemand und legte den Finger auf die Lippen. Wir hörten auf zu reden. Etwas später sah ich, wie sich ein junger Mann zum Geschichtenerzähler vordrängelte, sich neben ihn setzte und seinen Kopf auf Großvater Joes Knie legte wie ein kleines Kind. Niemand außer mir schien das seltsam zu finden und der alte Mann streichelte den Kopf auf seinem Schoß.

»Was ist denn das für ein Spinner?«, fragte ich.

»Der Spinner ist mein Bruder Boo«, antwortete Tammy, ohne mit der Wimper zu zucken.

»Dein Bruder?« Zielsicher trat ich in sämtliche Fettnäpfchen, die herumstanden. Es war so leicht, etwas falsch zu machen, wenn man fremd war und sich nicht auskannte.

»Meine Eltern haben Boo zu sich genommen, als er fünf war. Eigentlich sollte er bei uns bloß eine Nacht bleiben und dann zu Pflegeeltern kommen, die man schon für ihn ausgesucht hatte. Aber als sie ihn am Abend brachten, lief er mit seinem kleinen Rucksack durch alle Räume unseres Hauses und sagte: ›Hier möchte ich bleiben.‹ Da hatte sich meine Mutter schon in ihn verliebt und so behielten meine Eltern ihn.«

»Und was stimmt mit ihm nicht?«

»Alles.«

Boo lachte plötzlich laut, wie um Tammys Offenbarung zu untermalen. Der alte Mann legte seinen Arm um den Jungen und machte keine Anstalten, ihn wegzuschicken. »Seine Mutter hat während der Schwangerschaft getrunken und deshalb ist er nicht so, wie er sein sollte«, sagte sie. »Boo hat FAS, das Fetale Alkohol-Syndrom.«

Ein anderer Junge war aufgestanden, beugte sich über

Boo und flüsterte ihm etwas ins Ohr. Boo kam auf die Beine und folgte dem Jungen bereitwillig.

»Das war Jaron«, sagte Tammy. »Mein richtiger Bruder. Boo liebt Jaron und gehorcht ihm aufs Wort. Meistens jedenfalls. Meine Eltern und ich haben da weniger Glück.«

Es war spät geworden und der alte Joe beendete seine letzte Geschichte. Ein paar Gäste gingen schlafen, andere vergnügten sich beim leisen Klang der Trommel mit Handgames, einem Geschicklichkeitsspiel mit markierten Knochenstücken. Der Rest blieb am Feuer sitzen und es wurden Geschichten erzählt, die noch nicht so alt waren wie die von Joe. Einige davon waren traurig, aber die meisten waren lustig und das Lachen der Zuhörer hallte über den Hügel.

Die Indianer lachten viel und gerne, was mich wunderte, weil sie eigentlich keinen Grund zum Lachen hatten. Also jedenfalls, seit ich im Reservat wohnte, gab es für mich kaum noch was zu lachen.

Mom kam zu mir und setzte sich neben mich. Sie legte ihren Arm um meine Schulter und ich hätte nichts lieber getan, als mich an sie zu lehnen und ihre Wärme zu genießen. Stattdessen machte ich mich steif, weil ich fürchtete, Ryan könnte mich beobachten und für ein weißes Muttersöhnchen halten. Irgendwann würde ich das aufs Butterbrot geschmiert bekommen, da war ich mir sicher.

Manchmal hatte Mom feine Drähte und sie nahm ihren Arm wieder weg. »Ich bin glücklich«, sagte sie. »Genau so habe ich es mir vorgestellt.«

»Du brauchst das nicht immer wieder zu betonen«, brummte ich. »Du hättest mich wenigstens vor der Hundesuppe warnen können.«

»Hundesuppe?« Plötzlich presste sie ihre Hand vor den Mund, um nicht laut loszulachen. »Wer hat dir denn das erzählt?«

»Steve.« Dieser Blödmann.

»Das war ein Scherz, Olli, und du bist drauf reingefallen. In der Suppe war gutes Büffelfleisch.« Sie stieß mir ihren Ellenbogen in die Seite. »Mach dir nichts draus, hm. Die Lakota haben eben ihre ganz eigene Art von Humor.«

»Ich gehe jetzt schlafen«, sagte ich beleidigt.

»Gute Nacht, Olli«, sagte meine Mutter, aber dann hielt sie mich am Arm fest. »Rodney und ich verbringen die Nacht im Familientipi. Ein paar Leute werden im Haus schlafen, weil sie kein Zelt haben. In deinem Zimmer ist viel Platz. Sollte jemand an deine Tür klopfen, schick ihn nicht weg. Zeig ihnen, dass sie irren, wenn sie uns *Wasicun* nennen.«

Na toll, dachte ich. Das hatte mir noch gefehlt. Nun hatte ich nicht mal mehr einen Platz, an den ich mich zurückziehen konnte. Was, wenn ausgerechnet Ryan Bad Hand in meinem Zimmer schlafen wollte? Musste ich ihn reinlassen und dann die ganze Nacht befürchten im Schlaf abgemurkst zu werden? Ich hatte keinen blassen Schimmer, wie groß sein Hass auf mich war und wozu er in der Lage war. Jähzornig und unberechenbar, hatte Tammy gesagt. Da ließ ich mich doch lieber als *Wasicun* betiteln, auch wenn das kein schmeichelhafter Ausdruck für Weiße war. Mom hatte mir mal erklärt, was er bedeutet. *Wasicun* hieß so viel wie »Die immer nur das Beste wollen und alles für sich behalten«.

»Ich habe aber keine Lust, irgendwelche Penner in mein Zimmer zu lassen«, murrte ich.

»Die meisten gehören zur Familie, Olli.«

»Es ist deine Familie, Mom. Nicht meine.«

»Okay. Es ist dein Zimmer und ich kann dich nicht zwingen.« Sie strubbelte mir über den Kopf und ich zog ihn zur Seite. »Schlaf gut«, sagte sie.

»Schöne Träume«, erwiderte ich.

Ich hätte gerne geduscht, aber meine Dusche war besetzt und so ging ich in mein Zimmer und schloss mich ein. Schließlich war es warm draußen, und wer kein Zelt hatte, konnte auch im Gras pennen. Und *Wasicun* würden sie mich so oder so nennen, ob ich nun mein Zimmer mit ihnen teilte oder nicht.

Ich versuchte zu schlafen, aber es ging nicht. Die Bilder des Tages irrten in meinem Kopf herum und ich kam nicht zur Ruhe. Irgendwann erhellten Blitze mein Zimmer und ich hörte Donner grollen. Mist, dachte ich. Wenn es anfängt zu regnen, kommen sie alle ins Haus.

Kurz darauf klopfte es an meiner Tür.

Ich stellte mich schlafend und antwortete nicht. Bis ich Tammys Stimme erkannte. »Mach auf, Oliver, wir brauchen einen Platz zum Schlafen.«

Wir?

So wenig, wie ich *wir* in meinem Zimmer haben wollte, brachte ich es doch nicht fertig, Tammy vor der Tür stehen zu lassen. Also machte ich Licht an, kroch aus meinem Bett und öffnete ihr.

»Es regnet«, sagte Tammy, ihren Schlafsack im Arm. »Können wir uns bei dir auf den Boden legen?«

Ich ließ sie rein. Außer ihr standen noch Jaron und Boo vor der Tür. Boo grinste mich fröhlich an. Zum ersten Mal sah ich ihn aus der Nähe und mir fiel auf, dass sein Kopf zu klein war für seinen Körper. Das Gesicht sah irgendwie verschoben aus. Als wäre es aus verschiedenen Gesichtern zusammengesetzt und nichts passte zum anderen. Seine Augen waren klein und die Augenlider hingen unnatürlich herab. Er hatte eine Stupsnase und seine Unterlippe war nur ein Strich. Trotz allem wirkte er viel älter, als ich zuerst vermutet hatte. Tammy hatte Recht: An Boo stimmte alles nicht.

Als die drei in mein Zimmer gegangen waren, warf ich vorsichtshalber noch einen Blick in den Flur. Aber alles war ruhig, keine Spur vom finsteren Krieger Ryan Bad Hand.

Ich wollte Tammy anbieten sich auf mein Bett zu legen, da sah ich, dass Boo es sich schon darin bequem gemacht hatte. Jaron versuchte ihn dazu zu bewegen, sich neben das Bett auf den dicken Teppich zu legen. »Das ist Olivers Bett«, sagte er. »Du kannst dich da nicht einfach reinlegen.«

Aber Boo schnarchte schon zufrieden.

»Lass ihn«, winkte ich entmutigt ab. »Ich lege mich auf den Teppich.«

Zum Glück hatte ich einen Schlafsack, in den ich mich einrollen konnte. Aber so hart zu liegen war ungewohnt. Boo schnarchte wie ein Bär und Blitze zuckten, bevor der Donner grollte. Das Gebälk des Daches ächzte. Ich hörte Jaron und Tammy, die auf der anderen Seite des Zimmers lagen, etwas vom Donnervogel flüstern.

Wahrscheinlich glaubten sie tatsächlich an all die Märchenwesen, von denen der Alte heute erzählt hatte. Wie soll ich bloß mit solchen Leuten klarkommen?, war mein letzter Gedanke, bevor der Schlaf mich übermannte.

Die Sonne schien ins Zimmer am nächsten Morgen. Ich wusste nicht genau, was mich geweckt hatte, bis mir ein stechender Geruch in die Nase stieg. Neben mir roch es penetrant nach Pisse. Aber es dauerte noch eine Weile, bis ich begriff, was eigentlich los war. Boo hatte in mein Bett gepinkelt. Er schlief und merkte es nicht einmal.

»Sauerei«, fluchte ich laut und setzte mich auf. Da sah ich, dass sich über Nacht in meinem Zimmer noch weitere Schlafgäste eingefunden hatten. Als sie verschlafen hochblickten, erkannte ich zwei der Küchenfeen wieder, ihre Namen hatte ich allerdings vergessen. Und da war ein älterer Mann, den ich noch nie gesehen hatte. Er grinste mir zu und ich sah, dass ihm vorne ein paar Zähne fehlten.

»Was ist denn los?«, fragte Tammy aus ihrer Ecke.

»Boo hat in mein Bett gepinkelt«, sagte ich.

Sie stöhnte. »Auch das noch.«

Ja, auch das noch, dachte ich. Es war schließlich mein verdammtes Bett und nicht ihres.

Tammy kroch aus ihrem Schlafsack und versuchte Boo wachzurütteln. Sie zerrte unsanft an seinem Arm. »Wach auf, Boo! Du hast in Olivers Bett gepinkelt, du Ferkel.«

Boo knurrte unwillig. Er begriff überhaupt nicht, was Tammy von ihm wollte. Jaron kam ihr schließlich zu Hilfe und er schaffte es, den Bettnässer zu wecken. »Gehen wir Mom suchen«, sagte er. »Sie hat frische Sachen für dich.« Jaron führte den verschlafenen Boo aus dem Zimmer.

Ich begann mein Bett abzuziehen.

»Ich mach das schon«, sagte Tammy. »Schließlich ist er mein Bruder.«

Mir war übel vom Uringeruch und überhaupt war dicke Luft in meinem Zimmer. Gestern hatte es viele Gerichte mit Zwiebeln und Knoblauch gegeben und die Luft war von Fürzen geschwängert. Ich öffnete das Fenster und nahm einen tiefen Atemzug.

Der frische Duft von nassem Gras wehte mir in die Nase, während Tammy mein Bett abzog. Ich fand selber blöd, dass ich sie das machen ließ, aber ich brachte einfach nicht fertig, es selbst zu tun. Ich ekelte mich.

Die anderen ließen sich von der Aufbruchsstimmung nicht stören und pennten fröhlich weiter. Ich hielt es nicht mehr aus in meinem belagerten Zimmer und ging nach unten. Im ganzen Haus lagen irgendwelche schlafenden Leute herum, sogar im Flur.

Die Küche sah aus wie ein Schweinestall. Überall dreckiges Geschirr und irgendwelche Essensreste. Jemand hatte die Kaffeemaschine angestellt und sie gurgelte leise vor sich hin. Mom würde einen Anfall kriegen, wenn sie das sah. Ihre Küche war immer blitzblank, auch wenn sie es sonst nicht so mit der Ordnung hatte.

Um ihr das Schlimmste zu ersparen, räumte ich so viel Geschirr in den Spüler, wie hineinging, und stellte ihn an. Pappteller und Essensreste flogen in den Müll, bis jemand mich von hinten an der Schulter packte.

»He, nicht so eilig mit dem Wegwerfen«, sagte der Zahnlose, der in meinem Zimmer geschlafen hatte. »Das ist gutes Hundefutter.«

Ich gab es auf. Diese Küche würde nie wieder so aussehen wie zuvor und ich würde niemals mit der Mentalität dieser Menschen zurechtkommen. Ich schnappte mir eine Scheibe Weißbrot und ging nach draußen.

Die ersten Gäste waren bereits aufgestanden. Sie saßen oder standen vor ihren Zelten, tranken Kaffee und erzählten sich irgendetwas. Überall hörte ich Gelächter. Cilla und Timmy kamen aus ihrem Tipi gekrochen und hefteten sich an meine Hosenbeine. Ein Mädchen mit einer großen schwarzen Plastiktüte war dabei, den Müll einzusammeln. Ich beschloss ihr zu helfen. So konnte ich mich wenigstens nützlich machen. Sie hieß Lisa und freute sich über meine Unterstützung. Sogar Timmy packte mit an. Jedes Mal, wenn er einen nassen Pappteller aufhob und ihn in die Tüte steckte, die Lisa ihm aufhielt, sagte er: »A-A.«

Ja, die ganze Wiese war voller A-A und mein Bett auch. Aber es nahm mich gar nicht so sehr mit, wie ich eigentlich gedacht hatte. Alles war bloß eine Frage der Perspektive.

Nach einer Weile halfen uns noch andere bei der Müllbeseitigung und bald sah es wieder ganz manierlich aus auf dem Platz. Mom und Rodney kamen aus dem bemalten Tipi gekrochen und beide sahen ziemlich müde aus. Sie mussten sich einiges anhören, von wegen wilder Nacht mit aufgebrachten Donnerwesen.

Rodney lachte kopfschüttelnd und legte seinen Arm um meine Mutter. Sie genoss es eine Weile, dann machte sie sich von ihm los und ging ins Haus. Ich hob den kleinen Timmy auf Lisas Arm und lief Mom hinterher. Im selben Moment, als ich sie erreichte, betrat sie ihre Küche. Darauf gefasst, sie auffangen zu müssen, wenn sie gleich der Schlag treffen würde, blieb ich dicht hinter ihr. Aber nichts dergleichen geschah.

»Guten Morgen«, sagte sie lächelnd zu Tammy und Alvina, die in der Küche standen, Kaffee kochten und Pancakes buken. Jetzt traf mich bald der Schlag. Die Küche sah wieder tipptopp aus. Keine Spur mehr von Müll und Essensresten, alles stand wieder an seinem Platz. Jemand hatte sogar den Fußboden gewischt. Es duftete gut nach frischem Kaffee und Fettgebackenem.

Tammy lächelte mir zu und ich sah, dass sie Grübchen bekam, wenn sie lachte. Mit ihrer Zahnlücke sah sie aus wie ein Kobold. »Deine Matratze hab ich abgeschrubbt so gut es ging, sie trocknet draußen in der Sonne. Der Rest ist in der Waschmaschine.«

»Danke«, sagte ich verlegen.

Mom sah mich fragend an.

»Boo hat in Olivers Bett geschlafen und ihm ist ein Missgeschick passiert«, erklärte Tammy meiner Mutter.

Alvina seufzte. »So geht das nun schon seit 17 Jahren. Er kriegt es einfach nicht auf die Reihe.«

»Boo ist schon 17?«, fragte ich verblüfft. Ich hätte ihn höchstens auf 14 geschätzt.

»Boo ist 21«, sagte Tammy. »Der Alkohol, den seine Mutter während der Schwangerschaft getrunken hat, hat sein Hirn und seine Organe schwer geschädigt. Er hat den Verstand eines kleinen Kindes.«

»Tut mir Leid, das mit deinem Bett«, sagte Alvina. »Jaron hätte nicht zulassen dürfen, dass Boo darin schläft.«

»Es war meine Idee«, sagte ich.

Tammy nickte mir unmerklich zu und ich versuchte ein Lächeln.

8. Kapitel

Die Lakota wurden es nicht müde, beieinander zu sitzen, Kaffee zu trinken und sich Geschichten zu erzählen. Einige, die am Montag wieder einer Arbeit nachgehen mussten, packten am Nachmittag zusammen und reisten ab. Aber viele hatten keine Arbeit und so drängte sie auch nichts, aufzubrechen. Ich hoffte, die Hochzeitsgäste würden nicht noch eine Nacht bleiben, denn ich war so k. o., dass ich mich nach meinem Bett sehnte und allein sein wollte.

Rodney hatte ein paar Jungs entdeckt, die trotz seines ausdrücklichen Verbots Alkohol mitgebracht hatten, und zusammen mit seinem Schwager Arlo Hat kein Pferd nötigte er sie dazu, sein Land zu verlassen. Ich hörte, wie sie Rodney als *Wasicun* und *Apple* bezeichneten, bevor sie verärgert in ihren Schrottautos davonbrausten.

Tammy, die die Szene ebenfalls beobachtet hatte, kam zu mir. »Onkel Rodney wird es von nun an schwer haben«, sagte sie. »Die Alten achteten ihn und die Jungen haben ihn verehrt. Aber nun hat er eine weiße Frau geheiratet und jeder wird ihn mit Skepsis betrachten.«

»Was ist ein *Apple?«,* fragte ich.

»Außen rot und innen weiß.«

»Gibt es eigentlich auch ein Wort für den umgedrehten Fall?«

»Wie meinst du das?

»Na ja, wenn einer weiß ist und trotzdem ein guter Indianer.«

Tammy hob die Schultern und schüttelte gleichzeitig den Kopf.

»Ich muss mich hier also meiner weißen Hautfarbe wegen schämen«, sagte ich. »Wo bin ich bloß hingeraten?«

»Du musst dir die Achtung der Leute eben erarbeiten«, sagte Tammy.

»Es ist rassistisch, wenn ihr dauernd darauf guckt, was ich denken könnte oder wie ich mich verhalte, bloß weil ich weiß bin«, erwiderte ich.

Tammy blickte zu Boden. »Bis jetzt hast du dich ja tapfer gehalten.«

»Ich bin, wie ich bin, Tammy.«

»Dann ist es doch gut.«

Oh nein, nichts war gut. Gar nichts war gut.

Gegen Abend war die Zahl der verbliebenen Hochzeitsgäste auf weniger als 20 geschrumpft. Nur noch die beiden Tipis von Rodney und das Familientipi standen auf der Wiese. Arlo Hat kein Pferd war noch da, Tammy und ihre Familie und Sadie mit Steve und den beiden Kindern. Und natürlich Großvater Joe. Sie alle kannte ich schon ein bisschen und ich wusste, dass sie mit dem Gedanken, dass Mom und ich nun zur Familie gehörten, ganz gut zurechtkamen. Deshalb entspannte ich mich ein wenig und lauschte den Gesprächen.

Steve setzte sich neben mich und klopfte mir auf die Schulter. »Nichts für ungut, Oliver«, sagte er. »Das mit der Hundesuppe war ein kleiner Scherz.«

Die anderen lachten und mir war klar, dass diese Story

bereits die Runde gemacht hatte und ich zum Gespött aller geworden war. Die Demütigung war vollkommen.

»Dieser Gag ist uralt, aber er funktioniert immer wieder«, sagte Steve beinahe entschuldigend. Eigentlich hatte ich ihn gemocht. Nun wusste ich nicht mehr, was ich von ihm halten sollte.

»Mach dir nichts draus«, sagte Großvater Joe. »Steve ist ein *Hunkpapa,* die waren schon immer ein bisschen anders als die Lakota.«

»Ein *Papa* was?«, fragte ich mit großen Augen.

»Ein *Hunkpapa«,* sagte Rodney. »Das ist eine der sieben Hauptgruppen, aus denen wir Sioux uns zusammensetzen. Die *Hunkpapa* sind aus dem Norden, wir *Oglala-Lakota* leben zum größten Teil in Pine Ridge, die *Brule* im Rosebud-Reservat, gleich nebenan. Wenn es dich interessiert, werde ich dir davon erzählen.«

»Und es war wirklich keine Hundesuppe?«, fragte ich, schon halb versöhnt.

»Also, Charlie hat es mir als Büffelfleisch verkauft«, sagte Rodney. »Aber wenn ich's recht bedenke, dann habe ich Tess, seinen fetten Köter, gar nicht bellen hören, als ich's abgeholt habe.«

Und wieder konnten sich alle ausschütten vor Lachen, und ob ich nun wollte oder nicht, ich musste mitlachen.

Später wurde das Gespräch ernst. Rodney war sauer darüber, dass seine Bitte, keinen Alkohol mitzubringen, nicht respektiert worden war. Der Alkohol hatte die heilige Pfeife entweiht, die nun in einer Zeremonie erst wieder gereinigt werden musste.

»Woher kamen die Jungs überhaupt?«, fragte Sadie, die

mit Steve und den Kindern in Rapid City lebte, und was das Reservat betraf, nicht mehr ganz auf dem Laufenden war.

»Das waren irgendwelche Neffen von Ella Rae«, antwortete Rodney. »Eigentlich ganz passable Burschen, soweit ich mich erinnern kann. Zwei sind gute Sportler. Ich weiß nicht, was sie damit bezweckt haben. Vielleicht wollten sie ein bisschen Unruhe stiften.«

Ich hätte Rodney sagen können, dass auch sein Sohn Ryan Alkohol getrunken hatte, aber ich verkniff es mir. Ryan zu verraten würde mir nichts als Ärger einbringen. Obwohl noch eine Menge Zeit bis dahin war, graute mir jetzt schon vor meinem ersten Schultag und dem Augenblick, in dem ich meinem Stiefbruder hilflos ausgeliefert sein würde.

Bisher war ich jemand gewesen, der nirgends aneckte und leicht zu übersehen war. Ich kleidete mich unauffällig, und abgesehen von meinen langen Haaren, hatte es nichts an mir gegeben, das die Aufmerksamkeit anderer auf mich gezogen hätte. Das sollte sich nun ändern. Hier brauchte ich gar nichts tun, um aufzufallen. Meine weiße Haut und die hellen Haare genügten schon.

AUSLÄNDER RAUS!, hatte ich vorhin auf einem Autoaufkleber gelesen. Ausländer, das waren hier Mom und ich. Und im weitesten Sinne alle außer den Indianern in diesem Land. War das nicht verrückt?

Plötzlich hörten wir einen zornigen Brüller und drehten uns alle um. George, Tammys Vater, hatte Boo dabei erwischt, wie er den Rest aus einer Whiskyflasche in sich hineinkippte. Sie hatte irgendwo im Gras gelegen, bis Boo sie gefunden hatte. »Verdammt noch mal, Junge, ich habe es dir verboten, diesen Mist zu trinken«, schimpfte George und schleuderte die leere Flasche in die Prärie.

Boo, der kein Empfinden für Richtig und Falsch hatte, wurde wütend und schlug um sich. Rodney kam seinem Schwager zu Hilfe und beide hielten Boo fest, bis er sich beruhigt hatte. »Ich hab's gefunden«, jammerte er, »es gehörte mir. Ich bin 21, ich kann machen, was ich will.«

Ich sah Tränen in Tammys Augen, dann senkte sie den Kopf, als würde sie sich schämen für Boo. Trotzdem sprach sie von ihm als ihren Bruder, obwohl er es gar nicht war. Da gab es so manches, das ich nicht verstand.

Die Männer brachten den Jungen ans Feuer und er machte sich los, um sich neben mich zu setzen. Seit ich Boo mein Bett überlassen hatte, war ich sein neuer Freund. Er mochte mich, und das zeigte er jetzt, indem er seinen Kopf an meine Schulter legte und verschwörerisch lächelte.

Ich legte meinen Arm um ihn und sagte: »Schon gut, Boo.«

Alle beobachteten mich, doch niemand sagte etwas. Ich hätte zu gerne gewusst, was sie dachten, aber ich konnte in ihren Gesichtern nicht lesen.

Gegen Abend fuhren Sadie und Steve mit den Kindern wieder nach Rapid City und Familie Fool Bear brach schließlich auch auf.

Tammy reichte mir zum Abschied die Hand. »Besuch uns doch mal mit deiner Mutter«, sagte sie. »Wir wohnen in der Nähe von Kyle, es ist gar nicht so weit weg.«

»Okay«, sagte ich verlegen. Tammy lächelte, dass ihre Zahnlücke zum Vorschein kam, und in ihren schwarzen

Augen sah ich, dass sie mich mehr verstand, als sie bisher zugegeben hatte.

Jaron klopfte mir auf die Schulter. »*Toksa*«, sagte er. »Wir sehen dich.«

Boo fiel mir um den Hals und Tante Alvina schaffte es nur mit Mühe, ihn dort wieder wegzukriegen.

Als das Auto der Familie Fool Bear hinter dem Hügel verschwunden war, blieben als Schlafgäste nur noch Arlo und Großvater Joe zurück. Beide bestanden darauf, im Tipi zu schlafen, und Mom schien darüber ganz froh zu sein.

Im Wohnzimmer häuften sich die Hochzeitsgeschenke und ich kam erst jetzt dazu, sie mir richtig anzusehen. Was mir zuerst auffiel, war eine große Patchworkdecke, ein Quilt, in mühsamer Kleinarbeit zusammengenäht aus vielen bunten Stoffstücken. In der Mitte prangte ein großer, sechszackiger Stern. Ich fragte mich, wer sich diese Mühe gemacht hatte. Die Decke war sehr schön. Ansonsten gab es da eine Menge Dinge, mit denen ich nicht viel anfangen konnte: Süßgraszöpfe in allen Größen, mit rotem Faden umwickelte Salbeibündel, bunte Stoffstreifen, Schmuck für Mom. Aber auch Praktisches: Kochtöpfe und Pfannen, noch mehr Decken, Handtücher. Die Lakota waren großzügige Menschen, auch wenn sie selbst nicht viel hatten.

Ich war müde und ging schlafen. In meinem Zimmer sah es wieder ganz leidlich aus. Nicht dass ich ein Ordnungsfanatiker gewesen wäre, aber wenn, dann machte ich mir meine Unordnung schon lieber selber. Die Matratze war wieder an ihrem Platz und mein Bett frisch bezogen. Der Gedanke, dass Tammy das gemacht hatte, war mir peinlich. Meine neue Cousine war in Ordnung und ich hätte gerne gewusst, was sie wirklich von mir dachte.

Ich duschte und legte mich schlafen. Die vergangenen beiden Tage kamen mir so vollkommen unwirklich vor, als hätte ich stundenlang im Kino gesessen, in einem Film, den ich eigentlich gar nicht hatte sehen wollen. Ich fragte mich, wann der Punkt kommen würde, an dem ich begriff, dass es kein Film war, sondern die Wirklichkeit? Dass ich tatsächlich hier war, im Pine-Ridge-Reservat, und das nicht nur für einen verrückten Sommer, sondern für die nächsten Jahre meines Lebens. Ich wünschte, ich würde aufwachen aus diesem Traum, einem Alptraum, und wieder zu Hause sein, zusammen mit Nina.

Mein häufigster Gedanke in diesen Tagen war, dass ich nie wieder glücklich sein würde. Niemals. Da lag ich nun und versuchte mir Nina vorzustellen, um mich ein wenig an ihr Lächeln zu klammern. Aber da war kein Bild, nur Schmerz. Eine Art Verzweiflung, von der ich mir nicht vorstellen konnte, dass sie je wieder weggehen würde.

Doch in der Nacht, da wurden meine Träume wahr. Nina und ich spazierten Hand in Hand durch den Park und dann hockten wir uns auf eine Wiese und küssten uns. Nina konnte wunderbar küssen. Ihre Lippen waren weich und ich roch den wunderbaren Veilchenduft ihrer warmen Haut. Es war herrlich, neben ihr zu liegen und sie zu berühren. Schließlich gingen wir zu ihr nach Hause und schlossen uns in ihrem Zimmer ein. Ninas Eltern waren nicht da und wir konnten es kaum erwarten, endlich zusammen zu sein.

Alles war perfekt und irgendwann kamen wir richtig zur

Sache. Doch bevor es passierte, rüttelte mich jemand wach. Es war meine Mutter, die kopfschüttelnd neben meinem Bett stand. »Es ist gleich Mittag, Olli. Willst du nicht endlich aufstehen?«

»Mmmm«, brummte ich und versteckte meinen Kopf unter der Decke. Das war typisch Mom. Die richtige Nina durfte ich nicht haben und die Traum-Nina auch nicht. Am liebsten hätte ich meine Mutter weggezaubert, damit ich in Ruhe weiterträumen konnte. Im Traum seine Jungfräulichkeit zu verlieren war immer noch besser als überhaupt nicht. Aber Mom gab natürlich nicht eher Ruhe, bis ich mich aus dem Bett quälte.

Ich aß ein paar Cornflakes und ging nach draußen, um Rodney und seinem Vater dabei zu helfen, das bemalte Tipi abzubauen. Irgendwie kriegte Mom mich jedes Mal dazu, das zu tun, was sie wollte. Ich mochte sie sehr, und bis sie Rodney kennen gelernt hatte, waren wir – von einigen Meinungsverschiedenheiten abgesehen – ein wunderbares Team gewesen.

Doch seit einiger Zeit machte ich dauernd, was sie von mir erwartete, und meine Wünsche kamen dabei ständig zu kurz. Meine Mutter hatte mich zu einem höflichen Jungen erzogen, ein Sorgenkind war ich nie gewesen. Aber langsam bekam ich diese Rolle satt. Ich wollte nicht mehr der hilfsbereite, brave Olli sein, der Freund von kleinen Hosenscheißern und Bettnässern.

Als das Tipi zusammengepackt und samt Stangen auf Rodneys Pick-up geladen war, gab es eine Kartoffelsuppe und nach dem Essen wollte Rodney seinen Vater nach Hause fahren.

»Wenn du mitkommst«, sagte Joe zu mir, »dann weißt du, wo ich wohne.«

Ich hatte keine Lust, mitzukommen, aber der gute Olli nickte brav und stieg in den Pick-up. Wir fuhren den Berg hinunter und wieder hinauf bis zur Schotterstraße und bogen dann nach rechts ab.

»Es ist gar nicht weit«, sagte Rodney. »Nur knapp vier Meilen.«

Wir zogen eine mächtige ockerfarbene Staubwolke hinter uns her. Rodney hatte das Radio angemacht, das immer auf Kili-FM eingestellt war, einen Sender, der im Reservat ausgestrahlt wurde. Indianer sangen im Rhythmus der Trommel und Großvater Joe sang mit. Er und Rodney beherrschten die Lakota-Sprache und meine Mutter war darum bemüht, sie zu lernen. Ein paar Brocken hatte ich auch schon aufgeschnappt, aber ich hatte nicht vor Lakota zu sprechen. Wozu auch.

»Das ist Powwow-Musik«, unterbrach Joe seinen Gesang. »Warst du schon mal auf einem Powwow, Oliver?«

Ich schüttelte den Kopf. Ich wusste zwar, dass ein Powwow ein indianisches Tanzfest ist, aber gesehen hatte ich noch keins.

»Nächstes Wochenende findet ein großes Powwow in Pine Ridge statt«, sagte Rodney. »Da werden wir dabei sein.«

»Ich hoffe, Arthur hat bis dahin die Ersatzteile für meinen Wagen«, sagte Joe.

»Wenn nicht, holen wir dich ab, Dad«, erwiderte Rodney.

Großvater Joe bewohnte ein altes Blockhaus in einem kleinen Tal. Ein Bachbett führte neben dem Haus vorbei, in dem jetzt allerdings nur noch ein Rinnsal zu sehen war. Ein paar Pappeln spendeten Schatten und zwischen ihren

Stämmen weideten zwei Pferde, ein Grauschimmel und ein Brauner mit hellen Flecken. Als sie uns kommen hörten, hoben sie lauschend die Köpfe.

Ein Stück vom Haus entfernt, sah ich einen graslosen braunen Kreis am Boden mit einem Loch in der Mitte, das mit Steinen umlegt war. Dort hatte vermutlich das Familientipi gestanden. Gleich neben dem Kreis befand sich ein bienenkorbartiges Gebilde aus gebogenen Zweigen, über das eine ausgeblichene Segeltuchplane geworfen war. Ich nahm an, dass das eine Indianersauna war.

Ein paar windschiefe Strommasten führten durch das Tal und ich registrierte, dass der alte Mann wenigstens Elektrizität in seiner Hütte hatte. Das Blockhaus hatte eine kleine Veranda, auf der eine massive Holzbank stand. Als wir aus dem Pick-up stiegen, kam unter den Brettern der Veranda ein staubig graues Etwas hervorgeschossen und sprang, freudig bellend, um uns herum.

»He Skippy«, begrüßte Joe seinen Hund. »Na, du hast wohl gedacht, ich komme überhaupt nicht mehr wieder, was? Hast du denn gut auf Tom und Jerry aufgepasst?«

Tom und Jerry? Vermutlich waren damit die Pferde gemeint.

Der Hund, er war schon alt, leckte dem alten Mann die Finger und jaulte vor Freude, dass er nun nicht mehr allein sein musste. Joe ging ins Haus und Rodney und ich folgten ihm, mit all den Speisen, die Mom für den alten Mann mitgegeben hatte. Skippy beobachtete mich misstrauisch. Als ich durch die Tür wollte, knurrte er mich an.

Lass mich rein, sonst kommst du in die Suppe, dachte ich.

Joe redete beruhigend auf den Hund ein. »Das ist Oliver«, sagte er. »Am besten du gewöhnst dich an ihn.« Der alte Mann wandte sich an mich. »Skippy hat nur noch einen Zahn, aber mit dem kann er kräftig zubeißen. Also lege dich lieber nicht mit ihm an.«

Skippy ließ mich schließlich rein, beobachtete mich aber weiterhin wachsam. Vielleicht hatte er auch was gegen mich, weil ich weiß war. Vielleicht rochen Weiße anders. Immerhin hatte er mich nicht dusslig angekläfft, was ich ihm hoch anrechnete.

Rodneys Vater holte eine Kanne mit Limonade aus einem uralten Kühlschrank, und während er sie in drei Gläser goss, sah ich mich um. Das Haus bestand aus zwei Räumen. Einer großen Wohnküche, in der wir uns gerade befanden, und noch einer Kammer, deren Tür offen stand. Ein Bett stand darin, mehr konnte ich nicht erkennen.

Die Einrichtung der Wohnküche bestand aus dem Kühlschrank, einem einfachen, arg zerkratzten Küchenschrank, einem Holztisch mit vier Stühlen. Das große, moderne Sofa sah genauso aus wie jenes in unserem Wohnzimmer und wirkte wie ein Fremdkörper in der Hütte. Joe hatte eine Spüle und fließendes Wasser aus der Leitung. Die Arbeitsfläche war voll gestellt mit sauberem Geschirr. Obwohl es einen älteren Elektroherd gab, besaß der alte Mann auch noch einen gusseisernen Ofen, den er mit Holz befeuern konnte. Das Eindrucksvollste am ganzen Raum aber war der Kamin, über dem eine Sammlung von Kräuterbündeln hing. Er war aus Granitsteinen gemauert und machte einen sehr soliden Eindruck. Da ich keine andere Heizquelle entdecken konnte, nahm ich an, dass der Alte im Winter eine Menge Holz zu hacken hatte.

Rodney packte die Plastikbehälter mit dem Essen in den

Kühlschrank und murrte: »Du musst ihn mal abtauen, Dad, sonst kühlt er nicht mehr richtig.«

»Ich find's da drinnen außerordentlich kalt«, sagte Joe. »Ist doch alles voller Schnee.«

»Deswegen ja. Außerdem könntest du endlich nachgeben und dir von mir einen neuen Kühlschrank kaufen lassen.«

»Ich mag den alten aber«, entgegnete Joe. »Ich habe ihn deiner Mutter geschenkt und sie war sehr glücklich damit. Er erinnert mich an sie.«

Rodney murmelte etwas, das ich nicht verstehen konnte. Dann bedankte er sich bei seinem Vater für die Hochzeitszeremonie und wir verabschiedeten uns.

Wir liefen zum Pick-up, und als ich einsteigen wollte, rief Rodney plötzlich: »Hey Oliver!«, und warf mir den Autoschlüssel zu. Ich fing ihn auf und sah meinen Stiefvater mit großen Augen an. »Du bist dran«, sagte er.

»Aber ich kann gar nicht Auto fahren«, erwiderte ich.

»Dann wird's Zeit, dass du es lernst.« Er grinste breit.

Nun war es nicht so, dass ich noch nie am Steuer eines Autos gesessen hätte, aber meine Fahrpraxis war nicht der Rede wert. Mom hatte mich mal auf einem Feldweg fahren lassen. Fünf Meter nach vorn und fünf Meter zurück. Und nun sollte ich einen Pick-up über Schotterstraßen lenken.

Aber feige wollte ich auch nicht sein und außerdem konnte man nie wissen, wofür es mal gut war. Der Pick-up war alt, hatte aber Automatikschaltung, was die Sache erheblich erleichterte. Rodney erklärte mir die Hebelstellungen, dann startete ich den Motor, ging mit dem Fuß von der Bremse und die Kiste rollte los. Es war ein Kinderspiel. Jedenfalls glaubte ich das.

»Geh ein bisschen vom Gas«, sagte Rodney.

Ich wollte bremsen, trat aber versehentlich aufs Gaspedal und die Kiste schoss nach vorn. Ich kriegte die Kurve nicht, kam vom Weg runter und steuerte auf einen Absatz im Gelände zu. Alles ging rasend schnell und ich sah uns schon, wie wir uns mehrmals überschlugen und auf dem Dach endeten.

Plötzlich stand der Pick-up mit einem Ruck und wir wären beinahe durch die Windschutzscheibe geflogen. Rodney hatte die Handbremse gezogen.

»Das war knapp«, sagte er. »Ein Pick-up ist kein Landrover.«

»Tut mir Leid«, sagte ich zerknirscht und machte mich auf Ärger gefasst.

»Kein Problem«, meinte Rodney ruhig. »Du musst langsam fahren und erst mal ein Gefühl für den Wagen kriegen. Manchmal ist er ein bisschen bockig wie ein alter Gaul. Dann musst du ihm gut zureden. Fahr vorsichtig, vor allem im Gelände, wenn du den Untergrund nicht einschätzen kannst.«

»Du lässt mich weiterfahren?«

»Klar doch. Deine Mutter wartet auf uns.«

Ich schob den Rückwärtsgang rein, fuhr ein Stück zurück und dann kriegte ich die Kurve. Von da an lief alles prima. Ich lenkte einen Pick-up durch die Prärie und ein merkwürdiges Gefühl von Unantastbarkeit erfasste mich, das mich für den Augenblick eine Menge vergessen ließ. Sogar Rodney, der wachsam, aber lächelnd neben mir saß.

Mann, wenn mein Freund Markus mich hätte sehen können, die Augen wären ihm rausgefallen vor Neid. Der musste noch drei Jahre warten, bis er ans Steuer eines Autos durfte.

Ich parkte den Pick-up neben dem Haus und Rodney sagte: »Schon viel besser. Du darfst ihn fahren, wenn du willst. Aber nur hier, auf unseren Schotterpisten. Und sieh zu, dass du im September so schnell wie möglich deinen Führerschein machst. Ohne Auto bis du im Res verloren.«

»Okay«, sagte ich und gab ihm den Autoschlüssel zurück.

9. Kapitel

Auto fahren war nicht das Einzige, was ich an diesem Tag im Schnellkurs lernen sollte. Rodney verlor keine Zeit, mich mit dem anderen der beiden wichtigsten Fortbewegungsmittel eines Indianers vertraut zu machen. Zuerst das Auto, klar. Und am späten Nachmittag saß ich dann auf dem Rücken eines Pferdes. Es war die gefleckte Stute, mit der ich mich schon ein wenig angefreundet hatte. Sie sei gefügig und trittsicher, hatte Rodney mir versichert. Er selbst ritt den Hengst, sein Name war Tatanka. Mom ritt die andere Stute, die nicht trächtig war. Nun war es natürlich nicht so, dass ich noch nie in meinem Leben auf einem Pferd gesessen hätte. Da meine Mutter Pferde liebte, hatten wir oft Ferien auf einem Bauernhof gemacht. Aber ebenso wie beim Autofahren, ließ meine Praxis sehr zu wünschen übrig. Die Stute, sie hieß Moon, war sanft und ich vertraute ihr. Sie wusste inzwischen einiges über mich, weil ich manchmal mit ihr redete, wenn kein anderer da war, der mir zuhörte.

Mein Stiefvater ritt voran, Mom folgte mit ihrem Pferd und zum Schluss kam ich. Wir ritten den Hügel hinauf und ich versuchte mich den Bewegungen des Pferdes anzupassen. Rodneys Erklärung, was ich beim Reiten zu beachten hatte, war nicht länger gewesen als seine Erläuterungen zum Schalthebel im Pick-up.

Oben, auf dem Hügel, entdeckte ich dann auch die kleinen, kurzstieligen lila Blumen, genau an jener Stelle, wo ich vor ein paar Tagen meine Tränen vergossen hatte. Vielleicht bildete ich mir das ja nur ein, aber genau dort hatte ich im Gras gelegen. Das war ganz schön verrückt, ein kleines Wunder. Nur dass ich's niemandem erzählen konnte.

Vom Hügel aus konnte man das Land weit überblicken, vor allem wenn man auf dem Rücken eines Pferdes saß. Es war jetzt nicht mehr so heiß wie zur Mittagszeit und ein angenehmes Lüftchen strich über die trockenen Halme.

»Na kommt«, sagte Rodney. »Ich möchte euch etwas zeigen.«

Wir ritten den Hügel hinunter und den nächsten wieder hinauf. Oben befand sich das Hanffeld, von dem Rodney erzählt hatte. Trotz der Trockenheit standen die Hanfpflanzen mannshoch und höher. Rodney verkündete stolz, dass es diesmal eine gute Ernte geben würde.

»Es ist mein dritter Versuch«, sagte er, »und diesmal hat es funktioniert. Vor zwei Jahren ist die Saat gar nicht erst aufgegangen und im vergangenen Jahr sind die jungen Pflänzchen abgestorben. In diesem Jahr hat die ganze Familie zusammengelegt, um einwandfreies Saatgut zu kaufen. Mit dieser Ernte werden wir alle gut über den Winter kommen.«

Ich sah den Stolz in seinen Augen und eine Menge Hoffnung. Sollte dieses Hanffeld die Grundlage unserer Existenz sein? Ich versuchte nicht darüber nachzudenken.

Rodney stieg ab und untersuchte die Blätter der Pflanzen. »Der Hanf ist eine ganz erstaunliche Pflanze, Oliver«, sagte er. »Beim Wachstum bindet er CO_2 und gibt Sauerstoff ab. Auf diese Weise leisten wir unseren Beitrag zum Klimaschutz.« Er grinste breit. »Aber der Hanf hat noch andere erstaunliche Eigenschaften. Er benötigt keine Pflanzenschutzmittel, weil die Hanffasern kein Eiweiß enthalten und dadurch resistent gegen Schädlingsbefall sind. Hanffasern sind extrem reißfest, schalldämmend und diffusionsoffen. Ein hervorragendes Baumaterial also. Und noch dazu eines, das nachwächst. Zum Beispiel die Ziegelsteine von unserem Haus. Sie bestehen zu 50 % aus Hanf und der Rest ist eine Mischung aus Lehm, Kalkstein und Zement. Die Steine wurden bisher in einem Schuppen hergestellt, unter primitivsten Bedingungen. Aber im nächsten Jahr soll an derselben Stelle eine richtige Ziegelfabrik entstehen, gleich neben dem großen Hanffeld von der Deer-Creek-Genossenschaft. Dustin Shortbull, der die Hanfschindeln gebracht hat, ist dort der Chef. Unsere Ernte wird verkauft und dafür werden neues Saatgut und Maschinen angeschafft. Die Ernte der Genossenschaft bleibt im Reservat und wird verarbeitet.«

»Und wenn die Drogenbehörde euch einen Strich durch die Rechnung macht?«, fragte meine Mutter.

»Wieso denn das?«, wollte ich wissen. »Ich denke, es ist Nutzhanf.«

»Kann sie gar nicht«, erwiderte Rodney. »Die Stammesregierung hat 1998 ein Gesetz verabschiedet, das zukünftig den Anbau von Nutzhanf im Reservat erlaubt. Der Hanf darf nicht mehr als ein Prozent THC haben, das Tetrahydrocannabinol, das die berauschende Wirkung verursacht. Ich habe vor einem Monat eine Probe an die Universität in Mississippi geschickt und sie haben kein THC in der Pflanze gefunden. Alles hat also seine Ordnung.«

»Und wann wird geerntet?«, fragte meine Mutter.

»In sechs Wochen, Anfang September, je nachdem, wie das Wetter ist.«

Mom nickte. Sie kannte sich gut aus mit Hanf, weil sie seit der Wende in einer Ökobaufirma gearbeitet hatte. Trotzdem, irgendwie schien ihr das Ganze nicht geheuer und mir war auch unwohl zu Mute.

»Nun sieh mich nicht so an, Susan«, sagte Rodney, als er das skeptische Gesicht meiner Mutter sah. »Immerhin waren es deine Landsleute, die den Hanf ins Reservat brachten.«

»Wirklich?«, fragte ich erstaunt.

»Ja, das war vor mehr als hundertfünfzig Jahren. Die Pflanze lieferte den Jesuitenpriestern und Nonnen Kleidung und Nahrung. Inzwischen wächst der Hanf wild und ähnlich wie wir Lakota braucht er nicht viel zum Überleben. Der Hanf und wir, das könnte funktionieren. Mit dieser Pflanze lässt sich eine Menge anfangen. Wir könnten zum Beispiel Hanföl aus den Samen pressen. Es ist gut gegen Neurodermitis. Im Herbst wollen wir eine Ölpresse kaufen, wenn die Ernte gut wird und der Erlös genug Geld einbringt.«

»Die Pflanzen sehen wirklich gut aus«, sagte meine Mutter, wohl um Rodney nicht die Freude zu verderben.

»Die ganze Familie hat dafür gebetet«, bemerkte er.

Tatsächlich sah ich einen Stab am Rande des Feldes in der Erde stecken, an dessen oberem Ende Stoffstreifen, Tabakbeutel und Federn befestigt waren. Der indianische Zauber war überall und ich fragte mich, wie viel da wohl dran war. Vielleicht konnte Großvater Joe mir darauf eine Antwort geben.

Ungefähr eine Stunde lang waren wir mit den Pferden im Gelände unterwegs gewesen. Rodney hatte Mom und mir gezeigt, wo die Grenzen seines Landes verliefen, und uns gebeten darauf zu achten, dass niemand hier herumschnüffelte.

Am Abend, als Mom schon ins Haus gegangen war, um uns ein Abendessen zu bereiten, und er und ich die Pferde versorgten, fragte ich Rodney: »Und dieses Hanffeld ist wirklich legal?«

Rodney seufzte. »Nicht ganz, Oliver. Der Bundesstaat South Dakota verbietet auch weiterhin jeglichen Hanfanbau, selbst den Anbau solcher Sorten, die nicht als Rauschmittel verwendet werden können. Die sind da furchtbar verbohrt, erst recht, weil es uns Lakota betrifft.«

»Und was bedeutet das?«

»Dass ich mich nach bundesstaatlichem Gesetz strafbar mache, indem ich dieses Feld besitze«, sagte Rodney. »Je nachdem, welches Gesetz für mich zuständig ist. Es wäre vielleicht ganz gut, wenn du deiner Mutter nichts davon erzählst. Sie macht mir sonst die Hölle heiß.«

»Können sie dich einsperren?«

Rodney lachte breit. »Wenn sie mich einsperren wollen, brauchen sie nicht unbedingt ein Hanffeld. Da gibt es viele Möglichkeiten. Ich muss immer auf der Hut sein. Die weißen Gesetzeshüter mögen mich nicht.« Rodney legte mir eine Hand auf die Schulter. »Nun schau mal nicht so frustriert, Olli. Hier im Reservat gelten unsere eigenen Gesetze und wir haben eine eigene Rechtssprechung. Wir dürfen ja auch Kasinos bauen. Und seit fünf Jahren gibt es bei uns dieses Gesetz, das den Anbau und die Verwertung von Nutzhanf erlaubt.«

Ich hoffte, dass er die Wahrheit sprach. Aber als ich später in meinem Bett lag, konnte ich lange nicht einschlafen. Zum einen, weil mein Hintern und meine Oberschenkel fürchterlich schmerzten, und zum anderen, weil ich über all das nachdenken musste, was Rodney mir erzählt hatte. Er stand sozusagen immer mit einem Fuß im Gefängnis. Ob Mom das wusste? Ob sie überhaupt etwas über Rodney Bad Hand wusste, fragte ich mich. Denn ich wusste nur wenig über ihn. Da waren ein paar Puzzleteile, sagen wir, der Rand eines 200-Teile-Puzzles. Aber in der Mitte war ein großes Loch. Ich wurde nicht schlau aus Rodney, hatte keine Ahnung, was er eigentlich machte und womit er seinen Lebensunterhalt verdiente.

Die Kojoten heulten und eine Meute Hunde fing an zu bellen. Aber daran hatte ich mich inzwischen gewöhnt. Es war ein netteres Gutenachtlied als das Quietschen einer Straßenbahn.

Am nächsten Tag hatte Rodney geschäftlich in Rapid City zu tun und war schon weg, als ich aufstand. Ich fragte meine Mutter, was »geschäftlich« bedeutete.

Mom seufzte, bevor sie mir antwortete. »Rodney macht viele Dinge, Olli. Da ist einmal das Hanffeld, von dessen Ernte er sich einen guten Erlös erhofft, und außerdem ist er am Bau der Ziegelfabrik beteiligt. Die Pferde sind sein Kapital, bald wird es zwei neue Fohlen geben. Im Sommer führt er manchmal Reisegruppen durch die Badlands und im Herbst ist er mit Hobbyjägern unterwegs. Seine kunsthandwerklichen Arbeiten hast du ja gesehen. Die verkauft er an Touristen und in einem Laden in Rapid City.«

»Hört sich alles nach einer Menge Arbeit an«, sagte ich. »Aber kann man damit auch Geld verdienen?«

Mom zuckte die Achseln. »Rodney mag das Thema Geld nicht«, sagte sie. »Wenn ich ihn darauf anspreche, verändert er sich und ich kann in seinen Augen sehen, was er denkt.«

»Was denkt er denn?«

»Ich glaube, er denkt: Typisch weiß. Dauernd hat sie nur das Geld im Kopf.« Es klang ein bisschen resigniert.

»Aber ohne geht es doch nun mal nicht.«

»Rodney sagt, er wäre immer irgendwie über die Runden gekommen.«

»Aber jetzt sind wir da.«

»Deshalb wird er sein Leben nicht ändern«, sagte Mom.

Ich sah sie mit großen Augen an.

»Rodney ist Lakota, Olli. Entweder wir nehmen ihn, wie er ist, oder das Experiment ist gescheitert.«

Experiment? Ich dachte daran, was Tammy über die europäischen Frauen im Reservat gesagt hatte. Dass die meisten es hier nicht lange aushielten.

»Was, wenn er dich mal enttäuscht, Mom?«

»Dann muss ich damit fertig werden.«

»Und wie geht es jetzt weiter?«.

»Wir vertrauen auf *Wakan Tanka«,* antwortete meine Mutter mit einem seltsamen Lächeln. »So wie alle anderen im Reservat auch.«

Nach diesem Gespräch versuchte ich Nina anzurufen, um ihr zu sagen, dass ich vielleicht doch bald nach Hause kommen würde. Aber Nina war nicht da. Ihre Mutter sagte mir, dass sie zu einer Geburtstagsfete gegangen war.

Ich klingelte bei Markus an, aber der war auf dem

Sprung, denn er wollte auch zu dieser Fete gehen. »Wer hat denn Geburtstag?«

»Sebastian«, sagte Markus.

»Welcher Sebastian?«

»Der vom Volleyball.«

Verdammter Mist, der lange Sebastian, den alle Mädchen wegen seiner sportlichen Figur und seinem glänzenden Humor bewunderten. Nina hatte Sebastian nie leiden können und nun war sie auf seiner Geburtstagsparty. Ich spürte, wie die Dinge mir aus den Händen glitten, und ich konnte nichts tun. Ich war zu weit weg. Es tat weh, aber es war nicht mehr derselbe grelle Schmerz wie am Anfang, als ich vor Sehnsucht nach Nina fast verrückt geworden war. Was ich spürte, war ein dumpfes Pochen in der Magengegend.

»Du denkst doch an dein Versprechen?«, erinnerte ich Markus.

»Klar. Aber es ist wirklich alles im grünen Bereich. Geht's dir gut?«

»Ich kann jetzt Auto fahren und reiten«, sagte ich. »Schnellkurs.«

»Wow!«, bemerkte Markus. »Das musst du mir unbedingt genauer erzählen. Aber ein anderes Mal, jetzt muss ich los. Kopf hoch, Alter. Und grüß deine schöne Mutter.«

»Hmmm«, brummte ich und legte auf, als das Freizeichen ertönte.

Vor unserer Abreise in den Wilden Westen hatte ich Markus gebeten mich wissen zu lassen, wenn sich zwischen Nina und einem anderen Jungen etwas anbahnte. Ich wollte nicht wie ein verliebter Trottel am Telefon nach ihr betteln, während sie sich längst anderweitig amüsierte. Aber bis jetzt hatte Markus jedes Mal Entwarnung gegeben.

Nina wäre bestimmt sauer gewesen, wenn sie von dieser Abmachung gewusst hätte, aber ich war so weit weg und konnte nichts anderes tun, als ihr zu schreiben oder sie anzurufen. Und ich wusste, wie unangenehm es war, mit Zuneigung überschüttet zu werden, wenn man nicht dasselbe empfand. Bevor ich mit Nina zusammenkam, hatte mich ein Mädchen aus der 9a mit schmachtenden Blicken und selbst verfassten Liebesgedichten verfolgt. Sie war ein nettes Mädchen und sah gar nicht mal übel aus. Aber in mir regte sich nichts, und auch wenn ich damals gerne eine Freundin gehabt hätte, wollte ich ihr nicht wehtun. Man macht sich lächerlich, wenn man den Punkt nicht mitkriegt, an dem man den Bogen überspannt.

Ich wollte nicht, dass mir das mit Nina passiert. Obwohl wir einander geschworen hatten ehrlich zu bleiben und es dem anderen zu erzählen, wenn es aus war, wollte ich lieber auf Nummer sicher gehen. Meine Chancen standen nicht besonders gut, da machte ich mir nichts vor. Aber noch gab es Hoffnung.

Als Mom am Nachmittag nach Kyle fuhr, um einzukaufen, begleitete ich sie. Das Angebot in dem kleinen Supermarkt hinter der Tankstelle war kläglich, aber hungern mussten wir nicht. Was es an frischem Obst und Gemüse gab, war dürftig und teuer, so teuer, dass es sich niemand leisten konnte, schon gar nicht die Lakota, von denen viele auf Sozialhilfe angewiesen waren.

Ich fragte meine Mutter, warum die Preise für Früchte und Gemüse hier so unverschämt waren.

»Die Straßen im Reservat sind schlecht«, sagte sie, »sodass die Ware immer durchgeschüttelt und fleckig hier ankommt. Weil sie dann keiner mehr kaufen will, bleibt sie liegen und vergammelt. Also bringen die Zulieferer erst gar nichts oder sie bieten es zu teuren Preisen an. Aber mach dir keine Sorgen. Im nächsten Frühjahr werde ich hinter dem Haus einen Obst- und Gemüsegarten anlegen. Ich habe schon mit Rodney darüber gesprochen.«

Wir kauften also ein, und während Mom an der Kasse bezahlte, las ich die Anschläge an der Pinnwand. Da warnten sie vor Moskitos, die den West-Nile-Virus in sich trugen. Eine Krankheit, die zu Lähmungen und sogar zum Tod führen konnte. Im Jahr zuvor waren 14 Menschen in South Dakota am West-Nile-Virus gestorben. Ich las und schluckte, und als meine Mutter fertig war, fragte sie: »Was gibt es denn so Interessantes?«

»Hast du gewusst, dass hier Killermoskitos herumfliegen?«

Mom nickte. »Ja, Rodney hat mir davon erzählt. Er sagt, es gibt keinen Grund zur Panik.«

Ich half meiner Mutter die Tüten ins Auto zu tragen und wurde nicht fertig damit, wie leichthin sie die Sache abtat. Ich hatte nicht vor an einem Mückenstich zu sterben. Gleich juckte es mich überall und ich untersuchte meine Arme und Beine nach roten Huckeln.

»Es ist zu trocken für Mücken in diesem Jahr«, sagte Mom.

»Aber mich hat eine gestochen«, erwiderte ich aufgebracht. »Da«, sagte ich und hielt ihr meinen Arm hin.

Sie lachte. »Nun dreh bloß nicht durch, Olli. Wir sind

nicht die einzigen Menschen, die hier leben. Du wirst nicht sterben an diesem Mückenstich.«

»Aber es wäre möglich.«

»Vieles ist möglich, Olli«, sagte Mom. »Dort, wo wir herkommen, genauso wie hier.«

Ich wollte sagen, dass man bei uns in Deutschland nicht Gefahr lief, an einem Mückenstich zu sterben, aber ich verkniff es mir. Meine Argumente prallten an meiner Mutter ab wie alles andere, was ich zuvor gegen ein Leben im Reservat einzuwenden gehabt hatte. Meiner Mutter gefiel es hier, trotz Trockenheit und Müllbergen und Killermücken. Da war nichts zu machen.

Um mich aufzumuntern, entschloss sich Mom zu einem Besuch bei Familie Fool Bear. Rodneys Schwester Alvina wohnte ein Stück außerhalb von Kyle, in einem hellblauen Holzhaus, das in meinen Augen einen soliden Eindruck machte.

Tammy saß im Garten und las. Sie lachte wie ein kleiner Kobold, als sie mich begrüßte. Tammy war nicht schön, sie war einzigartig. Bei ihrem Anblick vergaß ich die Killermücken.

»Hübsches Haus«, sagte ich verlegen.

»Natürlich nicht so schön wie eures«, erwiderte sie. »Die Regierung hat diese Fertigteilhäuser bauen lassen, überall im Reservat. Die Miete richtet sich nach dem Einkommen der Bewohner. Papa repariert dauernd daran herum, aber wenn er einen Schaden behoben hat, taucht der nächste auf.«

»Eigentlich sieht es ganz nett aus«, sagte ich.

»Ja, aber der Schein trügt.« Sie führte mich ins Wohnzimmer und zeigte in eine Ecke, wo sich die Tapete vollständig abgelöst hatte, darunter keimte schwarzer Schimmel. »Im Sommer wird alles trocken, dann tapeziert Papa, und im Winter wird die Ecke wieder schwarz.«

»Ist das Zeug nicht giftig?«

»Das ist es«, antwortete Tammy. »Aber was sollen wir machen?«

Teufel, dachte ich. Killermücken und schwarzer Schimmel. Hört das denn nie auf?

Boo fläzte im Wohnzimmer auf der Couch und guckte fern. Tom und Jerry tobten über den Bildschirm. Als Boo mich wahrnahm, kam er freudestrahlend auf mich zu und zog mich an der Hand zur Couch.

»Er sucht immer jemanden, der mit ihm fernsieht«, bemerkte Tammy achselzuckend, als ich ihr einen hilflosen Blick zuwarf. »Er ist nicht gerne alleine.«

Eine Viertelstunde musste ich Boos Begeisterung für Trickfilme ertragen, bis Tammy mich erlöste. »Ich möchte Olli die Pferde zeigen«, sagte sie und schleppte mich aus dem Haus.

Onkel George schien die gleiche Sammelleidenschaft zu haben wie viele andere Lakota auch. Neben und hinter dem Haus lagerte so allerhand, das einmal ausrangiert worden war und bisher noch keine neue Verwendung gefunden hatte: Ein vollkommen verrosteter, uralter Pick-up, der bestimmt schon Altertumswert hatte, Autoreifen in zwei hohen Stapeln, Bretter und Latten in verschiedenen Längen, Dachpappe, ein altes Waschbecken und zwei Kunstledersessel.

Tammy schien das gar nicht zu sehen, als wir daran vorbeigingen. Ich sah es schon und dabei wurde mir klar, dass wir verschieden waren, etwas, dass ich kurzzeitig vergessen hatte.

Die Pferdekoppel war nicht weit entfernt. Wir liefen am Pappelwäldchen vorbei, das hinter dem Haus wuchs. Zwei Hunde begleiteten uns. Vermutlich waren sie mit Großvater Joes Hund Skippy verwandt. Jedenfalls reimte ich mir das zusammen, als ich sie mir genauer ansah. Pico, der größere, war glatthaarig und schwarz und hatte ein blindes Auge. Bernie hatte ein zotteliges erdfarbenes Fell. Sie trotteten ganz friedlich neben uns her und freuten sich, wenn sie ein paar Streicheleinheiten von Tammy bekamen. Ich hielt mich mit dem Streicheln zurück, denn ich war kein Hundefreund, und wer weiß, was sich für Viehzeug im Fell der Köter versteckt hatte. Irgendwelche Zecken, die mir später den Garaus machen würden, falls die Killermücken das nicht schon erledigt hatten. Außerdem fühlte ich mich von Picos milchigem Auge abgestoßen.

Die Pferde, es waren vier, empfingen uns neugierig mit erhobenen Köpfen. Auch sie waren alle irgendwie gefleckt. Sie stupsten nach Tammys Hand, als sie auf den Koppelzaun kletterte, um ihre Lieblingsstute zu begrüßen, die einen mächtig kugeligen Bauch hatte.

»Sind das auch Appaloosa-Pferde?«, fragte ich.

»Ja. Wir haben sie aus Rodneys Zucht. Es sind gute Reitpferde. Die Nez-Perce-Indianer haben sie gezüchtet. Sie haben den Spaniern ihre Pferde gestohlen und die gesündesten und schönsten miteinander gekreuzt. Appaloosa-Pferde haben alle dieses auffallende Scheckenmuster.«

»Indianerpferde«, sagte ich.

»Ja, Indianerpferde. Sie sind ausdauernd und anpassungsfähig und haben ein gutmütiges Wesen. Deshalb sind sie als Reitpferde sehr beliebt und eine ganze Menge wert.« Tammy streichelte die trächtige Stute liebevoll. »Bald kommt Whirlwinds Fohlen«, sagte sie. »Dad hat versprochen, dass es mir gehören wird. Seinen Bruder mussten wir im Winter verkaufen, weil wir kein Geld für Heizgas hatten. Der Winter war zu kalt und zu lang. Ein paar Leute im Reservat sind in ihren Hütten erfroren, weil sie nichts mehr hatten, was sie verheizen konnten.«

»Willst du mir Angst machen?« Ich sah Tammy fragend an.

Sie warf mir einen merkwürdigen Blick zu. »Du brauchst keine Angst zu haben, Oliver. Onkel Rodney wird schon für euch sorgen. Er hat immer für seine Familie gesorgt. Aber es gibt Männer, die tun das nicht. Sie vertrinken ihre Wohlfahrtsschecks gleich am ersten Tag und ihre Frauen und Kinder gehen leer aus.«

»Warum machen sie das?«

»Weil sie ihr Leben nicht mehr ertragen können, weil sie alles vergessen wollen.« Tammy lehnte ihre Stirn an den Kopf der Stute. »Irgendwann, wenn du eine Weile hier lebst, wenn du erst einen Präriewinter mitgemacht hast, wirst du es vielleicht verstehen.«

»Ihr Indianer seid schwer zu verstehen«, sagte ich.

»Ihr Weißen auch«, erwiderte sie und lächelte. Wenn Tammy lachte, sah sie richtig hübsch aus. Keine Ahnung, warum, aber ich fand ihre Zahnlücke und die Grübchen sexy. Ich ertappte mich dabei, wie ich versuchte Tammy mit Nina zu vergleichen. Aber das ging gar nicht. Nina war perfekt, wie Traumfrauen es nun mal sind. Perfekte Figur, perfekte Kleidung, perfekte Frisur und perfekt verliebt in mich. Tammy war ein bisschen mollig, ihre Klamotten immer ein bisschen vernachlässigt und eine Schönheit war sie auch nicht. Aber Tammy besaß dafür etwas anderes. Tammy hatte Magie.

Ich lächelte zurück.

»Kommst du zum Powwow am Wochenende?«, fragte sie.

»Ich denke schon.«

»Das wird dir bestimmt gefallen. Zum Powwow nach Pine Ridge kommen viele Leute von überallher. Jeder hier freut sich drauf. Ich werde auch tanzen.«

»Du?«

»Klar. Den ganzen Winter habe ich an meinem Kleid gearbeitet und am Wochenende werde ich es das erste Mal tragen.« Ein kurzes Leuchten kam in ihre Augen.

»Jetzt hast du mich richtig neugierig gemacht«, sagte ich.

»Willst du es mal sehen?«

»Ja, gern.«

Wir gingen zum Haus zurück, die Hunde trotteten neben uns her. Mom und Tante Alvina saßen draußen auf einer Bank und tranken Eistee. Scheinbar hatten sie sich jede Menge zu erzählen. Tammy führte mich in ihr Zimmer und da wusste ich dann auch, warum sie von meinem Zimmer so begeistert gewesen war. Ihr Zimmer war sehr klein, höchstens 3 x 4 Meter und auch hier wucherte in einer Ecke der schwarze Schimmel, *Black Mold*, wie er hier genannt wurde. Es war warm und stickig im Raum, obwohl das Fenster offen stand.

Ich weiß nicht, was ich erwartete hatte, vielleicht ein paar Poster von Popstars oder Schauspielern an den Wänden. Stattdessen hatte Tammy Gedichte und Zeichnungen an ihre Wände gepinnt. Einige der Bilder waren mit Buntstiften gezeichnet und zogen mich auf seltsame Weise in den Bann. Es waren Landschafts- und Tierbilder und auch zwei Porträts. Die Strichführung war ungewöhnlich. Ein Kind konnte sie gezeichnet haben oder ein Genie.

»Die sind von Boo«, sagte Tammy. »Die Schulzeit war eine Qual für ihn. Er kann nur schlecht lesen und in Mathe hat er überhaupt nichts kapiert. Aber in Kunst war er immer einer der Besten. Leider macht er jetzt nichts mehr, seit er raus ist aus der Schule. Er sieht nur noch fern oder treibt sich irgendwo herum. Ich habe ihm Stifte geschenkt, aber er hat andere Interessen.«

»Was denn für welche?«

Tammy blickte zu Boden. »Boo ist ein sehr einsamer Junge, er sehnt sich nach Freunden. Also hängt er sich an Leute, irgendwelche Farmerjungs, und macht, was immer die von ihm erwarten. Sie nutzen ihn aus und lachen sich schlapp über ihn. Er merkt es nur nicht.«

Inzwischen hatte ich Tammys Kleid entdeckt, dass in der halb offenen Schranktür hing. »Darf ich?«, fragte ich sie.

Tammy nickte und ich öffnete die Schranktür ganz. Das Kleid war aus fast weiß gegerbtem Leder, über der Brust bestickt mit einem geometrischen Muster aus winzigen, farbigen Glasperlen. Am unteren Rand waren drei Reihen konischer Glöckchen aufgenäht, die silbern schimmerten.

»Es ist aus Hirschleder«, erklärte sie mir stolz. »Es wird so lange gegerbt, bis es fast weiß ist. Ich habe das Kleid selbst genäht und die Perlenstickerei ist auch von mir. Die Glöckchen hat Jaron mir zu Weihnachten geschenkt. Es sind die echten, aus den Deckeln von Tabakdosen gedreht.«

»Es ist schön«, sagte ich. »Du wirst bestimmt toll darin aussehen.«

Tammy lachte, dass ihre weißen Zähne schimmerten. Am liebsten hätte ich sie umarmt, aber das traute ich mich nicht und dafür gab es drei verschiedene Gründe. Erstens war ich verklemmt, zweitens war Tammy meine Cousine und drittens: Vielleicht hatte sie ja einen Freund. Irgend so einen langhaarigen, wilden Krieger, der mir, ohne mit der Wimper zu zucken, die Knochen brechen würde, wenn ich Tammy zu nahe kam.

»Ist was?«, fragte sie.

Ich schüttelte den Kopf. Dann hörte ich meine Mutter rufen, sie wollte nach Hause fahren. *»Toksa«*, sagte ich. »Bis zum Wochenende.«

Tammy nickte und grinste wie ein Kobold.

10. Kapitel

Das große Powwow auf der Festwiese von Pine Ridge sollte mittags beginnen und Mom hatte dafür gesorgt, dass wir pünktlich von zu Hause loskamen. Großvater Joes Wagen war noch nicht repariert und so nahmen wir ihn im Van mit. Er und Rodney hatten sich für die Tanzwettkämpfe angemeldet und schon auf der Hinfahrt trugen sie ihre Tanzkleidung, abgesehen von ihrem Kopfschmuck und den großen schweren *Bustles,* den kreisförmigen, kunstvoll gearbeiteten Federbündeln, die sie sich zum Tanzen auf den Rücken schnallen würden. Die lagen hinten im Kofferraum.

Rodney sah beeindruckend aus in seiner bunt verzierten Lederkluft, mit all den Fransen, Perlen und Federn. Aber Großvater Joes Anblick verschlug mir erst einmal die Sprache. Was er am Leibe trug, schien geradewegs aus einem Museum zu stammen, so alt wirkte es. Das Leder seines Hemdes schien etliche Jahrzehnte auf dem Buckel zu haben. Der obere Teil war nachtblau gefärbt und die Glasperlenstickerei auf der Brust war von einem komplizierteren Muster als die auf Rodneys Hemd.

Sogar die Ärmel waren mit blau-weißen Perlenstickereien verziert und jemand hatte in gleichmäßigen Abständen schwarze Haarzöpfe angebracht, ungefähr zehn Zentimeter lang. Ich nahm an, dass es Pferdehaar war, aber ganz sicher war ich mir nicht.

Großvater Joe sah umwerfend aus.

Auf der Fahrt, es waren immerhin mehr als 80 Meilen bis Pine Ridge, spielte Rodney eine Kassette mit Powwow-Liedern, um uns alle einzustimmen. Er und Joe sangen wieder kräftig mit. Irgendwann stimmte auch meine Mutter mit ein und es juckte sogar mir in der Kehle. Aber ich brachte es nicht fertig, mitzusingen. Ich hatte Angst, mich lächerlich zu machen.

Unterwegs kamen wir an einem Hügel vorüber, auf dem einsam ein weißes Backsteintor stand, mit einem schmiedeeisernen Bogen darüber, auf dem ein Kreuz prangte. Ein paar Autos standen auf dem kleinen Parkplatz am Fuße des Hügels.

»Wounded Knee«, sagte Rodney und ich erinnerte mich dunkel, davon schon mal was im Geschichtsunterricht gehört zu haben. Der fröhliche Gesang im Wagen verstummte und Rodney stellte auch die Musik aus. »Vor langer Zeit wurden auf diesem Hügel mehr als 300 Männer, Frauen und Kinder unseres Volkes von der amerikanischen Armee erschossen«, sagte Rodney. »Damals war eisiger Winter und viele unserer Verwundeten erfroren im Schnee. Es ist genau 113 Jahre her, aber keiner von uns wird es jemals vergessen.«

Wir waren am Hügel vorbei, aber Rodney stellte die Musik nicht wieder an. Eine bedrückende Stille herrschte im Van, bis wir Pine Ridge erreichten und Rodney an der Tankstelle stoppte, um den Bus aufzutanken. Pine Ridge war der Hauptort des Reservats und um einiges größer als Kyle. Keine Ahnung, wie es sonst hier zuging, aber heute herrschte reges Treiben in der Stadt, was sicher mit dem Powwow zusammenhing.

Als wir den Festplatz erreichten, standen dort schon zahllose Wagen im Rund auf der Wiese und Rodney hatte Mühe, noch einen Parkplatz zu finden. Er und sein Vater trugen ihren Rückenschmuck und die Kopfhauben und Mom und ich jeder einen Campingstuhl. Die Tanzarena, ein weiter Kreis, umgeben von überdachten Zuschauerplätzen, war riesig. Rodney ging voran und steuerte zielgerichtet auf jene Stelle zu, wo die Familie seiner Schwester sich bereits niedergelassen hatte. Dort war noch genug Platz, um unsere beiden Klappstühle aufzustellen.

Die Begrüßung war herzlich, und als ich Tammy in ihrem neuen Kleid entdeckte, packte mich endlich auch ein Gefühl von Neugier und Freude. Tante Alvina war dabei, ihrer Tochter Lederbänder mit Federn in die glänzenden Zöpfe zu binden.

»Hi«, begrüßte ich Tammy. »Du siehst toll aus.«

Tammy wurde tatsächlich rot. Ich hätte nie gedacht, dass ihr Derartiges passieren konnte, wo sie doch so braun war. Aber ich bemerkte es trotzdem und es verblüffte mich.

Ihr Kleid saß perfekt. In der Hüfte hatte sie es mit einem Gürtel zusammengenommen, der mit einem blau-weißen Perlenmuster bestickt war. An den Füßen trug sie perlenbesetzte Mokassins. Wenn Tammy einen Schritt machte, schepperten die Glöckchen an ihrem Kleid.

»Sollte es nicht längst losgehen?«, fragte ich, mit einem enttäuschten Blick auf den leeren Tanzplatz.

Alvina lachte kopfschüttelnd über meine Frage und sah mich nachsichtig an.

»Schon mal was von *Indian Time* gehört?«, fragte Tammy und zeigte grinsend ihre Zahnlücke.

Ich verneinte. Schon wieder etwas, das ich nicht wusste.

»*Indian Time* heißt: mindestens zwei Stunden später. Im Klartext: Es geht los, wenn alle bereit sind.«

Ich zuckte mit den Achseln.

Es dauerte dann noch mindestens anderthalb Stunden, bevor es wirklich losging und über die Lautsprecher der *Grand Entry* angesagt wurde, der große Einzug der Tänzer. Alle eingetragenen Teilnehmer des Powwows hatten sich am Haupteingang der Arena eingefunden und eine der vielen Trommelgruppen spielte den *Grand-Entry-Song*. Die lange Reihe der Tänzer wurde von einigen Männern angeführt, die Fahnen trugen.

»Das ist die Ehrengarde«, erklärte uns Tante Alvina, die neben mir und Mom im Klappstuhl saß. Rodneys Schwester trug zwar auch Tanzkleidung, beteiligte sich aber nicht am *Grand Entry*, weil sie ein Auge auf Boo haben wollte. »Es sind Kriegsveteranen und wichtige Männer des Stammes, die die Fahnen tragen«, fügte sie hinzu.

Die Ehrengarde strebte irgendwann in die Mitte des Platzes und die endlose Schlange der Tänzer bewegte sich schneckenförmig um sie herum. Fasziniert starrte ich auf dieses farbenprächtige Schauspiel, den immer enger werdenden Kreis der Tänzer, bis sie sich schließlich auf der Stelle bewegten. Ich hatte Rodney und Joe entdeckt und schließlich auch Tammy. Auch Jaron war unter den Tänzern. Sein ganzer Körper war mit langen bunten Wollfransen bedeckt, also eine ganz andere Art Tanzkleidung als die der älteren Männer.

Der *Grand Entry* zog sich fast eine Stunde in die Länge und danach begannen gleich die ersten Wettkämpfe. Zuerst blieben die älteren Männer in der Arena, um einen

Traditional zu tanzen. Tammy und Jaron kamen zu uns zurück. Tammy erklärte mir die unterschiedlichen Tänze und die dazugehörige Kleidung. »Wollen wir eine Runde laufen?«, fragte sie nach einer Weile. »Es dauert noch lange, bis ich an der Reihe bin.«

Ich war einverstanden und Jaron schloss sich uns an. Wir liefen den großen Kreis um die Tanzarena, wo Händler ihre Stände aufgebaut hatten und sich eine Imbissbude an die andere reihte. Indianer verkauften Hotdogs und Indian-Tacos, das waren große Frybread-Fladen mit einer Mischung aus dicken Bohnen, Tomaten, Zwiebeln, grünem Salat und geriebenem Käse oben drauf.

Tammy und Jaron teilten sich einen Taco, ich hatte noch keinen Hunger. Aber sie ließen mich mal abbeißen. »Schmeckt lecker«, sagte ich, was auch stimmte.

»Johnnys Tacos sind die besten«, meinte Jaron kauend. Wir kauften uns jeder eine Coke und liefen weiter, vorbei an Ständen mit Kassetten und CDs, Traumfängern in allen Variationen, Armschmuck aus eingefärbten Stachelschweinborsten, Navajo-Silberschmuck und überhaupt – es gab alles, was das Herz eines Indianerfans begehrte. Mom würde begeistert sein, wenn sie die Sachen sah.

»Hoppla«, sagte plötzlich ein Kerl in bunter Fransenkleidung, nachdem er mich unsanft angerempelt hatte. Sein Gesicht war bemalt, ein schwarzer Streifen über die Augen, ein weißer Streifen darunter. Senkrechte schwarzgelbe Streifen bis unter das Kinn. Die Lippen waren schwarz wie bei einem Blackmetalfan.

Cola tropfte mir vom Kinn, ich hatte die Dose nämlich gerade zum Trinken angesetzt. Braune Flecken zierten mein weißes T-Shirt. Ich wollte noch was sagen, aber da war der Typ schon verschwunden. Seine Stimme war mir irgendwie bekannt vorgekommen, aber mit dieser Dachsmaske hätte ich unmöglich jemanden erkennen können.

»Ryan, der Idiot«, sagte Jaron. Mir rutschte beinahe das Herz in die Hose. Ryan Bad Hand war hier und jetzt, wo ich das wusste, würde ich keine ruhige Minute mehr haben. Ich zitterte bei dem Gedanken, Ryan könnte mir irgendwo auflauern. Jaron sah gleich, dass ich mir vor Schiss bald in die Hosen machte, und klopfte mir grinsend auf die Schulter. »Bleib mal ganz ruhig, alter Junge. Solange wir bei dir sind, traut er sich nicht.«

Traut er sich *was* nicht?, hätte ich gerne gewusst. Aber vielleicht war es auch besser, ich wusste es nicht.

»Gehen wir zurück«, sagte Jaron. »Ich glaube, ich bin bald dran. Und ich will mir die Gelegenheit nicht entgehen lassen, Ryan Bad Hand zu zeigen, wer der bessere Grastänzer ist.«

Auf dem Rückweg liefen wir zwei Touristinnen mit gezückten Fotoapparaten in die Arme. »Sind die beiden nicht süß«, sagte eine von ihnen auf Deutsch.

Auch das noch. Eigentlich hätte ich erfreut sein müssen nach so langer Zeit zwei Landsleute zu treffen, aber seltsamerweise war ich es nicht.

Die eine Frau, behängt mit Indianerschmuck wie ein Weihnachtsbaum, ging auf Tammy zu und fragte sie, ob sie ein Foto machen dürfe. Tammy sah Jaron an und der verdrehte die Augen. »Wenn's unbedingt sein muss.« Er wollte es schnell hinter sich bringen.

»Okay«, sagte Tammy. Sie stellte sich auf meine linke Seite und Jaron stand an meiner Rechten.

Die beiden Frauen machten enttäuschte Gesichter. »Geht das auch ohne euren Freund?«, fragte die eine.

»Er gehört dazu«, bemerkte Tammy, ohne mit der Wimper zu zucken. »Er ist unser Cousin.«

Die deutschen Frauen machten ihr Foto. Ich war sicher, dass es später im Papierkorb landen würde, weil ich es entweihte, so weiß und voll gekleckert, wie ich war. »Nichts für ungut«, sagte ich auf Deutsch, als wir an ihnen vorübergingen. Ihre langen Gesichter amüsierten mich und ich vergaß Ryan Bad Hand.

Es war eine Schau, Jaron Fool Bear tanzen zu sehen. Die rot-gelben Fransen an seiner Kleidung schienen ein Eigenleben zu entwickeln, während er sich im immer schneller werdenden Rhythmus der Trommeln bewegte. Wenn er sich drehte, war sein Körper vollkommen in schwebende Wollfäden eingehüllt und alles verschwamm in einem Rausch aus Farben.

Ganz in seiner Nähe tanzte Ryan Bad Hand in Weiß und Blau. Rodneys Sohn war ein guter Tänzer, das konnte sogar ich erkennen. Keine Ahnung, aber irgendwie hatte ich ihm das nicht zugetraut, nachdem ich ihn mit einer Alkoholfahne erwischt hatte. Als ob das nicht zusammenpasste. Die Indianer überraschten mich immer wieder.

Tammy beugte sich zu mir herüber und flüsterte: »Letztes Jahr war Ryan Sieger in seiner Altersklasse. Aber Jaron hat wie ein Verrückter geübt. Er will ihn schlagen.«

Großer Gott, dachte ich. Wenn Jaron siegte, würde Ryan erst recht sauer sein. Und an wem würde er seine Wut wohl auslassen?

»Was glaubst du, wer der Bessere ist?«, fragte ich Tammy.

»Es kommt auf den Schluss an«, sagte sie. »Genau mit dem letzten Schlag der Trommel muss jeder Grastänzer zum Stehen kommen. Jeder versucht im Schlussteil etwas Eigenes zu machen und damit die Jury zu begeistern. Aber wenn einer der Tänzer den letzten Trommelschlag verpasst, hat er keine Chance auf den Sieg.«

Jaron und Ryan tanzten jetzt nebeneinander und die anderen hatten etwas Abstand genommen, um den beiden nicht in die Quere zu kommen. Rodney und George beobachteten alles mit gespannten Mienen. Das Ganze geriet zu einem Duell zwischen den beiden Jungen, die – von der Menge angefeuert – immer wilder über den Rasen wirbelten. Und dann passierte es: Ryan war so damit beschäftigt, den Schluss seines Tanzes zu etwas Besonderem werden zu lassen, dass er den letzten Trommelschlag verpasste und noch eine Drehung machte, während die anderen schon standen.

Ein enttäuschtes Raunen ging durch die Zuschauermenge, aber dann gab es großen Beifall für beide. Dennoch, die Aussicht auf einen Sieg hatte Ryan durch seine kleine Unachtsamkeit verschenkt und Jaron wurde von der Jury zum Sieger im Grastanz gewählt.

Tammy sprang vor Freude herum und klatschte in die Hände. Dann umarmte sie mich kurz, ließ mich aber gleich wieder los, um ihrer Mutter um den Hals zu fallen. »Er hat es geschafft«, jauchzte sie. »Er hat es geschafft.«

Sie erzählte mir, dass der Sieger in jeder Kategorie ein Preisgeld von 1 000 Dollar bekam. Das war eine Menge

Geld für einen siebzehnjährigen Jungen und ich fragte mich, was Jaron damit anfangen würde.

Tante Alvina legte ihrer Tochter einen roten Schal mit angenähten Lederfransen um die Schulter und wünschte ihr viel Glück. Tammy eilte auf den Tanzplatz, denn nun waren die Mädchen in ihrem Alter mit dem *Jingle Dress*-Tanz an der Reihe. Die vielen Glöckchen an den verschiedenfarbigen Kleidern der Mädchen klingelten im Rhythmus, als sie sich in kleinen Spiralen über die Wiese bewegten. Die bunten Tücher trugen sie ausgebreitet, sodass es aussah, als wären sie Schmetterlinge und wollten davonfliegen. Die langen Fransen wirbelten bei jeder Bewegung.

Es gefiel mir, Tammy bei ihrem Tanz zuzusehen, der Ausdruck ihrer ungehemmten Lebensfreude war. Sie war gerne Indianerin, daran gab es keinen Zweifel. Ich konnte es nicht verstehen, aber es faszinierte mich. Ihre unfassbare Fröhlichkeit wirkte ansteckend und ließ mich jedes Mal vergessen, wo ich war.

Siegerin beim *Jingle Dress*-Tanz wurde eine andere, aber Tammy bekam einen Preis für das schönste Kleid. Mit strahlenden Augen kam sie zu uns zurück und ich drückte sie und spürte das Pochen ihres Herzens an meinem.

Später, es wurde langsam dunkel, lud Rodney Mom und mich zu einem Indiantaco ein. Diesmal hatte ich Hunger und nahm einen ganzen. Der Taco schmeckte köstlich und ich haute mächtig rein. Irgendwann drückte mir die Blase und ich verschwand hinter der Tacobude, um an den Maschendrahtzaun zu pinkeln, der das Powwowgelände umgab.

»Na sieh mal einer an«, sagte plötzlich jemand hinter

mir. »Das kleine weiße Arschloch kann doch im Freien pinkeln, wenn ihm nichts anderes übrig bleibt.« Ich drehte mich um und sah drei gefiederte Gestalten. Ryan mit der Dachsbemalung in der Mitte. Er trug nicht mehr seine Tanzkleidung, die hätte ja Schaden nehmen können. Grinsend schwang er ein Messer in der Hand. Die kurze Klinge blitzte im Lichtstrahl der Laterne.

»Ein vollwertiger Skalp ist hier zwar nicht zu holen, aber besser als nichts«, sagte er und kam mit seinem Messer meinem Haaransatz bedrohlich nahe.

Noch bevor ich mir meiner Angst bewusst werden konnte, hatte ich die Reste eines Tacos im Gesicht und sah nichts mehr. Ich hörte höhnisches Gelächter, wurde gegen den Zaun geschubst und meine Brille blieb darin hängen. Der Zweite langte kräftiger zu und der Schmerz, der aus der Magengrube kam, schoss wie ein greller Blitz in mein Hirn. Ich hatte nicht gewusst, dass Schmerz so lebendig sein kann. Keuchend rang ich nach Luft. Da kam der nächste Hieb, diesmal vor die Nase. Es knirschte und ich hing rücklings im Zaun, der leicht federte und mich wieder nach vorne drückte. Dann ging ich in die Knie. Ein warmer Strom lief mir über die Lippen. So ungefähr musste sich Custer gefühlt haben, auf dem Schlachtfeld am Little Bighorn. Er war nicht mit dem Leben davongekommen. Keine Ahnung, was aus mir werden würde.

Aber auf einmal ließen sie von mir ab.

Ich versuchte mich aufzurappeln, als mir jemand hilfreich unter die Arme griff. Mit dem Handrücken wischte ich über meine Augen. Es war Rodney, der mir auf die Beine half. »Alles in Ordnung?«, fragte er.

Ich nickte. Abgesehen davon, dass ich beinahe skalpiert

worden war, war eigentlich alles in Ordnung. »Meine Brille«, sagte ich und meine Stimme war immer noch heiser vor Angst. »Sie muss hier irgendwo im Zaun hängen.«

Rodney fand sie. Er bog sie gerade und machte mit seinem Taschentuch die Gläser sauber. Ich setzte mich ins Gras und die Panik verebbte langsam. Rodney brachte mir einen nassen Lappen aus der Tacobude, damit ich mein Gesicht abwischen konnte. Inzwischen war es dunkel geworden und ich ganz froh drüber. So konnte mich wenigstens keiner sehen.

»Kanntest du die Jungs?«, fragte Rodney und setzte sich neben mich.

»Nein.« Verdammt, mein Nasenbein tat höllisch weh. Wahrscheinlich war es gebrochen.

Rodney musterte mich eindringlich. Er glaubte mir nicht. »Ist schon ein bisschen seltsam, das Ganze«, sagte er nachdenklich. »Es kommt zwar hin und wieder zu irgendwelchen Rangeleien auf dem Powwow-Gelände, aber einen Weißen hat es dabei noch nie erwischt. Hast du die Burschen vielleicht in irgendeiner Weise provoziert?«

Ich schniefte und setzte meine Brille wieder auf. »Sehe ich vielleicht so aus, als ob ich mich mit irgendwelchen Rothäuten anlegen würde?« Ich begann mich zu fragen, ob er sie noch alle hatte.

Rodney lachte kopfschüttelnd. »Nein, eigentlich nicht. Aber vielleicht hast du es unbewusst getan. Es gibt da eine Menge Missverständnisse, die nicht unbedingt zur Völkerverständigung beitragen.«

Das größte Missverständnis war, dass ich überhaupt hier war.

Wind kam auf und ich hörte, wie der Gesang und die Trommeln wieder einsetzten. Das Powwow würde bis weit nach Mitternacht andauern, hatte Tammy mir erzählt. Ich hatte, ehrlich gesagt, die Nase voll, im wahrsten Sinne des Wortes. In Gedanken verwünschte ich Ryan, die Lakota und das ganze Reservat.

»Ich dachte immer, diesen Hass zwischen Indianern und Weißen gibt's nur noch im Film«, sagte ich schließlich, nachdem wir eine Weile schweigend nebeneinander gesessen hatten.

Rodney hob die Schultern. »Ich weiß nicht, wie das bei euch ist, Olli, aber für uns Indianer gibt es keine Grenze zwischen der Vergangenheit und heute. Das Leben im Reservat ist anders als das, das du kennst.«

»Da wäre ich nie drauf gekommen«, erwiderte ich beleidigt. »Einer der Typen wollte mich skalpieren.«

Rodney blickte amüsiert. »Na, dass muss ja ein ganz besonderer Witzbold gewesen sein.«

Der blöde Witzbold war dein Sohn, hätte ich ihm am liebsten ins Gesicht geschrien, aber ich ließ es sein. Es würde mir nichts helfen, wenn Rodney es wusste.

»Du musst lernen auf dich selbst aufzupassen, Oliver. Ich kann dich nicht beschützen, einfach weil ich nicht immer in deiner Nähe bin.«

»Ja, klar.«

»Im Res kommst du am besten zurecht, wenn du dir selbst hilfst.«

»Schon begriffen«, seufzte ich. »Aber was mach ich, wenn sie auf dem Kriegspfad sind?«

Rodney lachte. »Es leben viele Weiße im Reservat und mit den meisten haben wir keine Probleme. Wir sind nicht auf dem Kriegspfad, Oliver. Wir versuchen miteinander auszukommen, glaub mir.«

»Mom hat mal zu mir gesagt, dass jedes Volk seine eigene Art hat, herzlich oder abweisend zu sein.«

Rodney schwieg einen Moment, dann fragte er: »Hat meine Familie dich nicht herzlich aufgenommen? Sadie, Tammy, meine Schwester Alvina . . .«

»Doch, schon, aber . . .«

»Aber?«

Ich widerstand dem Impuls ihm von Ryans Attacken zu erzählen und sagte: »Na die Typen eben. Die hassen mich, nur weil ich weiß bin.«

»Das ist eine lange Geschichte, Olli«, sagte Rodney. Der Wind wurde immer stärker und wehte uns Staub in die Augen. Plastiktüten und Pappteller flogen umher und blieben im Drahtzaun hängen. Rodney erhob sich und reichte mir seine Hand. »Wenn du willst, werde ich sie dir eines Tages erzählen. Aber jetzt lass uns lieber von hier verschwinden, bevor uns der ganze Mülleimer um die Ohren fliegt.«

Auf dem Weg wurde der Wind so stark, dass wir unsere Gesichter vor herumfliegenden Dreckteilchen und Pappbechern schützen mussten. Mom hatte sich schon Sorgen gemacht und war froh uns kommen zu sehen. Als sie bemerkte, wie ich zugerichtet war, erschrak sie. »Was ist denn mit dir passiert, Olli?«

»Mein Wagentreck wurde angegriffen«, sagte ich. »Alle anderen sind tot. Ich bin nur knapp dem Skalpmesser entkommen.«

Mom sah Rodney fragend an. Ihre Augen funkelten vorwurfsvoll. Jetzt kam der Mutterinstinkt durch. Klar, sie liebte Rodney. Aber in erster Linie musste sie ihren Nachwuchs schützen. Ich war froh, dass ich sie hatte.

»Ein paar Jungs haben ihn verprügelt«, sagte er. »Als ich dazukam, sind sie abgehauen.«

»Wir reden später darüber«, sagte sie und ich hörte Groll in ihrer Stimme. »Jetzt fahren wir besser nach Hause. Es hat eine Tornadowarnung gegeben.«

Auch das noch, dachte ich. Mir blieb nichts erspart. Ob Indianer, Killermücken oder Sturm, das hier war Feindesland und ich wollte nichts als weg.

Tante Alvina rang verzweifelt die Hände. »Boo ist mal wieder verschwunden«, sagte sie. »George und Jaron suchen nach ihm. Ich kann hier nicht weg. Aber könnt ihr vielleicht Tammy mit zu euch nehmen? Ich hole sie morgen ab.«

»Na klar«, sagte Rodney. Und zusammen zogen wir los: Großvater Joe, meine Mutter, Rodney, Tammy und ich – die Körper gegen den Wind gelehnt, die Augen zu Schlitzen gekniffen, bis wir endlich unseren Van gefunden hatten.

Gerettet. Jedenfalls dachte ich das.

Die Wipfel der Bäume bogen sich im Wind. Blätter, Dreck und Abfall wurden gegen die Windschutzscheibe geschleudert, während Rodney versuchte den Van auf der Straße zu halten. Draußen war stockfinstere Nacht und ich wunderte mich, dass er überhaupt wusste, wohin er fahren sollte.

Was, wenn der Tornado uns erwischte, bevor wir zu Hause angekommen waren? Wenn er den Van von der Straße holte und in die Luft schleuderte wie eine leere

Blechschachtel? Oder wenn er genau über jenem Hügel tobte, auf dem unser Haus stand? Ich hatte »Twister« im Kino gesehen und die Erinnerung an den Film mobilisierte meine Phantasie.

Alle im Wagen schwiegen beklommen, als würden sie dasselbe denken. Rodney musste sich mächtig konzentrieren, weil die Windböen, die ganz plötzlich von der Seite kamen, manchmal so heftig waren, dass es ihm bald das Steuer aus der Hand riss.

Einmal flog ein Zweig krachend auf das Autodach und wir zuckten alle zusammen. Mom schrie leise auf. Dann wurde es plötzlich hell. Blitze zuckten am schwarzen Horizont, fünf oder sechs auf einmal, dick und verzweigt wie ein Baum. Donner grollte in der Ferne.

»Die Donnerwesen«, sagte Tammy.

»Irgendetwas hat sie erzürnt«, meinte Joe und fing leise an zu singen. Er sang auf Lakota und seine tragende Stimme beruhigte uns ein wenig. Sie schien auch den Sturm innehalten zu lassen.

Die Fahrt kam mir endlos vor. Meine Nase tat höllisch weh, und weil sie zuschwoll, musste ich durch den Mund atmen. Bald war meine Kehle trocken wie die Sahara und ich bekam mörderischen Durst. Immer wieder blitzte es am Horizont. Der Sturm nahm nicht zu, wurde aber auch nicht schwächer. Vielleicht half ja Großvater Joes Gesang.

Pine Ridge wurde mir von Tag zu Tag unbegreiflicher. Dieser Sturm war aus heiterem Himmel gekommen, genau so wie Ryans Angriff. Immer wieder erwischte es mich unvorbereitet, das machte mir ganz schön zu schaffen.

11. Kapitel

Endlich waren wir da. Auch auf unserem Hügel wehte es, aber nicht mehr so heftig wie in Pine Ridge. Der Sturm hatte einen anderen Weg genommen und wir hofften alle, dass er nicht zu viel Schaden anrichten würde.

Meine Mutter wollte mich noch über den Vorfall auf dem Tanzplatz ausfragen, doch ich hatte keine Lust, zu reden. Ich blieb dabei, dass ich die Jungs nicht gekannt, sie aber auch nicht provoziert hatte. Mom beließ es dabei, doch ich merkte, dass das Thema für sie noch nicht abgeschlossen war.

Sie baute Großvater Joe eine Schlafgelegenheit auf der Couch im Wohnzimmer und Tammy kam mit in mein Zimmer. Ich ging ins Bad, um endlich aus meinem voll gekleckerten T-Shirt zu kommen, das mich wie einen schwer Verwundeten aussehen ließ. Cola, Tomaten, Blut. Es würde wohl nie mehr sauber werden, deshalb beschloss ich, es an meine Wand zu hängen. Als Erinnerung an die erste Schlacht, sozusagen.

Ich besah mich im Spiegel und fragte den Fremden mit der dicken Nase und der schiefen Brille, der mich daraus anstarrte, ob er Lust hatte, zu duschen. »Du hast es wirklich nötig, mein Freund«, redete ich ihm gut zu.

Ich duschte, und als ich wieder auf dem Flur stand, hörte ich Mom und Rodney unten reden.

»Wieso verprügelt ihn jemand grundlos?«, hörte ich meine Mutter fragen.

»Ich glaube, er verschweigt uns was«, erwiderte Rodney.

»Er ist mein Sohn und ich lasse nicht zu, dass ihm ein Leid geschieht.«

Oh Mom, dachte ich. Du warst es, die mir das größte Leid zugefügt hat, indem du mich mit hierher genommen hast. Ich lehnte den Kopf an die Wand und kämpfte mit den Tränen.

Dann hörte ich, wie Rodney sagte: »Oliver ist jetzt auch mein Sohn und jeder, der ihn quält, kriegt es mit mir zu tun.«

»Ich nehme dich beim Wort«, sagte meine Mutter. Dann hörte ich, wie eine Tür sich schloss.

Ich ging in mein Zimmer zurück.

Tammy, die in Unterwäsche dastand, fragte: »Hast du vielleicht ein T-Shirt für mich, Olli? Eins, das ich zum Schlafen anziehen kann.«

»Klar.« Mann, ihre Arme und Beine waren rund und glatt und so braun wie ihr Gesicht. Ihre kleinen Brüste zeichneten sich deutlich unter dem weißen Baumwollhemd ab. Ich holte schnell ein T-Shirt aus meinem Schrank und gab es ihr.

Sie bedankte sich lächelnd. »Ich geh dann auch mal duschen.«

Tammy brauchte nicht lange, und als sie mit nassen Haaren wiederkam, setzte sie sich zu mir aufs Bett. Ich war gerade dabei, noch ein bisschen an meiner Brille herumzubiegen.

»Es war Ryan, stimmt's?«, sagte sie.

Vorsichtig betastete ich meine geschwollene Nase. »Ich verweigere die Aussage.«

»Er hatte sich das Gesicht geschwärzt, um es vor *Wakan*

Tanka zu verbergen. Weil er etwas Verbotenes tun wollte und sich dafür schämte.«

Ich sah Tammy an und fragte mich, ob sie eigentlich begriff, wie merkwürdig solche Sachen in meinen Ohren klangen. Schließlich kapierte ich, dass es ihr todernst war.

»Warum hast du es Rodney nicht gesagt, Olli? Er würde Ryan so gehörig die Leviten lesen, dass er sich nicht traut dich noch mal anzufassen.«

Ich hob die Schultern und ließ sie wieder fallen.

»Es ist dumm, jemanden zu verhauen, nur weil er eine weiße Haut hat«, sagte sie.

»Rodney hat mir erzählt, dass es viele Jahre andersherum gewesen ist. Da wurden die Indianer von Weißen verhauen, nur weil sie Indianer waren. Jetzt rächt sich's eben.«

»Wenn's so wäre, dann wärst du jetzt tot«, sagte Tammy. »Sie haben uns nicht nur *verhauen*, Olli, sie haben uns einfach umgebracht.«

»Aber warum?«

»Weil sie uns gehasst haben. Es gibt auch heute noch eine Menge Leute, die uns hasst.«

»Müsste es nicht umgedreht sein?«

»Umgedreht ist es dasselbe. Das hast du ja heute am eigenen Leibe zu spüren bekommen.«

»Warum hat Rodney dann meine Mutter geheiratet und uns hierher geholt?«

»Weil er sie liebt, nehme ich mal an. Onkel Rodney hat oft mit meiner Mutter darüber geredet. Er wollte das Richtige tun.«

»Und was hat sie gesagt?«

»Sie hat gesagt, wenn du sie wirklich liebst und sie dich

liebt, dann heirate sie. Deine Familie steht hinter dir.« Tammy sah mich mit ihren schönen Augen an und sagte: »Hey, es muss immer mal ein paar mutige Leute geben, die den Kreis durchbrechen. Weißen gegenüber misstrauisch zu sein, wird uns Indianern in die Wiege gelegt. Weißt du was Mütter ihren Kindern sagen, wenn sie nicht gehorchen?«

Sie erwartete keine Antwort und ich sah sie fragend an.

»Sie sagen: ›Sei brav, sonst holt dich der Weiße Mann.‹ «

»Bei uns war es der Schwarze Mann«, sagte ich. »Als Kind hatte ich Schiss vor Schwarzen und es hat eine Weile gedauert, bis ich es besser wusste.«

»Na siehst du«, meinte Tammy. Sie schlang die Arme um ihre nackten braunen Beine und sagte: »Ich habe überhaupt keine Vorstellungen, wie es bei euch ist in Deutschland.«

»Ganz schön anders«, sagte ich. Dann hatte ich eine Idee. Ich besaß zwei Fotoalben und die konnte ich Tammy zeigen. Das erste hatte meine Mutter für mich geklebt, darin waren Fotos von mir als Säugling und dann aufwärts, bis ich zehn war. Das zweite Album hatte ich selbst geklebt und Mom kannte es gar nicht.

Ich holte die beiden Fotoalben aus dem Schrank und wir begannen mit Nummer eins. Tammy war entzückt. »Du warst als kleiner Knopf ja richtig süß«, sagte sie.

Na toll, dachte ich. Und wie steht es mit jetzt?

Ich erzählte ihr von meinem Vater und von der Welt, in der ich aufgewachsen war. Meine Sorgen waren andere gewesen als die, mit denen sie sich von klein auf herumschlagen musste. Unsere Welten waren so verschieden, dass wir schon wieder drüber lachen mussten.

Dann kam Album zwei. »Du hast ja mal lange Haare gehabt«, bemerkte Tammy begeistert.

»Ja«, sagte ich. »Bis vor drei Wochen.«

»Warum hast du sie abgeschnitten?«

»Ich wollte nicht mit einem Indianer verwechselt werden.«

Tammy presste sich eine Hand auf den Mund und prustete los. »Ich glaube, darüber musst du dir keine Sorgen machen. Aber mit langen Haaren gefällst du mir besser.«

Na klar. Wie sollte es auch anders sein. Ich hatte es mal wieder verbockt. Resigniert blickte ich zu Boden. Tammy strich mir übers Stoppelhaar und grinste mich schelmisch an. »Mach dir nichts draus, das wächst ja wieder.«

Dann kamen die Fotos mit Nina und ich brauchte nicht viel zu sagen, das erledigten die Bilder von allein.

»Sie heißt Nina«, sagte ich.

Tammys braune Augen schimmerten fast schwarz. »Du hast sie sehr gern, nicht wahr?«

»Ja«, antwortete ich.

»Das muss schlimm für dich gewesen sein, von ihr wegzugehen. Sie ist sehr schön.«

Ich nickte nur, weil es mir die Kehle zuschnürte und darin brannte, als hätte ich Rasierwasser getrunken.

»Ich verstehe dich gut«, sagte Tammy. »Es muss hart sein für dich. Das Res, Ryan und überhaupt. Bestimmt hasst du Rodney. Gäbe es ihn nicht, müsstest du nicht hier sein.«

»Meine Mutter sagt immer: ›Hass macht einsam und schadet dem, der ihn hegt.‹ Ich glaube, ich kann gar nicht hassen.«

»Auch Ryan nicht?«

Ich schüttelte den Kopf.

»Und das Res?«

»Es ist ja nicht alles schlecht.«

»Nein«, sagte sie leise. »Nicht alles.«

Ich blickte auf und sah einen feuchten Schimmer in Tammys Augen. Was musste sie von mir denken? Die Welt, die sie liebte, war ein Alptraum für mich.

»Erwarte einfach nicht zu viel für den Anfang«, sagte sie und ich machte mir Gedanken, wie sie das meinte. »Lass uns jetzt schlafen, ja!« Tammy klappte das Album zu und wickelte sich in die Wolldecke, die über meinem Bett lag. »Ich leg mich runter«, sagte sie.

Ich hielt sie fest. »Sei nicht albern, das Bett ist groß genug für uns beide.«

»Okay.« Sie rutschte bis zur äußersten Kante und ich musste lächeln.

»Ich tu dir nichts, Tammy. Ich habe viel zu viel Angst vor dir.«

Da lachte sie auch und kam wieder ein Stück näher. Ich roch den frischen Duft ihrer feuchten Haare und hätte mich gerne noch ein wenig an sie gekuschelt. Einfach so, weil ich sie mochte und ein bisschen Trost gebrauchen konnte. Aber womöglich hätte sie das falsch verstanden und dieses Risiko wollte ich nicht eingehen. Ich knipste das Licht aus und an ihrer Seite war mir warm und zufrieden zu Mute.

»Tut es noch sehr weh?«, fragte Tammy nach einer Weile.

Zuerst dachte ich, sie meinte Nina, aber dann wurde mir klar, dass es um meine Nase ging. »Es pocht, aber es ist auszuhalten.«

»War es das erste Mal?«

»Was?«

»Dass du verprügelt worden bist.«

»Nein. So ein blöder Nazi hat mir mal die Faust ins Gesicht gefahren. Ich hatte eine Platzwunde, die genäht werden musste. Man sieht es kaum noch. Es ist schon ein Jahr her.«

»Hast du ihn provoziert?«

»Nein. Ihm gefielen meine langen Haare und mein Gesicht nicht. Sie laufen rum mit kurz geschorenem Schädel, schwarzen Klamotten und Springerstiefeln. Die Dummheit springt ihnen förmlich aus dem Gesicht und ihre Fäuste sitzen locker.«

»Gibt es viele solche Leute in Deutschland?«

»Jeder mit faschistischen Gedanken im Kopf ist einer zu viel.«

Tammy schwieg eine ganze Weile und ich konnte nur ihren Atem hören. Es war schön, so neben ihr zu liegen, auch wenn ich nicht unbedingt in bester Verfassung war.

Irgendwann drang ihre Stimme wieder aus der Dunkelheit zu mir. »Was hast du eigentlich über uns gewusst, bevor du ins Res gekommen bist?«

»Nicht viel«, gab ich zu.

»Aber irgendwas musst du doch gewusst haben?«

»Na ja . . .«

»Das Übliche, nicht wahr? Dass wir zu faul sind arbeiten zu gehen und von der Wohlfahrt leben. Dass die meisten Indianer den ganzen Tag betrunken sind, dass das Reservat ein großer Müllhaufen ist, dass . . .«

»Hör auf!«, sagte ich. So unerwartet mit den eigenen Vorurteilen konfrontiert, fühlte ich mich ziemlich dämlich. »Ja, so was in der Art«, murmelte ich.

»Hey Olli«, sagte sie. »Wir leben beide auf demselben Planeten.«

Taten wir das wirklich? Manchmal zweifelte ich daran. »Es gibt ja auch eine Menge Touristen, die begeistert sind vom Reservat.«

Tammy stöhnte leise. »Sie sind die Schlimmsten.«

»Das verstehe ich nicht.«

»Ich manchmal auch nicht. Es ist zu verzwickt. Großvater Joe kann dir das besser erklären. Er sagt, die Leute, die da kommen, wollen mit indianischer Spiritualität ihre persönlichen Probleme überwinden.«

»Aber ihr habt doch selbst Probleme«, sagte ich verwundert.

»Eben. Die meisten meinen es ja gut, aber ihnen fehlt das wahre Verständnis.«

»Hasst du die Touristen?«

»Nein, warum sollte ich. Aber manchmal sind sie eben Störenfriede.«

Ich schluckte und schwieg eine Weile. »Tammy?«, flüsterte ich schließlich.

»Ja?«

»Mein ganzes Leben ist vollkommen umgekrempelt und, zugegeben, im Augenblick bin ich alles andere als gut aufgelegt. Aber ich kann mir auch nicht mehr vorstellen, wie's ohne dich wäre.«

»Das hast du schön gesagt, Olli.«

»Ich glaube, wir sollten jetzt schlafen«, brummelte ich.

»Ja, das sollten wir.«

Nach kurzer Zeit hörte ich Tammy gleichmäßig atmen. Sie war eingeschlafen.

Am nächsten Morgen weckte mich Tammy. Sie war schon

angezogen und rief: »Steh auf, du Langschläfer! Das Frühstück ist fertig.«

Ich hatte nicht bemerkt, wie sie aufgestanden war, und nun lachte sie mich an mit ihrer unwiderstehlichen Zahnlücke. »Ich komme ja schon«, sagte ich verschlafen.

Tammy ging wieder nach unten, von wo es gut nach frischem Kaffee und Pancakes duftete. Ich wusch mich und begutachtete mein Gesicht. Die Schwellung der Nase war zurückgegangen und ich sah wieder einigermaßen normal aus. Es tat auch nicht mehr so furchtbar weh wie am gestrigen Abend. Ich war noch einmal glimpflich davongekommen, aber nur weil Rodney aufgetaucht war. Er hatte Recht: Er konnte nicht immer in meiner Nähe sein. Ich hatte keine Lust, weiter darüber nachzudenken, nicht an diesem Morgen.

Fröhliches Lachen kam aus der Küche, als ich nach unten ging. Mom, Rodney, Großvater Joe und Tammy saßen schon am Tisch und amüsierten sich über Geschichten, die Joe von seinem Hund Skippy erzählte. Ich aß einen dicken Pancake mit Ahornsirup und danach noch eine Portion Rührei mit Speck. Es war ein gemütliches Frühstück und ich fühlte mich wohl.

»Meine Mutter hat vorhin angerufen, sie kann mich erst am Nachmittag abholen«, sagte Tammy zu mir. »Wollen wir ein Stück reiten?«

Ich sah Rodney fragend an. Obwohl mir mein Hintern immer noch wehtat, wollte ich gern mit Tammy allein sein.

Er nickte. »Du musst mich nicht fragen, wenn du Moon reiten willst«, sagte er. »Tammy kann die andere Stute nehmen. Sie kennt sich aus mit den Pferden.«

Ich ging noch mal nach oben und zog lange Hosen an,

dann liefen Tammy und ich zur Koppel. Die Pferde begrüßten uns wieder mit ihrem lustigen Nicken.

»Wieso machen sie das?«, fragte ich.

»Sie freuen sich.«

»Hat Rodney ihnen das beigebracht?«

Tammy sah mich seltsam an und lachte. »Nein, natürlich nicht. Alle Pferde nicken.«

»In Deutschland nicht.«

»Das glaube ich nicht.«

»Glaub es nur. Ich habe das noch nie vorher gesehen.«

»Hattet ihr denn Pferde?«

Bei dieser Vorstellung musste ich lachen. »Nein, wir haben mitten in der Stadt gewohnt.«

»Und wo hast du reiten gelernt?«

»Wir haben oft Urlaub auf einem Bauernhof gemacht. Aber in Wahrheit kann ich gar nicht reiten. Moon weiß das und . . .«

Wieder musterte sie mich mit ihren schönen braunen Augen. »Du brauchst also einen Sattel.«

»Natürlich brauche ich einen Sattel.«

Wir holten Moon und die braune Scheckenstute von der Koppel und führten sie zur Scheune, wo das Sattelzeug war. Gemeinsam sattelten wir Moon, die andere Stute bekam nur eine leichte Decke. »Ich mag nicht im Sattel reiten«, erklärte mir Tammy.

Wir ritten langsam los und Tammy lenkte ihre Stute auf den Hügel von Rodneys Hanffeld. Moon trottete brav hinterher. Oben angekommen, begutachtete Tammy lächelnd den Hanf. »Der sieht ja richtig gut aus«, sagte sie erfreut. »Es scheint, als würden meine Gebete erhört werden.«

»Du betest für Rodneys Hanf?«

»Er gehört der ganzen Familie und ja, ich bete für ihn. Wir beten alle für ihn. Mit dem Erlös werden wir gut über den Winter kommen und müssen keine Pferde verkaufen.«

Wir ritten den Hügel wieder hinunter und den nächsten hinauf, bis unser Haus nicht mehr zu sehen war. Tammy war eine gute Reiterin. Ihr Körper verschmolz mit dem der Stute, während mir schon nach kurzer Zeit wieder Hintern und Oberschenkel schmerzten und ich steif im Sattel hockte.

Ohne dabei schulmeisterlich zu klingen, gab sie mir hin und wieder ein paar Tipps, was ich besser machen könnte. Und siehe da, es wurde einfacher und ich verkrampfte mich nicht mehr so.

Irgendwann erreichten wir eine von Bäumen und Sträuchern bestandene Senke und ich hörte das Glucksen eines Baches. Sonnenblumen blühten hier, die dunklen Köpfe mit dem gelben Kranz zur Sonne gedreht. Wir stiegen ab und ließen die Pferde trinken. Ich setzte mich neben Tammy ins Gras und fragte mich, was Nina jetzt wohl gerade machte. Ob sie mit den anderen im Freibad war oder mit einer kalten Cola in ihrem Garten saß und las? Ob sie manchmal noch an mich dachte, so wie ich gerade an sie?

»Ist irgendwas?«, fragte ich, als ich merkte, dass Tammy mich beobachtete.

»Träumst du?«

Ich wollte ihr sagen, dass ich an Nina gedacht hatte. Aber etwas in der Art, wie sie mich ansah, ließ mich schweigen.

»Es ist schön hier«, sagte ich nach einer Weile.

»Ja. Ich komme gerne hierher. Wegen der Sonnenblumen.«

»Bei uns in Deutschland sind die Leute verrückt nach Blumen«, erzählte ich ihr. »Sie haben Blumenkästen in den Fenstern und eigentlich überall, wo sich ein Platz dafür findet. Die Gärten sind voller Blumen. Hier dagegen wachsen sie, wo man sie am wenigsten erwartet. Ich glaube, das Erste, was meine Mutter im nächsten Frühjahr machen wird, ist, Blumen ums Haus zu pflanzen.«

»Da wird sie wenig Glück haben, denn der Boden gibt nicht viel her. Außerdem wachsen an eurem Haus bereits Sunchokes, das sind kleine Sonnenblumen, deren Wurzeln ein bisschen wie Kartoffeln aussehen und die man essen kann. Bald werden sie anfangen zu blühen.«

Wir plauderten noch ein wenig, und als mir die Blase drückte, stand ich auf und sagte: »Ich komme gleich wieder.«

»Wo willst denn hin?«

»Ich muss mal.«

»Sei vorsichtig«, sagte Tammy.

»Wieso?«

»Hier gibt es Schlangen.«

Ich sah Tammys Koboldlachen und erwiderte: »Ja, ja, alles klar.«

Es war gar nicht so leicht, ein Plätzchen zwischen den Sträuchern zu finden, wo Tammy mich nicht mehr sehen konnte. Aber dann fand ich was Passendes. Ich pinkelte fröhlich vor mich hin, als plötzlich ein Rasseln ertönte, das mir durch Mark und Bein ging. Live hatte ich so etwas noch nie gehört, wusste aber gleich, was los war. Hier gab es Klapperschlangen. Tammy hatte mich gewarnt und ich hatte das Ganze für einen Scherz gehalten.

Es kam kein Tropfen mehr, aber ich wagte auch nicht mich zu rühren. Das Rasseln war verstummt und ich wusste nicht mehr, aus welcher Richtung es gekommen war. Da stand ich nun, zur Steinsäule erstarrt, und lauschte. Aber nur das leise Klickern des Baches war zu hören.

Ganz langsam trat ich den Rückzug an. Drei kleine Schritte und da war es plötzlich wieder. Hinter mir. Ich fuhr herum. Und nun sah ich sie auch. Den breiten, flachen Kopf drohend aufgerichtet, der Rest zusammengeringelt im Gras. Keine Ahnung, wie lang der Rest war, auf jeden Fall hatte ich Angst. Große Angst. Ich glaube, sogar mehr Angst als auf dem Powwow, als Ryan mir mit dem Messer vor der Nase herumgefuchtelt hatte.

Solche großspurigen Typen wie Ryan Bad Hand gab es auch in Deutschland, was man von ausgewachsenen Klapperschlangen nicht sagen konnte. Das Reptil vor mir war bräunlich grau und hatte diese deutliche dunkle Fleckenzeichnung, die mir zumindest von Bildern ein Begriff war. Die Entfernung zwischen uns betrug ungefähr einen Meter, und das war mehr oder weniger nichts. Sie hatte eine schwarze Zunge, die immer wieder aus ihrem Maul schnellte, und unfreundliche Augen.

Schweißperlen standen auf meiner Stirn und ich war wie gelähmt. Sie hatte mich hypnotisiert, die Schlange. Ich versuchte darüber nachzudenken, wie ich mich aus dieser misslichen Lage befreien konnte, aber auch meine Gedanken waren gelähmt.

»Oliver?«, hörte ich Tammy nach mir rufen, aber ich wagte nicht ihr zu antworten, aus Angst, die Schlange könnte sich erschrecken und angreifen. Ihr Hornschwanz klapperte warnend. »Geh endlich weg!«, schien sie mir damit sagen zu wollen, aber ich konnte nicht. Ich starrte sie nur an.

Und dann sah ich auf einmal ein ringelndes, sich windendes Gewimmel. Ihr Körper schien sich zu teilen, zu einem vielköpfigen, zischenden Ungeheuer zu werden. Es war eine lebendige, bedrohliche Masse, etwas, das nur darauf wartete, in meine Hosenbeine zu kriechen, sich um meine Beine zu winden und mich zu verschlingen.

Als die Klapperschlange mit ihrem erhobenen Kopf nach mir stieß, erwachte ich aus meiner Starre, machte kehrt und jagte mit einem Entsetzensschrei aus dem Gebüsch, als wäre der leibhaftige Teufel hinter mir her. Ich prallte mit Tammy zusammen und wir purzelten beide ins Gras.

Da lagen wir und hielten uns die Köpfe. Tammy fing an zu lachen. »Du hast eine ganz schön harte Rübe«, sagte sie. »Was war eigentlich los? Hast du ein Gespenst gesehen?«

Ich setzte mich ins Gras und rieb mir die Stirn. »Da war eine ... da waren viele ... sie wollte mich ... oh Gott«, ich ließ mich rücklings ins Gras fallen.

»Du hast eine Klapperschlange aufgescheucht«, sagte Tammy. Sie kam auf allen vieren zu mir gekrochen und beugte sich über mich. »Hat sie dich gebissen?«

Ihre schwarzen Zöpfe kitzelten über meinen Hals und ich atmete Tammys Duft. Ihr Gesicht war dicht über meinem.

»Ich glaube nicht«, sagte ich, aber Tammy genügte das nicht. Ehe ich mich versah, untersuchte sie schon meine Beine, schob die Hose nach oben und ich richtete mich mit einem Ruck auf. »Hey, lass das!«

»Ihr Biss kann tödlich sein«, sagte sie.

»Ich weiß, verdammt noch mal«, knurrte ich. »Es war schrecklich. Ein irres braunes Gewimmel.«

»Im Juli bekommen sie ihre Kinder«, sagte Tammy. »Dann sind sie besonders aggressiv. Ich hatte dich gewarnt.«

»Ja, ja, ja.« Der Schreck saß mir immer noch in den Gliedern. »Ich weiß nicht, wie du das hier aushältst, Tammy«, sagte ich kopfschüttelnd. »Jeder falsche Schritt, jede falsche Bewegung oder Bemerkung können ungeahnte Folgen haben. Du hast keine ruhige Minute, musst ständig auf der Hut sein.«

Tammy setzte sich neben mich. Sie sagte lange nichts, starrte nur in weite Ferne. Schließlich erwiderte sie: »Auf der Hut zu sein ist die erste Lektion, die Indianerkinder lernen, Oliver. Als Nächstes lernen wir dann keinen falschen Schritt und keine falschen Bemerkungen zu machen. Aus diesem Grund gibt es uns überhaupt noch.«

»Aber was ist das für ein Leben? Wie kommt es, dass du so oft lachst?«

»Ich lache gern, Olli, auch wenn du glaubst, dass es für mich nichts zu lachen gibt. Da täuschst du dich gewaltig. Lachen ist Medizin gegen viele Krankheiten, auch gegen die Angst. Vielleicht solltest du es einfach mal versuchen.«

»Ich wäre beinahe gestorben und da soll ich lachen?«

»Du wärst nicht beinahe gestorben, sondern beinahe gebissen worden, das ist ein großer Unterschied«, sagte Tammy. Sie klang nun ein bisschen ärgerlich.

Ich stand auf, weil ich keine Lust mehr hatte, darüber zu diskutieren. Ich würde so oder so dumm dastehen. Als ich ein ersticktes Quieksen hinter mir hörte, drehte ich mich um. Tammy hatte eine Hand auf den Mund gepresst und ich sah das koboldhafte Funkeln in ihren Augen.

Dann prustete sie los. »Dein Hosenstall ist offen«, sagte sie. »Ich nehme an, du bist auf der Flucht nicht mehr dazugekommen . . .«

Beleidigt drehte ich mich um und ging zu den Pferden. Dabei zerrte ich wütend am Reißverschluss meiner Hose.

»Ich hab nur Spaß gemacht«, hörte ich Tammy sagen. Aber ich reagierte nicht darauf.

12. Kapitel

Wir ritten zurück zum Haus, ohne miteinander zu reden. Ich war mächtig sauer, am meisten auf mich selbst. Mein Selbstmitleid hatte ich längst satt, auch wenn ich noch nicht in der Lage war, es abzuschütteln. Jeder Tag im Reservat erwies sich als Lektion für mich und manche davon waren bitter. Aber heute, auf dem Heimritt, wurde mir klar, dass ich es überstehen würde.

Ich würde nicht daran sterben, dass ich Nina nicht mehr hatte, leider. Und auch das Res würde mich nicht umbringen. Diese Erkenntnis machte mich noch wütender.

Beim gemeinsamen Mittagessen redeten alle anderen genug, es fiel nicht auf, dass Tammy und ich schwiegen. Nur wenig später kam Tante Alvina und holte sie ab. Als sie zu ihrer Mutter ins Auto stieg, sah sie mich nur traurig an.

Großvater Joe fragte mich, ob ich ihn nach Hause fahren würde und Lust hätte, eine Nacht bei ihm zu verbringen. »Ich könnte jemanden brauchen, der mir ein bisschen Holz hackt.«

Obwohl ich mich nach meinem Klapperschlangenabenteuer am liebsten in mein Zimmer verkrochen hätte, um das alles erst einmal zu verdauen, brachte ich es nicht fertig, dem alten Mann seine Bitte abzuschlagen.

»Nimm deinen Schlafsack mit«, sagte Rodney und zwinkerte mir zu. Was das wohl sollte? Wollten Mom und er mich etwa loswerden?

Ich holte meine Zahnbürste und den Schlafsack und Rodney gab mir die Schlüssel für den Pick-up. Er sagte nicht »Fahr vorsichtig!« – was ich ihm hoch anrechnete. Überhaupt, er war ein prima Kerl, und wenn er Klaus heißen und in Deutschland leben würde, hätte ich ihn gern als Stiefvater gehabt.

Großvater Joe stieg ein und ich startete den Pick-up. Er rollte los, und als ich einen Blick in den Rückspiegel warf, sah ich, wie Rodney den Arm um meine Mutter legte und sie an sich zog. Mom winkte uns.

Großvater Joe pfiff leise vor sich hin und irgendwann sagte er: »Du hast keine Lust, für einen alten Mann Holz zu hacken, stimmt's?«

Ich hob die Schultern. »Das ist schon in Ordnung.«

Nach allem, was ich bisher erlebt hatte, schien mir Holz hacken ein vergleichsweise kleines Übel zu sein. Außerdem mochte ich den alten Mann. Allerdings hatte ich null Erfahrung, was diese Arbeit betraf, und schon eine halbe Stunde, nachdem ich angefangen hatte das Beil zu schwingen, bildeten sich Blasen an den Händen und meine Arme wurden bleiern schwer. Einmal, ich holte gerade zum nächsten Hieb aus, flog mir das Beil aus der Hand, weil ich keine Kraft mehr in den Händen hatte. Es flog in hohem Bogen davon und hätte beinahe Skippy getroffen, der im Schatten lag und döste. Er sprang erschrocken auf und bellte mich an. Kläffte und zeigte mir seinen verbliebenen Zahn. Ich entschuldigte mich bei ihm, aber er zog beleidigt von dannen.

»Lass uns eine Limonade trinken«, sagte Joe. »Danach löse ich dich für eine Weile ab.«

Dankbar für die Pause nahm ich das eiskalte Limonadenglas entgegen und wir setzten uns auf die Bank unter dem Dach der Veranda. Mit dem Handrücken wischte ich mir den Schweiß von der Stirn. Ich trank nur ein paar Schlucke von Joes Zitronenlimonade, weil ich sie noch brauchte, um die Blasen an meinen Händen zu kühlen.

Irgendwann kam Skippy und legte sich zu unseren Füßen. Er hatte mir verziehen. So saßen wir eine Weile und es war ganz still, nur die Grillen zirpten und ab und zu schnaubte eines der Pferde hinter der Hütte. Und auf einmal spürte ich eine seltsame Art von Frieden, so, als ob alles seine Ordnung hätte. Es war absurd: Noch vor wenigen Stunden hatte ich mich dem Giftzahn einer Klapperschlange gegenübergesehen und jetzt brannten meine Hände von Blasen, unter deren abgelöster Haut sich Flüssigkeit sammelte. Nichts war in Ordnung und gleichzeitig war es das doch. So ein merkwürdiges Gefühl hatte ich noch nie gehabt.

Großvater Joe schwieg, als ob er meine Gedanken nicht stören wollte. Irgendwann erhob er sich, griff nach dem Beil und begann Holz zu spalten. Ich sah ihm zu und mir wurde klar, dass ich das Beil falsch gehalten hatte. Ich beobachtete den alten Mann und sah meine Fehler. Ich hatte den Stiel zu weit unten angefasst und meine Kräfte nicht richtig eingesetzt.

Der Körper des alten Mannes war immer noch kräftig. Er hatte stärkere Muskeln als ich und mir wurde klar, dass er mich nicht wirklich brauchte, um sein Holz zu hacken. Das konnte er viel besser und es war auch keine große Anstrengung für ihn. Aber wozu brauchte er mich dann? Wozu wollte er mich hier haben? Vielleicht, um ihm die Einsamkeit zu vertreiben. Aber ich hatte nicht den Eindruck, dass Großvater Joe einsam war.

Als der Stapel Holzscheite groß genug war, beendete er seine Arbeit und ich fing an die Scheite einzusammeln, um sie an der Hüttenwand aufzustapeln. Meine Handflächen waren übersät mit nässenden Wunden und jeder Handgriff schmerzte. Ich musste ganz schön die Zähne zusammenbeißen.

»Ich weiß jetzt, was ich falsch gemacht habe«, sagte ich.

»Das ist gut«, antwortete er. Mehr nicht.

Wir säuberten den Platz von Holzresten, die ich auf Großvater Joes Wunsch in einem Weidenkorb sammelte. »Zum Anzünden eines Feuers sind diese Stücke bestens geeignet«, sagte er. Danach fütterten wir die Pferde mit etwas Hafer, und wie ich sie so kauen sah, wurde mir mein eigener Hunger bewusst. Es war Zeit für das Abendessen. Und als hätte ich ihn gerufen, fing mein Magen an zu knurren. Großvater Joe hörte es.

»Du hast Hunger?«

Ich nickte.

»Wir können jetzt etwas essen oder später«, sagte der Alte. »Ich dachte, vielleicht wäre es gut, wenn wir heute Abend ein *Inipi* machen.«

»Ein *Inipi?*«

»In die Schwitzhütte gehen«, übersetzte er mir und deutete auf die mit Segeltuch und alter Plane abgedeckte Halbkugel neben dem Tipi. Die Plane war auf einer Seite hochgeklappt, sodass ich darunter das gebundene Geflecht aus Weidenstangen erkennen konnte.

»Ich war noch nie in einer Sauna«, sagte ich. Ich war nicht scharf auf ein *Inipi* und hätte jetzt lieber etwas gegessen.

Joe musterte mich mit seinen glänzenden schwarzen

Augen und lächelte. »Ein *Inipi* ist keine Sauna, Oliver. Es ist viel mehr. Wenn wir schwitzen, reinigen wir nicht nur unseren Körper, sondern auch unsere Seele. Du fängst an klarer zu sehen. Und du kannst um Hilfe bitten für Dinge, die du allein nicht bewältigst.«

Wie zur Antwort knurrte mein Magen laut. Aber Großvater Joe gab nicht auf. »Da ist noch etwas, Oliver. Ein paar meiner Heilkräuter und Gewürze sind aufgebraucht. Auch mein Shampoo ist alle. Ich will morgen in die Badlands fahren, um meine Vorräte aufzufrischen. Es ist nicht gut, allein dort herumzusuchen, und für manche Kletterpartie sind meine Knochen auch zu alt. Deshalb wollte ich dich bitten mich zu begleiten.«

»Okay«, sagte ich spontan. Gegen die Badlands hatte ich nichts einzuwenden, auch wenn Rodney angedeutet hatte, dass man zu dieser Jahreszeit lieber nicht dort herumlaufen sollte. Aber was hatten die Badlands mit dem *Inipi* zu tun?

»Es ist besser, wir reinigen uns, bevor wir in die Weißen Berge gehen«, sagte Joe. »Es gibt Stellen dort, die heilig sind.«

»Verstehe.« Ich gab mich geschlagen, auch wenn mein Magen inzwischen knurrte wie ein Wolf.

Großvater Joe zündete einen sorgfältig aufgeschichteten Holzstapel an, in dem sich handtellergroße Steine befanden. Dann holte er einen kleinen Blecheimer mit Wasser aus der Hütte und stellte ihn in das Kuppelzelt. Das Feuer brachte die Steine zum Glühen. Es war verrückt. Den ganzen Tag hatte die Sonne unbarmherzig vom Himmel gebrannt und jetzt, wo der Abend die lang ersehnte Abkühlung brachte, sollte ich in einer Indianersauna schwitzen.

Es wurde bereits dunkel, als die Steine endlich heiß genug waren und wir mit dem Schwitzen beginnen konnten. Meinen Hunger hatte ich inzwischen übergangen und ich war nun doch neugierig darauf, was mich erwartete. Auf einmal sah ich die Scheinwerfer eines Autos den Weg zur Hütte herankommen. Ich hatte mich schon halb ausgezogen und war nicht scharf auf Besuch.

Es war Rodneys Van, und als ich erkannte, wer außer ihm noch drin saß, haute es mich fast um. Es war Ryan, sein Sohn. Was noch schlimmer war: Der alte Mann schien die beiden erwartet zu haben. Sie stiegen aus und mein Blick streifte den meines Stiefbruders. Ich spürte ihn wie seine Faust in meinem Magen. Was sollte das werden? Wusste Rodney Bescheid und wollte Frieden zwischen uns stiften? Das würde ihm nicht gelingen. Ryan hasste mich und ich konnte ihn nicht ausstehen. Er war ein großspuriges Arschloch und ich wollte nichts mit ihm zu tun haben.

Rodney und Joe wechselten ein paar Worte auf Lakota. Alle schienen zu wissen, was hier ablief, abgesehen von mir natürlich. Ryan zog sich wortlos aus. Nur bekleidet mit seinen schwarzen Shorts, sah er immer noch wie ein ernst zu nehmender Gegner aus. Der Schein des Feuers beleuchtete seinen muskulösen, sehnigen Körper. Als sich unsere Blicke erneut trafen, sah ich darin keinen Hass, nur Gleichgültigkeit. Nicht ich beherrschte Ryans Denken in diesem Augenblick, sondern das bevorstehende *Inipi*.

Auch Joe zog sich bis auf die Unterhosen aus. Er trug Boxershorts im Tarndesign und nur ich stand im ausgeleierten Slip herum, weil ich am Morgen noch nicht gewusst hatte, was mir am Abend blühen würde. Joe zündete ein Salbeibündel an und befächerte Ryan und mich mit Rauch, während er murmelnd vor sich hin betete, dass wir alle Verwandte seien, die Tiere, die Menschen, die Bäume, die Steine.

Ryan nahm den weißen Rauch mit seinen offenen Händen entgegen und ließ ihn über seinen Körper gleiten. Offensichtlich nahm er diesen Hokuspokus sehr ernst, während Großvater Joe es locker anging. Zum Schluss übernahm Rodney den sengenden Salbei und reinigte seinen Vater mit Rauch. Dann streckte er seine Hand in meine Richtung und sagte: »Deine Brille, Oliver. Ich werde sie für dich aufheben.«

In diesem Augenblick hätte ich noch gehen können. Ich hätte bloß sagen brauchen: »Hey Leute, ich mache das nicht mit. Ich bin keine verdammte Rothaut, die sich von irgendetwas reinigen muss. *Mein* Herz ist rein.« Stattdessen gab ich Rodney brav meine Brille und beugte mich zum Eingang, um hineinzukriechen. Aber Rodney hielt mich an der Schulter zurück und sagte: »Zuerst er«, und nickte in Großvater Joes Richtung. Der Alte ließ sich auf alle viere nieder und kroch in die dunkle Kuppelhöhle. Ryan folgte ihm und zum Schluss kam ich. Joe saß am Eingang neben dem Wassereimer, ich ihm gegenüber.

Noch beleuchtete der Schein des Feuers das Innere der Schwitzhütte und ich sah zu, dass der Abstand zwischen mir und Ryan groß genug war. Er hockte im Schneidersitz da und Schatten tanzten auf seiner nackten Brust. Ich zog meine Knie unters Kinn, schlang die Arme um meine Beine und harrte der Dinge, die da kommen würden.

Mit einer großen Eisengabel holte Rodney die ersten glühenden Steine aus dem Feuer, reichte sie herein und ließ sie in das Erdloch in der Mitte der Hütte gleiten. Joe hatte das Geweih eines Gabelbockes in der Hand und schob die Steine damit in die richtige Position, zentimetergenau. Immer mehr Steine reichte Rodney herein, bis ein kleiner Berg vor uns aufgetürmt war. Auf Joes Anweisung hin klappte Rodney die Plane vor dem Eingang herunter und es wurde dunkel. Nun war ich gefangen. Gefangen in warmer Schwärze, zusammen mit Ryan, dem finsteren Krieger und dem alten Mann, den wir beide Großvater Joe nannten. Und das Schlimmste war, ich hatte mich selbst in diese absurde Lage gebracht. Weil ich zu gutmütig war und mich immer überreden ließ. Oder besser: Weil ich ein Blödmann war.

Noch konnte ich etwas sehen. Die Steine glühten rot und meine Augen hatten sich an die Dunkelheit gewöhnt. Der alte Mann murmelte etwas davon, dass die Erde, auf der wir saßen, unsere Mutter ist und alles Leben von ihr kommt. Ich meine, ich hatte mir schon immer Gedanken über Umweltschutz gemacht. Ich ging sparsam mit Wasser um, ließ Licht nicht unnütz brennen und gegen Atomkraftwerke war ich auch. Ich hatte Petitionen gegen das Abholzen der Regenwälder und den Bau von Staudämmen unterschrieben. Aber hier, im engen Dunkel der Schwitzhütte, merkte ich, wie abstrakt mein Denken und Fühlen gewesen war. Wenn du in einer Stadt lebst, stehst du die meiste Zeit des Tages auf Beton oder Asphalt. Du berührst die Erde nicht wirklich, hast keine Verbindung zu ihr. Aber nun saß ich fast nackt auf dem Boden und ich spürte sie, die Mutter Erde. Sie war im Augenblick alles, woran ich mich festhalten konnte.

Großvater Joe beendete sein Gebet und kippte mit einer Kelle Wasser über die glühenden Steine. Ihr matt rotes

Leuchten erlosch in einer Explosion von Wassertropfen, als das kalte Wasser auf die Steine traf. Es zischte und dampfte und ich riss meinen Kopf zurück, um nicht erwischt zu werden. Aber es war vergeblich. Eine heiße Wolke hüllte mich ein und nahm mir die Luft zum Atmen. Voller Panik schlug ich die Hände vors Gesicht und stöhnte laut. Die Poren in meiner Haut öffneten sich und Schweißbäche strömten hervor. Das Salz brannte in meinen Augen, obwohl ich gar nicht mehr versuchte sie zu öffnen. Ich saß in der Hölle und war nur noch ein glitschiges, bebendes Etwas – ein japsendes Nichts.

Wieder zischte Wasser auf den Steinen. Es wurde noch heißer, obwohl ich fest geglaubt hatte, dass das nicht möglich war. Nur raus hier, dachte ich, bevor sich dein Körper im Dampf aufzulösen beginnt. Aber ich war unfähig mich zu bewegen. Gelähmt wie im Angesicht der Klapperschlange.

Ich hörte mein Herz, das in einem seltsamen Rhythmus schlug. Bumm, bumm, bumm. Zu gleichmäßig. Dann sang jemand. Es war Großvater Joes Stimme. Und was da in mir vibrierte, waren die dumpfen Töne seiner Trommel, die meinen Herzschlag bestimmten.

Plötzlich hörte ich noch ein anderes Grollen. Eines, das nicht aus meinem Inneren, sondern von draußen kam.

»Die Donnerwesen«, flüsterte Joe in die Dunkelheit. »Sie sind zornig. Einer von euch Jungs hat schlechte Gedanken.«

Schlechte Gedanken? Ich konnte gar nichts denken, geschweige denn etwas Schlechtes. Oder doch? Ich war am Verglühen und wer war schuld daran? Rodney, mein Stiefvater. Er war schuld daran, dass ich überhaupt hier war, in diesem Land, in dieser furchtbaren Lage.

Der Donner grollte jetzt über uns und Großvater Joe begann zu beten. Er bat *Tunkashila,* den heiligen Großvater, um Hilfe, Ryan und mich von dem zu befreien, das uns gefangen hielt. Bestimmt hat Ryan schlechte Gedanken, dachte ich. Er hasste mich und mit seinem Hass hatte er die Donnerwesen erzürnt.

Hilfe! Wurde ich jetzt verrückt?

»Mitakuye Oyasin«, sagte Joe. Die Plane vor dem Eingang wurde hochgehoben und frische Luft strömte herein. Ich machte ein paar gierige Atemzüge. Der salzige Schweiß prickelte auf meiner Haut, als die kühle Luft darüber strömte. Großvater Joe reichte mir eine Kelle Wasser mit den Worten »Wasser des Lebens« und ich trank gierig, bis sie leer war. Ich wollte sie ihm zurückgeben, aber er deutete auf Ryan. Bis ich begriff: Alles war ein Kreis. Ich musste die Kelle an Ryan weitergeben und er überreichte sie seinem Großvater mit den Worten *»Mitakuye Oyasin«,* was so viel bedeutet wie »Alles ist mir verwandt«. War es das, was wir begreifen sollten? Dass wir einander verwandt waren, obwohl nicht dasselbe Blut in unseren Adern floss, obwohl wir uns hassten?

Der alte Mann füllte die Kelle erneut und ich reichte sie an Ryan weiter. Der trank nicht, er kippte das Wasser auf die heißen Steine und gab die leere Kelle an seinen Großvater zurück.

Dann schloss sich der Eingang und alles begann von vorn. Kaum zu glauben, welche Hitze die Steine noch in sich bargen, als Joe weitere Kellen mit Wasser über sie kippte. Ich steckte den Kopf zwischen meine Knie, weil ich gemerkt hatte, dass es am Boden etwas kühler war. Draußen war es still. Die Donnerwesen hatten sich verzogen. Hier drinnen hatte niemand mehr schlechte Gedanken.

Es war höllisch heiß, aber ich spürte keinen Groll in mir, hatte keine Angst mehr. Ich öffnete die Augen und starrte in die Dunkelheit. Bilder tauchten auf und begannen sich zu bewegen. Nina, die mir mit einem traurigen Lächeln winkte. Ich winkte zurück. *Auf Wiedersehen, Nina, es war schön mit dir.* Nein, bleib!, schrie es in mir. Bleib, lass mich nicht in allein in dieser dunklen Höhle zurück, wo ich immer ein Fremder sein werde. Aber ich war nicht allein. Jemand schützte mich mit seinen Gedanken. *Tammy*. Ihr Koboldgrinsen erreichte mich durch die Finsternis. »Lerne über dich selbst zu lachen, Olli«, sagte sie. »Dann wirst du es leichter haben.«

Wieder öffnete sich der Eingang. Die Bilder verschwanden und frische Luft strömte herein. Beim vierten und letzten Durchgang forderte Großvater Joe uns auf unsere Bitten zu sprechen. Ryan redete auf Lakota. Er schien die Sprache perfekt zu beherrschen, sie bildete eine Einheit mit seiner dunklen Stimme. Dann war ich dran und ich überlegte krampfhaft, was ich erbitten könnte, ohne dass die beiden sich über mich amüsieren würden.

»Du kannst deine Gebete auch in Gedanken sprechen«, kam der alte Joe mir zu Hilfe.

Das tat ich dann auch. Ich wünschte mir wieder glücklich zu sein.

Großvater Joe beendete die Zeremonie mit einem zufriedenen *»Mitakuye Oyasin«,* und als Rodney die Plane vor dem Eingang hob, kroch er aus der Schwitzhütte. Ryan und ich folgten ihm. Im Schein des Feuers sah ich drei

Wassereimer stehen, und als Joe sich den ersten über den Kopf kippte, tat ich es ihm nach. Es war herrlich kalt und wusch den Schweiß von meinem Körper. Ich schüttelte mich wie ein Hund.

Rodney reichte mir ein Handtuch und meine Brille. »Alles in Ordnung?«, fragte er.

»Ja«, sagte ich. »Alles in Ordnung.« Das war nicht gelogen. Ich fühlte mich gut. So sauber und gestärkt wie noch nie. Die Gedanken frei. Was auch immer mir zugedacht war, ich würde es bewältigen.

Ich rubbelte mich mit dem kratzigen, harten Handtuch ab und schlüpfte wieder in meine Kleider. Zum Abschluss gab es etwas zu essen. Wir brieten jeder ein Stück Kaninchenfleisch über dem Feuer und ich verzehrte es mit Genuss, obwohl ich eigentlich gar keinen Hunger mehr hatte. Irgendwann stand Rodney auf und sagte: »Ich fahr dann mal. Ihr müsst jetzt schlafen, wenn ihr morgen so früh loswollt. Ich wünsche euch viel Glück.«

Er verschwand in der Dunkelheit. Ryan machte keine Anstalten, ihm zu folgen. Erst jetzt begriff ich, dass er morgen mit Joe und mir in die Badlands kommen würde. Ich schluckte vor Enttäuschung, als ich Rodney allein wegfahren hörte. Inzwischen hatte ich mich darauf gefreut, mit Großvater Joe einen Tag zu verbringen und ihm helfen zu können. Aber nun würde Ryan dabei sein und ich traute meinem Stiefbruder nicht über den Weg.

»Ihr könnt im Tipi schlafen, Jungs«, sagte Joe. »Ich wecke euch morgen früh.« Er verschwand in der Hütte und ich saß mit Ryan allein am Feuer. Ich war auf alles gefasst, aber nichts passierte. Er starrte in die Flammen und sie spiegelten sich in seinen schwarzen Augen. Er war weit weg mit seinen Gedanken und schien mich gar nicht wahrzunehmen.

Aber dann hob er plötzlich den Kopf und fragte: »Bist du auch einer von denen, die noch die andere Backe hinhalten, wenn sie geschlagen werden?« In seiner Stimme schwang mitleidige Verachtung.

»Eigentlich nicht«, sagte ich. »Aber ich weiß, wann ich keine Chance habe.« Ich holte meinen Schlafsack aus dem Pick-up, ging ins Tipi und legte mich schlafen. Der Boden unter der Plane war mit Stroh gepolstert und ich lag sogar einigermaßen bequem. Eine Weile lag ich auf dem Rücken und blickte durch das Rauchabzugsloch in den Himmel. Er war von Sternen übersät. Winzige, funkelnde Lichtpunkte. Ich roch das Holzfeuer und hörte in der Ferne die Kojoten heulen. Ich hatte keine Angst. Ich weiß nicht, warum, aber es war so.

Auch vor dem finsteren Ryan fürchtete ich mich nicht. Er konnte sonst was mit mir anstellen und es wie einen Unfall aussehen lassen, das war mir klar. Er kannte sich hier aus und hatte die besseren Karten. Aber mir war es egal. Ich drehte mich zur Seite und schlief vor Erschöpfung auf der Stelle ein.

13. Kapitel

Der Morgen dämmerte, als Großvater Joe uns weckte. Ich hatte tief und traumlos geschlafen und ich lebte noch, so viel war schon mal sicher. Es war auch noch alles dran an mir, soweit ich das auf den ersten Blick feststellen konnte.

»*Hoka hey*, Jungs«, sagte Joe. »Auf geht's!«

Ich wurstelte mich so schnell es ging aus dem Schlafsack und trottete dem alten Mann hinterher. Zähne putzen und Gesicht waschen, darauf legte er Wert, also tat ich ihm den Gefallen.

Zum Frühstück gab es geröstete Getreideflocken mit Milch und Honig. Auch Ryan aß Müsli, das passte gar nicht zu ihm. Ich hatte angenommen, einer wie er würde mindestens ein blutiges Steak zum Frühstück verspeisen. Aber nun kaute er ganz brav seine Flocken und würdigte mich keines Blickes. Vielleicht war er ja gar nicht so finster und unberechenbar, wie er immer tat. Ich wünschte, ich könnte mal ein vernünftiges Wort mit ihm reden, einfach so, unter Stiefbrüdern. Aber Ryan Bad Hand war nicht der Typ für Gespräche. Seine Blicke jedoch, seine Gesten und Bewegungen, sagten mehr als alle Worte.

Großvater Joe drängte zur Eile und so brachen wir bald auf. Der Alte setzte sich selbst ans Steuer des Pick-ups. Ich war froh, dass ich nicht fahren musste, weil ich doch nicht mal wusste, wo es hingehen sollte. Joe fuhr erst die Schotterpiste in Richtung Kyle und bog dann nach links auf die

Teerstraße in Richtung Sharps Corner ab. Im Ort – wenn man die drei Häuser als Ort bezeichnen konnte – bog er wieder nach rechts auf die Bundesstraße 27. Es ging also mitten hinein in die Badlands.

In der Dämmerung sahen die muschelgrauen Berge noch gespenstischer aus als am Tag. Unheimliche Schatten lagen in den Tälern und gaben den Felsen fast den Anschein, lebendig zu sein. Dass die Indianer hier heilige Orte hatten, konnte ich mir sehr gut vorstellen. Mir wurde ein wenig mulmig zu Mute, wenn ich daran dachte, dass ich in diesen Bergen umherklettern sollte.

Großvater Joe fuhr irgendwann von der Hauptstraße ab, wieder auf eine Schotterpiste, von denen es im Reservat eine Menge gab. Und nach einer ganzen Weile bog er nach rechts auf einen Feldweg. Der Pick-up verschwand in einem Labyrinth aus spitzen Hügeln und tief eingeschnittenen Tälern. Es dämmerte und der rötliche Streifen am Horizont war ein Zeichen dafür, dass bald die Sonne aufgehen würde.

Irgendwann ging es nicht mehr weiter. Der Weg endete an einem Stacheldrahtzaun. Joe parkte den Wagen und wir stiegen aus, jeder mit einer Umhängetasche aus Sackleinen bewaffnet, in der sich weitere, verschieden große Beutelchen aus Stoff und eine große Wasserflasche befanden.

Etwas Gras wuchs hier und ein paar Sträucher. Kleine Sonnenblumen blühten. Ein großes Schild mit einigen Schusslöchern, das am Zaun befestigt war, warnte: MILITÄRISCHES ÜBUNGSGEBIET – BETRETEN VERBOTEN – LEBENSGEFAHR!

Na klasse, dachte ich, davon hatte mir niemand etwas gesagt.

Der alte Mann sah meinen zweifelnden Blick. »Von 1942 bis 1965 hat die US-Armee diese Gegend als Testgelände für konventionelle Waffen benutzt«, sagte er. »Über hundert Lakota-Familien, die hier lebten, wurden davongejagt. ›Packt eure Sachen und geht', hat man ihnen gesagt‹ – so einfach war das. Nun liegt hier ein Haufen scharfe Munition herum, Überreste von Bomben und Artillerieraketen. Es gibt ein Programm zur Säuberung des Geländes, aber die Gelder dafür sind erst einmal gestrichen worden. Ist ja bloß Indianerland.«

Ich sah Großvater Joe immer noch fragend an und er nickte. »Du fragst dich, wieso wir ausgerechnet hierher gehen müssen, um Pflanzen zu sammeln. Ich werde es dir sagen, Junge. Im Frühjahr hat es wenig geregnet und der Sommer war bisher heiß und trocken. Sämtliche Beeren im Reservat sind von hungrigen Vögeln aufgepickt worden. Doch da oben, auf dem Cedar Butte, wächst immer was. Als ob die Geister unserer Ahnen es für uns behüteten. Nur ist der Weg so steil, dass ich es nicht mehr bis hinauf schaffe. Ryan kennt den Weg sehr gut, er wird dich führen. Du musst dir keine Sorgen machen.«

Wir kletterten durch den Zaun und liefen dem Alten hinterher, einen schmalen, festgetretenen Pfad in die hellen Kalkberge hinein. Alles war trocken, der Pfad hart wie Beton und nirgendwo stand ein Hälmchen. Ich fragte mich, wo hier Heilkräuter wachsen sollten, wo doch gar nichts wuchs. Und jetzt begriff ich auch den Namen: Badlands – Schlechtes Land. *Maco Sica* nannten die Lakota dieses riesige Gebiet, was ungefähr dasselbe bedeutete.

Aber dann erreichten wir ein kleines Tal, in dem es grünte. Und Großvater Joe fand, was er suchte. Red-Cedar-

Wacholderbüsche, Königskerze und wilde Sonnenblumen. Er zeigte mir, was ich zu pflücken hatte und worauf es ankam.

»Nimm die Beeren und die Nadeln«, sagte er. »Außerdem wächst da oben auch Soapweed, eine Yuccapflanze, aus der wir unser Shampoo machen.«

Shampoo! Das haute mich fast um. Er schickte mich in ein Gebiet, in dem Blindgänger herumlagen, nur um Shampoopflanzen zu sammeln. Als ob man nicht genauso gut in den Laden in Kyle gehen und sich ein Fläschchen Shampoo für einen Dollar kaufen könnte!

Als ich den Kopf hob, um nach oben zu sehen und vielleicht einen Weg auf das Plateau zu finden, blendete mich ein warmes, rotes Licht. Die Sonne war aufgegangen und schickte ihre Morgenröte über die scharfen Zacken der Berge. Es war ein unglaubliches Schauspiel. Ein Anblick, den ich nie vergessen würde, weil ich noch nie etwas Vergleichbares gesehen hatte. Großvater Joe murmelte ein Gebet und auch Ryan sagte etwas auf Lakota.

Joe drückte mir schließlich ein Päckchen Tabak in die Hand. »Wenn du etwas von Mutter Erde nimmst, musst du ihr auch etwas dafür geben. Spendier ihr etwas Tabak und bedanke dich. Tabak ist heilig und die Erde wird deine Gegengabe annehmen. Und nun geht«, sagte der alte Mann. Er zeigte mit ausgestrecktem Arm auf eine hohe Kalkwand, die mir unerreichbar schien. »Ryan kennt den Weg«, sagte Joe noch einmal und schärfte uns ein zusammenzubleiben.

Ryan lief los. Er war schnell und beweglich und hatte die richtigen Schuhe an: weiche Mokassins mit nachgiebigen Sohlen. Ich trug feste Turnschuhe und hatte Mühe, ihm zu folgen. Als wir den breiten Felsturm erreicht hatten, sah ich, dass es tatsächlich Pfade gab, die um ihn herum- und hinaufführten. Man hatte kaum Halt auf diesen Pfaden, da sie fest und glatt wie Beton waren. Und es gab auch nichts, woran man sich festhalten konnte: keinen Strauch, keine Wurzel, keinen Stein.

Ryan schien das nichts auszumachen. So sicher und leichtfüßig, als würde er sich ständig in diesem Terrain bewegen, eilte er seinem Ziel entgegen. Ich beneidete ihn um seine Kraft und seine Ausdauer. Ryan Bad Hand hatte Mumm in den Knochen. Er war ein richtiger Krieger, bloß zu spät geboren, um gegen solche wie mich zu kämpfen. Er sang vor sich hin, während ich schon anfing zu japsen und den ersten Schluck aus meiner Wasserflasche nehmen musste.

Die Sonne stieg immer höher und fing schnell an zu wärmen. Ich bekam eine Ahnung davon, was sich hier abspielen würde, wenn sie erst ihren höchsten Stand erreicht hatte. Immer wieder blieb ich stehen und sah hinter mich. In ein graues Felsgewirr, das ausgedörrt, menschenfeindlich und trotzdem wunderschön war. Auf einmal bewegte sich etwas. Es war so grau wie die Berge, hatte aber vier Beine und gebogene Hörner. Ein Bergschaf. Noch mehr gesellten sich dazu. Es waren vier oder fünf Tiere. Sie witterten etwas und horchten wachsam auf. Plötzlich eilten sie über den steilen Grat davon, sie waren gute Kletterer. Ich fragte mich, wovon sie hier lebten.

Als ich mich wieder umwandte, war Ryan verschwunden. Ich sah ihn nicht mehr, sosehr ich meine Augen auch anstrengte. Alles verschwamm zu einer unbestimmten grauweißen Masse. Kein schwarzer Punkt, der sich bewegte. Im selben Augenblick wurde mir bewusst, dass es auch keine Pfade mehr gab. Nichts, woran ich mich orientieren konnte. Ich schluckte und meine Kehle war strohtrocken. Wo war Ryan?

»Das ist nicht lustig«, rief ich.

Schweißperlen standen auf meiner Stirn. Ich fühlte mich beobachtet. Irgendwo versteckte er sich wahrscheinlich und lachte sich ins Fäustchen. Ryan Bad Hand weidete sich an meiner Angst und ich hasste ihn dafür. Ja, in diesem Augenblick hasste ich ihn wirklich. Ich stand in der Sonne, schwitzte, als würde ich ein *Inipi* machen, und um mich herum steckten irgendwelche scharfen Geschosse und Minen in der Erde. Jeder Schritt konnte der falsche sein. Bumm! Deshalb bewegte ich mich nicht von der Stelle. Bis es mir zu bunt wurde.

Ich hatte Ryans blöde Späße satt und lief weiter. Auf einmal hallte sein »Bleib stehen!« durch die Canyons.

Abrupt blieb ich stehen. Endlich lag ein grüner Flecken vor mir. Wacholderbüsche, an denen Rankenpflanzen mit dreigeteilten rötlichen Blättern emporwuchsen.

»Wieso?«, rief ich. »Liegt hier vielleicht 'ne Bombe?«

Ich hatte keine Lust mehr, mich von ihm einschüchtern zu lassen. Wahrscheinlich flunkerte er sowieso nur und hier lag gar nichts herum. Sonst hätten auch die Bergschafe irgendwann in die Luft gehen müssen, denn die hielten sich noch weniger an irgendwelche Pfade als ich. Ich machte einen Schritt auf den Wacholder zu, weil wir ja schließlich hier waren, um etwas zu sammeln.

Ryan brüllte: »Finger weg, *Wasicun!* Geh zurück und nimm den Weg zwischen den Felswänden hindurch.«

In seiner Stimme war etwas, das mich zurückschrecken

ließ. Ich machte kehrt und fand nach einer Weile Ryans Fußspuren. Hier war der Boden nicht mehr festgetreten. Und es wurde steil. Ich musste auf allen vieren gehen, um nach oben zu kommen.

»Pass auf die Klapperschlangen auf«, hörte ich ihn sagen.

Er lachte. Ich blickte hinauf und sah Ryans schwarze Gestalt im Strahlenkranz der Sonne. Wie ein Geist. Geblendet kniff ich die Augen zusammen, und als ich noch einmal hinsah, war er verschwunden.

Oben angekommen, glaubte ich meinen Augen nicht zu trauen: Ich konnte weit über die Badlands blicken. Im Süden bis zu ihren Ausläufern, die wie Eisberge aus einem flimmernden gelbgrünen Meer ragten. Diese Weite war ungeheuerlich, kaum zu erfassen mit dem Verstand. Ein leichter Wind wehte mir um die Nase, trocknete meinen Schweiß und brachte den Duft von Wacholder mit.

Vor mir lagen runde, farbige Felsbuckel, dazwischen kleine grüne Täler und in einem sah ich Ryan, wie er sich an einem mannshohen grünen Busch zu schaffen machte.

»Beeil dich«, rief er mir zu. »In einer Stunde ist es hier so heiß, dass deine weiße Haut Blasen schlagen wird.«

So ein Kotzbrocken. Ich rutschte auf dem Hintern hinunter ins Tal und klopfte mir unten den Staub von der Hose. Ryan nickte mit dem Kopf zu einem anderen Wacholderbusch hinüber. Ich fing an die grünen Beeren zu pflücken, als er mich anbrüllte: »Du hast den Tabak vergessen, du Idiot.«

Erschrocken zuckte ich zusammen und ließ die Beeren fallen, die ich schon in der Hand gehalten hatte. Ryan, das Scheusal, lachte. Ich holte den Tabak aus der Tasche und streute etwas davon auf den Boden um den Wacholderbusch. Wenn mir gestern einer gesagt hätte, dass ich mal Tabak verstreuen würde, um Mutter Erde dafür zu danken, dass ich ihre Wacholderbeeren pflücken durfte, ich hätte ihn glatt für verrückt erklärt. Aber ich tat es wirklich. Und ich kam mir nicht mal komisch vor dabei. Ryan allerdings schüttelte den Kopf. Wahrscheinlich hatte ich mal wieder etwas falsch gemacht.

Als ich sah, wie er mit seinem Tabak in der Hand in die verschiedenen Himmelsrichtungen betete, bevor er ihn unter dem Wacholderbusch ablegte, wusste ich es. Aber es war mir egal. Ich hatte mein Bestes getan, meinen guten Willen gezeigt. Ich war nun mal kein Indianer und aus mir würde auch nie einer werden.

Ich holte einen Beutel aus meiner Umhängetasche und hängte ihn an meinen Gürtel. Endlich konnte ich anfangen zu pflücken. Es waren genügend Beeren da, der Strauch war voll davon. Trotzdem war es mühsam, sie zu pflücken, und der Beutel füllte sich nur langsam. Ich tat meine Arbeit und versuchte dabei an etwas anderes zu denken. An Nina, die jetzt vielleicht irgendwo im Freibad auf der grünen Wiese lag und sich mit den anderen amüsierte. Nina im Bikini, das war eine Schau! Sie hatte eine Figur wie ein Model und alle blickten ihr hinterher, sogar die Frauen. Auch ich hatte ihr hinterhergeblickt, damals, als wir noch nicht zusammen waren.

Die Traumblase mit Nina im Bikini darin zerplatzte in der Hitze der Badlands. Mein Schädel dampfte unter der Baseballmütze und meine Hände zitterten, als sie nach den kleinen grünen Beeren griffen. Ab und zu warf ich einen Blick auf Ryan, nur um mich zu vergewissern, dass er noch da war. Er pflückte und pfiff dabei leise vor sich hin.

Etwas später, ich war inzwischen dazu übergegangen, die Nadeln des Busches abzupflücken, sah ich ihn mit einer kleinen Schaufel Yuccawurzeln ausgraben. Ich hörte ihn fluchen. Der Boden war knochentrocken und er hatte Mühe, an die Wurzeln heranzukommen.

Es wurde immer heißer, und als ich auf meine Armbanduhr sah, war es schon kurz vor zwölf. Verrückt, wie schnell beim Pflücken die Zeit verging. Die Backofenhitze war kaum noch auszuhalten und ich fragte mich, wann Ryan endlich den Rückweg antreten wollte. Sein Pfeifen war verklungen. Eigentlich, das wurde mir jetzt klar, hörte ich es schon eine ganze Weile nicht mehr. Ryan war wieder einmal verschwunden! Ich lief um alle Wacholderbüsche herum, aber er war nicht mehr da. Schließlich hörte ich oben auf dem Plateau sein heiseres Kichern.

Verwünschungen ausstoßend, kletterte ich zurück auf das Plateau. Bergab war es einfacher gewesen, doch jetzt hatte ich ganz schön zu kämpfen. Meine Hände fanden keinen Halt am Boden und ich rutschte immer wieder zurück. Als ich endlich oben angekommen war, hatte ich den feinen weißen Staub überall, auch im Mund.

Zuerst putzte ich meine Brille, denn durch die staubigen Gläser konnte ich überhaupt nichts mehr sehen. Mit meinem Wasser war ich sparsam umgegangen, aber jetzt nahm ich einen gierigen Schluck. Es zischte in meiner ausgedörrten Kehle. Die Brühe war richtig heiß.

Zur Abwechslung sah ich mich nach Ryan um, aber er war nicht zu sehen und ich hatte auch nichts anderes erwartet. Also machte ich mich auf den Weg. Ging in die Richtung, aus der ich gekommen war, oder besser: von der ich annahm, dass ich aus ihr gekommen war. Kurzzeitig sah ich Ryans dunkle Gestalt auftauchen, aber das konnten auch Halluzinationen sein – bei der Hitze wäre das nicht weiter verwunderlich.

»Du langweilst mich«, rief ich.

Ich sah ihn auftauchen und hinter grauen Hügeln verschwinden. Er schien überhaupt nicht erschöpft zu sein und es war mir schleierhaft, woher er seine verdammte Energie nahm. Ich verfiel wieder darauf, ihn mit Verwünschungen zu bedenken. Das bewahrte mich davor, in Tränen auszubrechen.

Dann sah ich ihn nicht mehr. Es war auf einmal furchtbar still – so still, dass ich das Gefühl hatte, die Luft flimmern zu hören. Bunte Kreise tanzten vor meinen Augen, aber ein Ryan Bad Hand war nirgendwo zu sehen.

»Ryan?«, rief ich. Das vielstimmige Echo klang beängstigend. Eine Antwort bekam ich nicht.

»Ryan?«, rief ich noch einmal. Nichts. Jetzt fing ich wirklich an zu heulen. Es gab einfach kein Halten mehr: Die Tränen flossen und ich fluchte wie noch nie in meinem Leben. Ein dunkler Klumpen wuchs in meinem Bauch und auf einmal wusste ich, wie sich Verzweiflung anfühlte.

Dieses verflixte Arschloch ließ mich einfach hier in der Sonne schmoren und ich konnte nichts dagegen tun. Ich verfluchte Rodney und Großvater Joe, weil sie mich in diese blöde Situation gebracht hatten, egal, was sie damit bezweckten. Das Flimmern wurde dicht, bunte Schlieren waberten durch die Luft und mein Kopf drohte zu platzen. Nicht mehr lange und ich würde bewusstlos zusammenbrechen.

Plötzlich flog ein Schwarm Vögel mit wildem Gezeter aus einer Senke auf und gleich darauf hörte ich einen markerschütternden, lang gezogenen Schrei. Ich fuhr herum und blickte erschrocken in die Richtung, aus der er gekommen war. Und in der flimmernden Hitze der weißen Felsen sah ich ein großes Tier davoneilen. Ein geschmeidiger Körper, starke Vorder- und Hinterbeine, gelbes Fell – ein Puma!

»Verdammter Mist«, flüsterte ich und sah mich verzweifelt nach einem Fluchtweg um. Aber alles sah gleich aus. Ich kannte den Weg nicht und in die falsche Richtung zu laufen konnte mich das Leben kosten. Genauso wie ein Zusammentreffen mit dem Berglöwen. Mit klebriger Zunge leckte ich über meine aufgesprungenen Lippen. Die Luft flimmerte und gaukelte mir Bilder vor. Ich sah Gestalten in bunt bemalten Hemden tanzen. Ihr langes Haar, in das Federn geknüpft waren, flog, wenn sie sich drehten. Als hätten sie schwarze Flügel. Und ich hörte die Trommel. Bumm, bumm, bumm.

Es war mein eigener Herzschlag. Wurde ich jetzt verrückt? Hatte die Hitze mir schon den Garaus gemacht, obwohl ich eine Baseballkappe trug?

Die bunten Gestalten lösten sich in ihre Einzelteile auf. An den Felshängen glimmerte es rot und blau. Es funkelte und glitzerte und ich schloss die Augen, um den Zauber loszuwerden, um von mir zu weisen, was ich sah und was doch nicht sein konnte.

Als ich die Augen wieder öffnete, war der Spuk verschwunden. Ich stand allein in der trockenen Einöde und war immer noch keinen Schritt weitergekommen. Zumindest konnte ich wieder klar denken. Und da ich nicht wusste, wie lange der wache Moment anhalten würde, musste ich mir schnell etwas einfallen lassen.

Ich konnte nicht einfach losgehen, weil hier Munition herumlag und ich nicht wusste, wo. Andererseits: Ryans Schrei war keine Einbildung gewesen. Auch wenn er ein Blödmann war – ich musste versuchen ihn zu finden. Schließlich konnte er sich ernsthaft verletzt haben. Es war einer dieser Augenblicke, in denen ich mir wünschte irgendwo anders zu sein, nur nicht dort, wo ich mich gerade befand.

»Ryan?«, rief ich, die Hände wie einen Trichter vor den Mund gehalten.

»Ich bin hier«, kam die Antwort sofort.

Es hörte sich nah an und ich ging Ryans Stimme nach. Ich kletterte den Hügel hinauf, und als ich oben stand, sah ich ihn unten in einer bewachsenen Rinne liegen. Ein großer Wacholderbusch hatte seinen Sturz aufgefangen. Nun war er dabei, auf allen vieren wieder nach oben zu kriechen, wobei er seine kleine Schaufel zu Hilfe nahm. Ich konnte warten, bis er von allein bei mir angelangt war; ich konnte ihm aber auch helfen.

Ich wartete.

Ryans Energie schien plötzlich vollkommen verbraucht zu sein. Er bewegte sich langsam. Sein Körper wirkte verkrampft und er kam kaum vorwärts. Vielleicht hatte er sich bei dem Sturz doch verletzt. Seine Ellenbogen bluteten. Das Schaufelblatt blinkte in der grellen Sonne.

»Kommst du klar oder soll ich dir helfen?«, fragte ich.

Ryan blickte nach oben und sah mich einen Augenblick an. Dann sagte er: »Ich komme schon klar.«

Ich sah noch eine Weile zu, wie er sich quälte, dann rutschte ich ihm entgegen und streckte meine Hand aus, um ihm zu helfen. Doch er schüttelte den Kopf. Ich wollte schon was sagen, von wegen falschem Stolz und dergleichen, als ich Ryans Arme und seine Hände sah. Sie waren feuerrot und von dicken, wässrigen Blasen überzogen. Er sah aus, als wäre er zu nah ans Feuer geraten. Oder in Säure gefallen.

»Was zum Teufel ist denn mit dir passiert?«, fragte ich erschrocken.

»Giftefeu«, ächzte er. »Ich bin abgestürzt und reingefallen«.

Er deutete nach unten in die grüne Rinne. Ich erkannte die dreigeteilten rötlichen Blätter der Rankenpflanze wieder. Beim Aufstieg hatte Ryan mich davor zurückgehalten, nach ihnen zu greifen.

»Der Milchsaft ist überall auf meiner Haut und an meinen Kleidern«, sagte er. »Wenn du mich anfasst, passiert mit dir das Gleiche.«

»Und was jetzt?«

»Ich bräuchte Wasser und Seife, um den Saft abzuwaschen, dann wird es vielleicht nicht ganz so schlimm.«

Wasser und Seife. Ebenso gut hätte er nach einem Erdbeereis mit Schlagsahne verlangen können.

»Ich habe Seifenkraut im Beutel«, sagte Ryan. »Aber meine Wasserflasche ist beim Sturz kaputtgegangen. Wasser habe ich keines mehr.«

Ich holte meine Flasche aus dem Beutel und schüttelte sie. Sie war noch zu einem Viertel voll und ich gab sie Ryan.

Er sah mich eindringlich an. Seine Augen wurden zu schmalen Schlitzen. »Bist du dir ganz sicher?«, fragte er. »Du hast dann nichts mehr für den Rückweg.«

»Nimm es. Und beeil dich.«

Ryan holte eine Yuccapflanze aus seinem Beutel, schnitt sie mit seinem Taschenmesser an und mischte den austretenden dicken Saft mit Wasser. Es schäumte. Er wusch sich Hände und Arme so gründlich, wie es ging, und spülte den Schaum mit dem letzten Rest Wasser ab. Er verzog das Gesicht und ich ahnte, dass er Schmerzen hatte, sie aber nicht zeigen wollte.

»Kann ich dich jetzt anfassen?«, fragte ich.

Ein kaum merkliches Grinsen huschte über sein dunkles Gesicht. »Ich denke schon. Aber mach langsam, ich glaube, ich habe mir den Knöchel gebrochen.«

Ich fasste seine Hand, zog und Stück für Stück arbeiteten wir uns nach oben. Ich hörte das leise Pfeifen seines Atems. Er war jetzt genauso erledigt wie ich. Auf dem Plateau angekommen, half ich Ryan auf die Beine. Ich japste nach Luft, mein Kopf glühte wie im Fieber und ich hörte wieder die Trommel. Bumm, bumm, bumm.

»Da geht es lang«, sagte Ryan und zeigte in eine Richtung, die ich nicht vermutet hätte. Dann zog er sein T-Shirt aus, vorsichtig darauf bedacht, dass er mit der äußeren Seite seinen Körper nicht berührte, und knotete es um den Riemen seiner Umhängetasche. »Okay, so müsste es gehen.«

Einen Arm um meine Schulter gelegt, in der anderen Großvaters Schaufel, humpelte er neben mir her. Immer wenn er seinen linken Fuß benutzte, huschte ein Ausdruck des Schmerzes über sein Gesicht. Aber er klagte nicht. Das würde er niemals tun.

Ich hatte Narben auf Ryans brauner Brust gesehen, parallele Schnitte über beiden Brustwarzen. Während wir uns vorsichtig voranbewegten, zurück zum Auto, musste ich dauernd an diese Narben denken. Ryan Bad Hand war ein Sonnentänzer wie sein Vater. Er hatte sich Holzsplinte durch die Brusthaut ziehen lassen und mit seiner Haut am Sonnentanzbaum gehangen, bis sein Fleisch gerissen war. Großvater Joe hatte mir von dieser Zeremonie der Lakota erzählt. Dass der Sonnentanz lange Zeit verboten war und trotzdem immer stattgefunden hatte, irgendwo in den Bergen, an geheimen Orten. Joe hatte gesagt, dass jeder, der tanzte, ein persönliches körperliches Opfer brachte, um *Wakan Tanka* zu ehren und den Fortbestand des Volkes zu sichern. Ryan hatte seinem Volk ein Fleischopfer gebracht.

Ich konnte meinen Stiefbruder nicht ausstehen, aber ich war tief beeindruckt. Er besaß all das, was ich nicht hatte: einen trainierten Körper, Ausdauer und die Fähigkeit, Schmerz nicht über die Lippen kommen zu lassen.

»Wie ist das eigentlich passiert?«, fragte ich ihn.

»Da war plötzlich ein . . .« Er blieb stehen und sah mich ganz seltsam an.

»Ein Puma?«, fragte ich.

Ryan riss die Augen auf. »Du hast ihn auch gesehen? Ich dachte schon, ich hätte mich vor einem Geist erschreckt.«

»Ich habe ihn gesehen«, sagte ich. Weil ich mir nun sicher sein konnte, dass ich keinen Geist gesehen hatte.

Wir holperten und stolperten, rutschten und klammerten uns an dürre Wurzeln. Manchmal hörte ich Ryan stöhnen oder vielleicht war ich das auch selbst. Wo seine Haut meine berührte, war sie heiß. Er glühte. Ich nahm an, dass er so schnell wie möglich in ein Krankenhaus musste.

Und endlich – ich hatte schon nicht mehr daran geglaubt, dass wir es schaffen würden – hatten wir die Grasebene erreicht und konnten den Pick-up erkennen. Großvater Joe, der im Schatten des Kleinlasters gewartet hatte, sah uns kommen und lief uns entgegen.

Seltsamerweise stellte er keine Fragen. Er half Ryan zum Pick-up und nahm uns die Beutel mit unserer Ernte ab. Ryan zog auch seine Hose aus, bevor er sich in den Pick-up setzte. Das musste wahrlich ein Teufelszeug sein, dass er solchen Respekt davor hatte.

Großvater Joe fuhr mit uns direkt ins Krankenhaus nach Rapid City, ein Weg, für den wir zwei Stunden brauchten. Während ein Arzt Ryans Knöchel röntgte und seine blasige Haut behandelte, saßen der Alte und ich in der gekühlten Empfangshalle in weichen Ledersesseln.

Joe fragte noch immer nichts. Das war ich nicht gewohnt. Mom hätte mich nach dieser Aktion mit ihren Fragen gelöchert. Sie hätte geheult vor Sorge und mir tausend Vorwürfe gemacht.

Ryan kam auf Krücken zurück, einen Verband um seinen Knöchel. Der indianische Arzt, der ihn begleitete, sagte: »Der Knöchel ist nicht gebrochen, nur verstaucht. Er braucht jetzt ein paar Tage Ruhe. Die Verätzungen sind ja zum Glück gleich mit Wasser und Seife behandelt worden. Aber trotzdem muss das beobachtet werden, es kann sich entzünden.«

Großvater Joe nickte. »Ich habe Erfahrungen damit.«

»Na gut.« Der Arzt lächelte. »Und das nächste Mal ein bisschen vorsichtiger, junger Mann. Okay?«

Ryan nickte. Für ihn musste es eine Demütigung sein, halb nackt und auf Krücken in der Empfangshalle des Krankenhauses zu stehen, wo jeder ihn so sehen konnte und die Gerüchte schnell ihren Umlauf nehmen würden. Aber er trug es mit Fassung.

14. Kapitel

Als wir wieder bei Großvater Joes Blockhütte ankamen, juckte auch meine Haut und es zeigten sich ein paar Blasen. Der Juckreiz war höllisch. Ich hatte Mühe, mich zu beherrschen und mir nicht die Haut vom Leib zu kratzen. Der alte Mann behandelte unseren Ausschlag mit einer kühlen Salbe und fragte immer noch nichts. Aber ich spürte, dass es an der Zeit war, ihm einiges zu erklären.

»Wir haben dort oben einen Berglöwen gesehen«, sagte ich. »Dabei hat Ryan das Gleichgewicht verloren und ist abgerutscht.«

Großvater Joe musterte seinen Enkelsohn, als würde er nicht ganz glauben, was ich da erzählt hatte. Aber Ryan sagte: »Es war ein riesiges Tier und er stand plötzlich vor mir. Ich habe mich mörderisch erschreckt.«

Joe nickte und ließ es dabei bewenden. Wir tranken Zitronenlimonade und der Alte begutachtete unsere Ausbeute. Er war zufrieden und bedankte sich bei uns. Die Beutel steckte er in eine Plastiktüte und bat mich sie in unserer Waschmaschine zu waschen.

»Und nun fahrt nach Hause«, sagte er. »Euer Vater wartet schon auf euch.«

Euer Vater! Hatte ich richtig gehört?

Ich fuhr den Pick-up und Ryan saß schweigend neben mir. Der Ausschlag auf seinen Armen und Händen sah furchtbar aus. Alles war rot und geschwollen, mit dicken Blasen darauf. Es musste höllisch jucken und wehtun.

»Wie lange dauert es, bis das wieder verheilt ist?«, fragte ich Ryan.

»Eine Woche, wenn ich Glück habe, vielleicht auch zehn Tage.«

Ich hielt vor unserem Haus und stieg aus. Ryan, der seine Hose und sein T-Shirt in einem Plastikbeutel verwahrt hatte, stieg auch aus und folgte mir auf seinen Krücken nach drinnen. »Mom«, rief ich, aber niemand antwortete.

Ryan fand den Autoschlüssel zu seinem Buick in der Küche, nahm ihn und sagte: »Danke für das Wasser und deine Hilfe.«

Ich zuckte verlegen die Achseln. Dass Ryan Bad Hand so etwas sagen würde, hatte ich nicht erwartet. Er war nicht mein Freund und würde sich für das, was er mit mir gemacht hatte, auch nicht entschuldigen. Aber dass er sich für meine Hilfe bedankte, tat richtig gut.

»Willst du deinen Vater nicht sehen?«, fragte ich. »Er ist bestimmt bei den Pferden.«

Ryan schüttelte den Kopf und ging. Ich sah ihm nach, wie er davonhumpelte und in seinen verbeulten Wagen stieg. Und ich dachte, dass ich von nun an keine Angst mehr vor ihm zu haben brauchte. Ryan Bad Hand würde mich nicht mehr quälen. Also hatte dieser Tag trotz allem etwas Gutes gehabt. Ob Großvater Joe das vorausgesehen hatte?

Ich suchte nach meiner Mutter, aber sie war nicht da. Rodney fand ich bei den Pferden. Er kam auf mich zu und ich sah die Besorgnis in seinen Augen. »Alles in Ordnung?«, fragte er und fasste mich an der Schulter.

Ich nickte.

»Du siehst erledigt aus, Oliver.«

»Bin ich auch. Aber Ryan ist viel schlimmer dran.«

Rodney nickte. »Mein Vater hat mich angerufen und mir erzählt, was passiert ist. Wo ist Ryan überhaupt?«

»Er ist gefahren. Ich nehme an, er wollte nicht, dass du ihn so siehst.«

Rodney lachte kopfschüttelnd. »Typisch Ryan.« Er legte den Arm um meine Schulter und sagte: »Komm, lass uns ins Haus gehen, dort ist es kühler. Wie es aussieht, hast du heute schon genug Sonne abbekommen.«

Wir gingen zurück und Rodney sagte mir, dass meine Mutter einkaufen gefahren war. Er wärmte mir die Reste des Mittagessens in der Mikrowelle auf, und während ich aß, zeigte er auf meine geröteten Arme. »Du hast auch was abgekriegt.«

»Ryan hat sich bei seinem Sturz den Knöchel verstaucht und ich musste ihn stützen. Das Zeug war überall an seinen Klamotten.«

Rodney nickte. »Giftefeu ist ein wahres Teufelszeug. Aber eigentlich kennt sich Ryan gut aus am Cedar Butte. Es wundert mich, wie ihm das passieren konnte.«

Ich hätte ihm die Frage beantworten können. Stattdessen fragte ich: »Stimmt es, dass dort überall noch scharfe Munition herumliegt und irgendwelche Bomben?«

»Das stimmt schon«, antwortete Rodney, »aber natürlich nicht dort, wo ihr gewesen seid. Das Gebiet ist schon geräumt worden. Aber tiefer drin in den Badlands, hinter dem Cedar Butte, da liegt das Zeug noch herum. Die Regierung hat das Räumungsprogramm wegen Geldmangel gestrichen. Ist 'ne ganz schöne Schweinerei. Uns ist das

Land nämlich heilig. Am Stronghold Table, nicht weit vom Cedar Butte, gibt es einen alten Geistertanzplatz.«

»Geister. . . was?«, fragte ich.

»Ein Geistertanzplatz. Es ist schon mehr als hundert Jahre her. Die Weißen wurden immer mehr und nahmen uns unser Land weg. Sie töteten uns und töteten die Büffel, die wir zum Leben brauchten. Unsere großen Häuptlinge waren verzweifelt und wussten nicht mehr weiter. Da tauchte ein Prophet auf, Wovoka hieß er. Und der sagte, wir sollten uns Hemden nähen und sie bemalen und wir sollten in diesen Hemden tanzen. Dann würden sie kugelfest werden und uns im Kampf gegen die Weißen beschützen. Er prophezeite, dass unsere Toten wieder auferstehen und die Büffel zurückkommen würden. Die Weißen jedoch würden für immer von unserem Land verschwinden.«

»Und?«, fragte ich.

»Wir haben getanzt«, sagte Rodney. »Wir hatten geheime Plätze in den Badlands. Dort tanzten wir, in der Hoffnung, die Prophezeiung von Wovoka würde sich erfüllen.«

»Ich habe sie gesehen«, sagte ich und schluckte beklommen, als ich an die bunten Gestalten dachte, die ich im Hitzegeflimmer der weißen Berge erblickt hatte.

»*Wen* hast du gesehen?«

»Die Männer. Ich sah sie tanzen. Es war so höllisch heiß und die Luft flimmerte und überall funkelte es blau und rot und dann habe ich sie gesehen, in ihren bunten Hemden. Sie tanzten. Ich habe die Trommel gehört. Vielleicht war es auch nur mein eigenes Herz, aber ich dachte . . .«

»Hey«, sagte Rodney überrascht, »dann hattest du eine mächtige Vision. Nicht jeder, der dort oben herumkraucht, sieht die Geistertänzer. Aber du hast sie gesehen. Du hattest Glück. Das ist ein starkes Zeichen.

»Ein Zeichen für was?«

»Ich weiß es nicht, Oliver. Aber du wirst es wissen, wenn es so weit ist.«

»Ryan ist einem Berglöwen begegnet«, sagte ich.

»Hat er das gesagt?«

»Ja. Ich habe ihn auch gesehen. Es war ein riesiges Tier.«

Rodney nickte wieder. »Ich habe schon davon munkeln gehört, dass am Cedar Butte ein Pumaweibchen leben soll. Aber ich dachte immer, da wollte sich irgendjemand wichtig machen.«

»Wir haben sie gesehen.«

»Wahrscheinlich hat sie versucht Bergschafe zu jagen.«

»Die sind mir auch begegnet.«

»Ja, nachdem man sie zu Forschungszwecken in den Tod gestürzt hat, vermehren sie sich langsam wieder. Sie stehen unter Artenschutz.«

»Was meinst du damit: zu Forschungszwecken in den Tod gestürzt?«, fragte ich.

»Na ja. Irgendwann hatte man erfreut festgestellt, dass sich die seltenen Bergschafe in den unwegsamen Regionen der Badlands wieder angesiedelt hatten. Weil das Gelände zu Fuß nur schwer zugänglich ist, kamen die Parkranger auf die geniale Idee, die Tiere vom Hubschrauber aus zu zählen, weil sie die Zahlen für ihre Statistiken brauchten. Aber die Tiere erschraken vor dem Geknatter der Rotoren. Sie rannten in panischer Angst davon und viele von ihnen stürzten in eine Schlucht, wo sie sich das Genick brachen.«

»So was Idiotisches«, sagte ich kopfschüttelnd.

»Allerdings. Viele von uns haben geweint, als sie davon erfuhren.«

»Es war so irre heiß in den Badlands«, sagte ich. »Ich konnte erst gar nicht glauben, dass dort überhaupt Leben existiert.«

»Oh, in den weißen Bergen gibt es viele verschiedene Tierarten. Im Herbst, wenn es kühler ist, werde ich mit dir und deiner Mutter eine Tour machen und euch dies und das zeigen. Ich kenne eine Stelle, an der die Erosion Fossilien freigelegt hat und die von den Parkrangern noch nicht entdeckt worden ist.«

»Wieso gehst du in die Badlands?«, fragte ich Rodney.

»Aus demselben Grund wie mein Vater. Um Heil- und Gewürzpflanzen zu sammeln und manchmal auch um nachzudenken. Dort stört einen keiner dabei.«

»Außer ein Berglöwe vielleicht«, sagte ich.

»Ja«, Rodney lachte. »Wie war eigentlich eure Ausbeute? Vater schwört auf die Red-Cedar-Büsche am Cedar Butte. Dort gibt es immer Beeren, auch wenn sie woanders längst von den Vögeln geholt worden sind.«

»Wir haben viel gepflückt. Was macht er eigentlich damit?«

»Die Beeren eignen sich hervorragend als Gewürz für Fleisch und Suppen. Aus den Beeren und den Nadeln kann man einen Tee kochen oder einen Sud, der antiseptisch wirkt. Mein Vater kennt sich gut aus mit Pflanzen. Als Alvina und ich Kinder waren, mussten wir nie zum Arzt. Dad hatte für alles ein Heilmittel. Außer als mein Blindarm rausmusste.« Rodney schmunzelte. »Großvater Joe mag dich übrigens sehr.«

Ich sagte nichts. Ich mochte den alten Mann auch.

»Vielleicht solltest du jetzt eine kalte Dusche nehmen, dann geht es dir besser«, meinte Rodney.

»Ja, werd ich machen.«

»Und Oliver!«

»Ja?«

»Du musst deiner Mutter ja nicht haarklein erzählen, was heute passiert ist. Könnte sein, sie macht sich unnötige Sorgen, und ich kann mir wieder ein Donnerwetter anhören, weil ich dich mit Joe und Ryan in die Badlands gehen lassen habe.«

»Ist schon okay«, sagte ich. »Sie wird es nicht erfahren.«

Ich ging nach oben und duschte. Es war nicht zu unterscheiden, ob ich nun Sonnenbrand auf den Armen hatte oder ob ich mit dem Saft des Giftefeus in Berührung gekommen war. Aber es war mir auch egal. Ich hatte etwas, das mich noch eine Weile schmerzhaft an den Ausflug in die Badlands erinnern würde. Doch auch ohne brennende Haut würde ich den gestrigen Abend und den heutigen Tag nicht so schnell vergessen. Etwas hatte sich verändert. Ich hatte mich verändert. Ich war jetzt voll da. Ich meine, ich war hier, im Res, mit meinem Körper *und* meinen Gedanken.

Bisher war nur mein Körper hier gewesen. Ich war herumgewandelt wie eine Hülle. Doch nun ging das nicht mehr – selbst wenn ich es wollte. Auf einmal gehörte ich hierher. Das Land hatte mich auf seine eigene, raue Weise willkommen geheißen. *Mutter Erde*. Ganz langsam begann ich zu begreifen, was das bedeutete. Was es für die Lakota bedeutete. Und seit dem heutigen Tag bedeutete es auch für mich etwas.

Ich setzte mich an meinen Schreibtisch und begann zu zeichnen. Den Puma – aus dem Gedächtnis. Ob ich je wieder solch ein Tier sehen würde? Rodney hatte mir erzählt, dass Berglöwen sehr scheu sind. Und sie sind Meister im Unsichtbarmachen. Es kann einer ganz in deiner Nähe sein und du ahnst nicht mal, dass er da ist. Genauso musste es gewesen sein. Er war hinter den Bergschafen her gewesen und dabei an Ryan geraten.

Die Geister der Badlands waren auf meiner Seite gewesen. Sie hatten Ryan in die Schranken verwiesen. Ich glaube, auch für ihn hatte sich dadurch einiges verändert.

Es drängte mich danach, Nina von meinen Erlebnissen zu erzählen. Aber sie war so weit weg, dass ich sie nicht mehr spürte. Ihre Gestalt, ihr Geruch, ihre Stimme, alles erschien mir nur noch wie in einem Nebel. Meine große Liebe war zerplatzt wie eine Seifenblase, weil sie der Entfernung nicht gewachsen war. In der Backofenhitze der Badlands ist mir vieles klarer geworden. Und es war nur fair, Nina davon zu erzählen. Ich würde ihr schreiben, aber nicht heute. Nicht heute.

Beim gemeinsamen Abendessen musste ich meine Geschichte noch einmal erzählen – für Mom. Ich verschwieg die Geistertänzer und den Berglöwen, aber dass Ryan ins Giftefeu gerutscht war und sich dabei den Knöchel verstaucht hatte, erzählte ich ihr. Sie hätte es sowieso erfahren. Der Buschfunk im Reservat funktionierte schnell und zuverlässig, das war eine der ersten Lektionen, die ich hier gelernt hatte.

»Was habt ihr denn dort gepflückt?«, fragte Mom, die sich schon immer für Kräuter und Gewürze interessiert hat.

»Wacholderbeeren«, sagte ich.

»Es sind die Beeren der Red Cedar«, verbesserte mich Rodney. »Das ist eine Wacholderart. Man kann die Beeren und die Nadeln sammeln. Wenn dich das interessiert, dann besuche doch mal meinen Vater. Er kann dir eine Menge darüber erzählen.«

»Das werde ich bestimmt«, sagte Mom gut gelaunt. »Und wie lief es mit Ryan?«

Irgendwoher hatte sie also doch erfahren, dass wir so unsere Schwierigkeiten miteinander hatten. »Ganz gut«, sagte ich. »Nur dass er jetzt an Krücken geht.«

»Na ja, das wird schon wieder.«

Ich wusste: Wenn sie ihn gesehen hätte, mit seinen vom Giftefeu verbrannten Armen und Händen, in Unterhosen und auf Krücken humpelnd, dann wäre das Abendessen nicht so entspannt gelaufen. Dessen war ich mir sicher.

In der nächsten Woche zeichnete ich viel und schrieb Nina einen langen Brief, in dem ich ihr von meinem Abenteuer in den Badlands erzählte. Er war vier Seiten lang, und als ich fertig war, tat mir die Hand weh vom Schreiben. Davon, dass meine Träume von ihr in der Hitze der Badlands zerplatzt waren, erzählte ich Nina nichts. Auch nicht von meinem Gefühl, sie immer mehr zu verlieren. Ich brachte das einfach nicht fertig.

Es war der erste Brief, in dem ich nicht über das Reservat und die Indianer schimpfte oder mich beklagte, und sie würde sich ihre eigenen Gedanken machen. Mein Selbstmitleid hatte ich abgeschüttelt und kam mir auf einmal ganz leicht und befreit vor.

Ich kümmerte mich jeden Tag um die Pferde. Das machte mir Spaß und meine Furcht vor Tatanka, dem Hengst, verschwand immer mehr. Langsam freundeten wir uns an. Ich brachte den Pferden ab und zu einen Leckerbissen, trockenes Brot oder eine Karotte, wobei ich Moon immer ein bisschen bevorzugte, denn die Stute war mein Reitpferd und ich wollte, dass sie mich mochte. Inzwischen war ich viel mit ihr unterwegs, erkundete die Gegend und wagte mich dabei immer weiter weg von zu Hause. Die Schmerzen im Hintern und den Oberschenkeln waren erst stärker geworden, sodass ich eine Zeit lang etwas steifbeinig durch die Gegend gestakst war. Aber nun, wo ich den Dreh heraushatte, ließen sie langsam nach. Reiten konnte durchaus ein Vergnügen sein, wenn man es beherrschte.

Einmal besuchte ich Großvater Joe zu Pferde. Ich fand ihn, wie er in einem Kreis von 50 Metern um seine Hütte mit einem Benzinrasenmäher über die Prärie tobte und den Rasen stutzte. Großvater Joe mähte die Prärie! Ich musste lachen, als ich ihn sah, und er lachte, als er mich sah.

Er unterbrach seine Arbeit und wir führten Moon auf die Koppel zu Tom und Jerry. »Schön, dass du mal kommst«, sagte der Alte. »Ich hoffe, du hast das kleine Abenteuer in den Badlands gut verkraftet.«

Ich nickte. »Wie geht es Ryan?«

»Besser. Er ist ein zäher Bursche.« Großvater Joe holte seine legendäre Zitronenlimonade aus dem Kühlschrank und wir setzten uns auf die Bank auf der Veranda. Die Grillen zirpten und für einen Augenblick genossen wir die Gemeinsamkeit in der Stille, während wir kalte Limonade nippten.

Schließlich fragte Joe: »Kommst du jetzt besser zurecht?«

»Ja«, sagte ich. »Aber ich verstehe so vieles nicht.«

»Du bist woanders aufgewachsen, Oliver. Es wird noch lange dauern, bis du verstehst, was in den Menschen hier vorgeht. Vielleicht verstehst du es nie.«

»Weil ich weiß bin?«

»Vielleicht.« Der alte Mann nahm einen Schluck von der Limonade und ich betrachtete seine großen dunklen Hände. Sie waren abgearbeitet und kräftig. Dicke Adern wuchsen über die Sehnen wie blaue Schlangen.

»Das macht nicht gerade Mut«, sagte ich. Bei ihm konnte ich offen sein, dieses Gefühl hatte ich gleich bei unserer ersten Begegnung gehabt.

»Dann hast du nicht verstanden, was ich meine, Oliver. Wir Lakota sind mit diesem Boden verbunden durch das vergossene Blut und das Leid unserer Vorfahren. Geht einer von uns hier fort, um woanders zu leben, wird er immer leiden. Seine Wurzeln finden woanders nicht den richtigen Boden, die richtigen Nährstoffe und er wird diesen Mangel spüren und krank werden.«

»Mom hat gesagt, man kann überall Wurzeln schlagen und sie wieder ausreißen.«

Joe lächelte kopfschüttelnd, nachsichtigen Spott in den Augen. »Ihr Weißen, ihr glaubt immer alles zu wissen. Aber vielleicht hat deine Mutter ja Recht, was euch Europäer betrifft. Mit uns Indianern ist das was anderes. Das Land gehört zu uns und wir gehören zu ihm. Und es gehört noch eine Menge mehr dazu. Die Geister, von denen ich in meinen Geschichten erzählt habe, unsere Gebete, unser Glaube. Alles ist eins. Aber wenn ich versuche dir das alles mit Worten zu erklären, geht der tiefere Sinn verloren. Du musst es fühlen, Oliver. Vergiss den Verstand und sieh mit dem Herzen.«

»Ich habe in den Badlands die Geistertänzer gesehen«, sagte ich.

Großvater Joe nickte und lächelte. »Da hast du es. Das Erlebnis Natur ist die Quelle unserer Weisheit.«

War ich tatsächlich weiser geworden, nur weil ich im Hitzetaumel gefiederte Gestalten tanzen gesehen hatte? »Meine Freunde fehlen mir«, sagte ich. »Ich habe in Deutschland ein Mädchen, sie heißt Nina. Ich glaube, ich habe sie verloren.«

»Das tut sicher weh«, sagte Joe. »Aber wenn du etwas loslässt, bekommst du auch etwas dafür. Dass es so ist, merkt man manchmal erst viel später. Trauer endet und wird zu etwas anderem. Glaub mir, ich weiß, wovon ich rede.«

Er erzählte mir von seiner Kindheit im Reservat und von seiner Frau, Rodneys Mutter. Davon, dass sie ein Kind verloren hatten, Rodneys und Alvinas Schwester Lori, die sterben musste, weil in einer stürmischen Winternacht der Arzt die Hütte nicht erreichen konnte. Und ich hörte vom Aufstand am Wounded Knee im Frühjahr 1973, als aufständische Indianer vom FBI und US-Militär belagert wurden und 73 Tage lang durchhielten. Rodney war damals 15 und er war dabei gewesen – zusammen mit seinem Vater.

Joe Bad Hand konnte auf ein ereignisreiches Leben zurückblicken, in dem es viel Freude und viel Leid gegeben hatte. Ich versuchte mich in eine Vergangenheit zu versetzen, die nicht die meine war, und entdeckte eine vollkommen andere Welt.

Ganz sicher würde ich irgendwann wiederkommen, um noch mehr zu hören. Ich hatte einen Großvater bekommen, obwohl ich Nina noch gar nicht losgelassen hatte. Ich konnte es nicht. Noch nicht. Es schmerzte viel zu sehr.

15. Kapitel

Es kam das Wochenende, an dem wir zu Boos 22. Geburtstag eingeladen waren. Ich freute mich drauf. Am meisten freute ich mich natürlich auf Tammy, denn ich hatte sie einige Tage nicht gesehen. Aber ich freute mich auch auf Boo. Ich hatte ein Geschenk für ihn gebastelt, ein Windspiel aus bemalten Holzstücken und kleinen Blechteilen. Rodney hatte mir sein Werkzeug dafür geliehen.

Wir holten Großvater Joe ab und fuhren zusammen nach Kyle. Tammy war die Erste, die uns entgegenkam, als wir hinter den anderen Fahrzeugen parkten. Als sie mich anlachte und die Lücke zwischen ihren Schneidezähnen zum Vorschein kam, begann mein Herz zu flattern. Sie trug ausgewaschene Jeans und ein sonnengelbes Top, das ihre Haut noch dunkler aussehen ließ.

»Hi Olli«, begrüßte sie mich. »Ich dachte schon, du würdest nicht mitkommen.«

»Warum sollte ich nicht mitkommen?«, fragte ich verwundert.

»Na ja, ich dachte . . .«, sie wand sich ein bisschen. »Wegen der Sache mit der Klapperschlange.«

»Vielleicht bin ich nur ein dussliger *Wasicun«,* sagte ich, »aber nachtragend bin ich nicht.«

Tammy lachte froh, aber dann zeigten sich Sorgenfalten auf ihrer Stirn. »Ryan ist auch da.«

»Das dachte ich mir«, sagte ich grinsend. »Ich habe keine Angst mehr vor ihm.«

»Er humpelt und seine Arme sind voller Grind. Er ist in Giftefeu gefallen.«

»Ich weiß. Ich war dabei.«

Tammy musterte mich neugierig. »Wirst du mir alles erzählen?«

»Vielleicht.«

Tammy nahm mich an der Hand und zog mich zu den übrigen Gästen. »Boo ist ganz glücklich«, versicherte sie mir. »Er freut sich so sehr, dass er Geburtstag hat. Mom und Dad haben ihm einen kleinen Hund geschenkt.«

Als ich Boo gratulierte, entwischte ihm der hamsterbraune Mischlingshund und rannte bellend über die Wiese. Scheinbar war er froh, Boos Umklammerung entkommen zu sein. Das Geburtstagskind ließ sich von mir grinsend die feucht-klebrige Hand schütteln und nahm mit leuchtenden Augen sein Geschenk entgegen. Tammy nahm es ihm gleich wieder ab, damit die Fäden sich nicht verhedderten, und Boo wandte seine Aufmerksamkeit wieder dem Hündchen zu, das er Chip getauft hatte, obwohl es ein Mädchen war.

Nachdem ich Tante Alvina, Onkel George und Jaron begrüßt hatte, durfte ich schnell noch eines von diesen klebrig süßen Kuchenstücken in mich hineinstopfen, das mit faszinierend hellblauem Zuckerguss bedeckt war, dann zog Tammy mich von den Gästen weg zur Koppel.

»Whirlwind hat ihr Fohlen bekommen«, eröffnete sie mir. »Es sieht wunderschön aus.«

Tammy sah wunderschön aus und ich fragte mich, ob sie das wusste. Ihr langes Haar flatterte im warmen Wind, und wie sie so vor mir hereilte, sah sie selbst wie ein junges Fohlen aus. Ich hatte sie mächtig gern, viel mehr, als ich bisher geglaubt hatte. War es möglich, zwei Mädchen gleichzeitig zu lieben? Noch dazu, wenn sie so verschieden waren wie Tag und Nacht?

Als wir bei der Koppel ankamen, war ich völlig außer Atem, während Tammy der schnelle Trab nichts ausgemacht zu haben schien. »Schau nur!«, sagte sie fröhlich.

Das Fohlen der Appaloosastute stand noch etwas unbeholfen auf seinen langen Beinen und schaute zu uns herüber. Vom Kopf bis zum Bauch hatte es ein dunkelgraues Fell, während der hintere Teil weiß war und große graue Punkte hatte.

»Ein richtiges Indianerpferd«, sagte ich.

Tammy lachte. »Ja, das stimmt. Ich habe ihn Greyeyes genannt, wegen der grauen Punkte auf seiner Hinterhand. Früher wäre er ein gutes Pferd für einen Krieger gewesen.«

»Wieso das?«, fragte ich.

»Weil unsere Krieger ihre Pferde mit Symbolen bemalt haben, bevor sie auf die Jagd ritten oder zu einem Kriegszug aufbrachen. Das sollte ihnen Glück bringen und sie vor Unheil schützen. Aber manchmal musste es schnell gehen und dann hatte der die besten Karten, dessen Pferd schon vom Großen Geist bemalt war.«

Ich schüttelte den Kopf und lachte.

»Was ist?«, fragte Tammy schmollend. »Du glaubst mir mal wieder nicht.«

»Doch, na klar glaube ich dir. Ich wusste nur nicht, dass der Große Geist in seiner Freizeit Pferde bemalt.«

Tammy legte den Kopf schief und musterte mich. »Deine Haare wachsen wieder«, sagte sie. Ich merkte, wie ich rot wurde, weil mir ein heißes Kribbeln über die Wangen und den Nacken lief. Ich wusste, ich sah aus wie einer, der unglücklich die Treppe hinabgestürzt war, so standen meine Haare nach allen Seiten vom Kopf ab. Aber daran war im Augenblick nichts zu ändern. Ich war fest entschlossen sie wieder wachsen zu lassen, nachdem mir klar geworden war, dass hier die meisten Jungs in meinem Alter mit einem Bürstenhaarschnitt herumliefen.

»Ich lasse sie wieder wachsen«, sagte ich. »Aber das wird nichts daran ändern, dass ich weiß bin, oder?«

Tammy streichelte die Stute, die an den Zaun gekommen war, gefolgt von ihrem Fohlen. Sie sah mich an, einen seltsamen Ausdruck in den Augen. Was denkt sie jetzt, fragte ich mich. Sah sie in mir nur ihren weißen, angeheirateten Cousin aus Deutschland, der ein paar Nachhilfelektionen in Sachen Reservatsleben brauchte, oder mochte sie mich richtig? Ich meine so, wie ich sie mochte.

»Ist irgendwas?«, fragte Tammy.

Ich fasste nach ihrem Haar und rieb es vorsichtig zwischen meinen Fingern. Es war seidig weich und glänzte. »Ich weiß nicht«, sagte ich leise.

Tammy kletterte auf den Zaun.

»Tammy, ich . . .«

»Ich weiß«, sagte sie. »Du bist immer noch in Nina verliebt. Ich verstehe das.«

»Gar nichts verstehst du«, sagte ich. Sie stand auf dem Zaun und ich auf der Wiese und mein Kopf war ungefähr da, wo ihr Bauch war. Ich sah zu ihr hinauf und blinzelte im Sonnenlicht. Tammy legte erst eine Hand auf meine Schulter, dann auch die andere. Der Wind blies mir ihr weiches Haar über das Gesicht und ich roch den Duft von wildem

Thymian. Ich hätte sie gerne geküsst, aber ich wusste nicht, wie sie reagieren würde. Sie war wie die Pflanzen, die in den Badlands wuchsen. Sie konnte wunderbare Kräfte in sich bergen oder mich verbrennen, wenn ich sie berührte. Ich musste erst mehr über sie wissen.

»Du bist mein Cousin«, sagte sie, als hätte sie meine Gedanken erraten.

Ich senkte den Kopf. Dass das ein Problem sein könnte, daran hatte ich mit keiner Silbe gedacht. Schlagartig war ich wach. »Aber ich bin doch nur dein angeheirateter Cousin«, sagte ich bestürzt. »In Wirklichkeit sind wir so verwandt wie Präsident Bush und Wilhelm Busch.«

»Wer ist Wilhelm Busch?«, fragte Tammy ernst.

Ich war kurz davor, ihr die Geschichte von Max und Moritz zu erzählen, aber das würde nur vom Thema ablenken. Einem enorm wichtigen Thema. »Ach, vergiss es«, brummelte ich.

»Rodney hat dich adoptiert und er ist mein richtiger Onkel«, sagte Tammy traurig. »Wir Lakota haben da sehr strenge Regeln.«

»Rodney hat mich nicht adoptiert, Tammy, er hat mir nur seinen Namen gegeben«, sagte ich. »Wenn er mich adoptiert hätte, dann bräuchte mein Vater keine Alimente mehr für mich zahlen, und das wollte meine Mutter nicht. Sie ist der Meinung, dass er für mich aufkommen sollte, wo er sonst schon nicht für mich da ist. Rodney wollte mich adoptieren. Er sagte, er würde für mich sorgen wie ein richtiger Vater. Aber meine Mutter blieb hart und ich fand das ganz in Ordnung.«

Tammy kletterte vom Zaun und setzte sich ins Gras. »Und was ist mit Nina?«, fragte sie.

»Sie hat da jemanden kennen gelernt«, log ich und setzte mich neben sie.

»Oh«, Tammy verzog mitleidig das Gesicht. »Hat dich das schlimm getroffen?«

»Nein«, ich lächelte. »Ich habe ja dich. Langsam finde ich mich damit ab, dass mein Leben in Zukunft hier stattfinden wird, im Reservat.«

Ich hatte das Falsche gesagt. Tammy zog ihre Knie fest an die Brust und schlang die Arme darum. »Ist es hier so schrecklich?«, fragte sie traurig. »Ich liebe das Land und finde es wunderschön. Ich kann mir nicht vorstellen, woanders zu leben als hier.«

Ich zupfte an einem Grashalm und sagte: »Du bist hier zu Hause, Tammy. Aber ich musste mein Zuhause unfreiwillig verlassen. Man kann eure Kultur nicht vergleichen mit der, aus der ich komme. Das Res ist . . .«

»Das Res ist das Res«, unterbrach sie mich. »Man kann es mit gar nichts vergleichen.«

Da hatte sie allerdings Recht. Pine Ridge ließ sich mit keinem anderen Ort auf der Welt vergleichen. Jedenfalls mit keinem, den ich kannte. Ich hatte noch nie so viel Hässliches und Schönes auf einmal gesehen. Es gab eine Menge Dinge, die ich nicht verstand, auch nach den vielen Wochen nicht, die ich nun schon hier war. Warum tranken so viele Lakota, obwohl sie doch wussten, dass der Alkohol sie umbrachte? Warum nahmen sie ihren Kindern damit die Zukunft, wo sie doch immer sagten, ihre Zukunft wären die Kinder? Warum lebten so viele von der Wohlfahrt, anstatt ihr Leben in die eigenen Hände zu nehmen?

Ich war nicht blöd und auch in Deutschland nicht mit geschlossenen Augen durchs Leben gegangen. Ich wusste, dass die Vergangenheit eine Last sein kann, die von den Eltern an die Kinder weitergegeben wird. Aber irgendwann muss die Vergangenheit doch aufhören die Gegenwart zu beherrschen. Man kann die Schuld nicht irgendwelchen Leuten in die Schuhe schieben, die vor vielen Jahren gelebt hatten, und sich damit jeglicher Verantwortung entziehen. Mir kam wieder in den Sinn, was Großvater Joe erzählt hatte.

»Ich werde für dieses Land nie dasselbe empfinden wie du, Tammy«, sagte ich. »Das geht gar nicht.«

»Warum nicht?«

»Weil . . . weil ich hier keine Wurzeln habe.« Mir fiel nichts Besseres ein als dieser abgenutzte Ausdruck und Tammy hatte mich sofort am Wickel.

»Ich dachte, du bist ein Mensch und kein Baum«, sagte sie und lachte.

Ich war froh, dass sie lachte, und der Druck auf meiner Brust verschwand. Ich legte den Arm um ihre Schultern und gab ihr einen Kuss auf die Wange.

»Wir sollten wieder zu den anderen zurückgehen«, sagte Tammy. »Sie werden uns sicher schon vermissen.«

Als wir zum Haus zurückkamen, hatte Boo seinen kleinen Hund auf dem Schoß und sah sehr glücklich aus. Er strahlte über das ganze Gesicht, was alle um ihn herum seine Behinderung und seine Launen für einen Augenblick vergessen ließ. Chip ließ sich von Boo kraulen, und obwohl die Zärtlichkeiten, die der Junge austeilte, manchmal grob waren, ließ das Hündchen sie sich gefallen.

Tante Alvina und Tammy hatten sich große Mühe gegeben, diesen Tag für Boo zu etwas Besonderem zu machen.

Überall hingen bunte Luftballons in den Zweigen, es gab seine Lieblingsspeisen und Boo war ganz nach seinem eigenen Geschmack eingekleidet worden: silbern glänzende Skaterhosen, ein weißes T-Shirt und darüber ein golden glimmerndes Netzhemd. Er sah ein bisschen aus wie ein Marsmensch, aber auch wenn alle dasselbe dachten, sagte es ihm keiner. Boo Fool Bear war glücklich und seine Familie freute sich mit ihm.

Inzwischen war auch Sadie mit ihren Kindern eingetroffen und Timmy hing mir sofort am Hosenbein. Ich gab dem kleinen Kerl einen Kuss und er grinste mich mit schokoladenverschmiertem Mund an.

»Na«, fragte Sadie, »schon ein bisschen eingelebt?«

Ich hob die Schultern. »Es geht so.«

Sadie lachte. Meine indianische Schwester hatte ein warmes Lachen. Und als sie den Arm um mich legte, fühlte ich mich geborgen wie lange nicht. Woher kam dieses Gefühl auf einmal? Es durchströmte mich und ich wusste nicht, weshalb. Auf einmal gab es da nicht mehr nur meine Mutter und mich, ich hatte eine Familie. Mir wurde klar, dass ich sie alle vermissen würde, wenn ich nach Deutschland zurückkehren sollte. Sie würden mir fehlen und ich würde Sehnsucht nach ihnen haben, genauso, wie ich jetzt Sehnsucht nach meinen Freunden in Deutschland hatte. Ich musste ein komisches Gesicht gemacht haben, denn Sadie fragte: »Was ist denn los mit dir?«

»Ach nichts.«

»Es wird gemunkelt, du hättest Ryan aus einer misslichen Lage geholfen, obwohl er dich immer gepiesackt hat.«

»Woher wisst ihr bloß immer alles?«, fragte ich.

»Wir sind Lakota, Olli. Der Wind erzählt es uns, das Gras flüstert uns die Geheimnisse zu.«

Chip kam uns entgegengerannt und Timmy ließ mein Hosenbein los, um mit dem Hündchen herumzutollen.

»Ihr seid immer fröhlich«, sagte ich zu Sadie.

»Und du fragst dich, warum.« Sie blieb stehen und sah mich mit ernsten Augen an. »Das Lachen ist unsere Waffe gegen den Tod, Olli. Es ist unsere Waffe gegen die Apathie, gegen Trauer, gegen den Hunger und die Kälte. Unser Humor macht uns stark, um die Geringschätzung vieler weißer Amerikaner zu ertragen. Wenn wir unser Lachen nicht hätten, würden wir vertrocknen wie die Bäche im Res, wenn die Sonne sie ausleckt. Aber«, sagte Sadie und auf einmal sah ich Trauer in ihrem Blick, »es gibt auch viele, die ihr Lachen verloren haben. Sie haben es eingetauscht gegen Alkohol, weil sie geglaubt haben, er wäre das bessere Mittel, um zu vergessen. Doch der Alkohol tötet uns und unsere Kinder. Er ist ein Gift. Wer sein Lachen gegen Alkohol eingetauscht hat, der ist verloren.«

Sadie hatte Ryan entdeckt, der mit Krücken in der Hand an einen Baumstamm gelehnt stand und das Treiben beobachtete. Ich blieb an ihrer Seite, als sie auf ihren Bruder zuging. Sie umarmte ihn, was ihm sichtlich peinlich war. Mich grüßte er mit einem kaum merklichen Nicken. Obwohl es mächtig heiß war, trug Ryan ein langärmliges schwarzes T-Shirt und ich sah den Grind auf seinen Handrücken. Die Blasen waren eingetrocknet und heilten langsam.

»Was macht der Fuß?«, fragte Sadie.

»Bald brauche ich die Krücken nicht mehr«, antwortete Ryan.

»Wie geht es Mama?«

»Ganz gut. Sie wollte nicht mitkommen.«

Er sagte nicht, warum, aber ich konnte es mir denken. Ryans Mutter war nicht mitgekommen, weil sie wusste, dass Mom und ich hier waren.

Etwas später machte dann jemand den Vorschlag, an einen Teich ganz in der Nähe zu fahren, um ein paar Runden zu schwimmen. Die Kids waren begeistert und sprangen gleich in die Autos, die zum Transport zur Verfügung standen. Ich hatte keine Badehose, weil ich nicht damit gerechnet hatte, dass wir schwimmen gehen würden. Also lief ich ins Haus, um Jaron zu fragen, ob er noch eine für mich hatte.

Im Flur hörte ich Männerstimmen, die aus der Küche kamen. Es waren Rodney und Onkel George, die sich leise unterhielten. Ich ging näher heran, um zu hören, was sie sagten.

»Susan hat erzählt, sie hätte auf einem ihrer Ausritte zum Hanffeld zwei Männer in Uniform gesehen«, sagte Rodney.

»Und mich hat Sandy Weasel Bear gestern angerufen und dasselbe erzählt«, sagte George.

»Irgendetwas ist da im Gange, verdammt noch mal. Sie schleichen um unsere Felder, um festzustellen, wie weit die Pflanzen gediehen sind. Ich ahne Schlimmes.«

»Das können sie nicht tun, Rodney«, hörte ich Georges aufgeregte Stimme. »Unser ganzes Geld steckt in diesen Hanfpflanzen.«

»Sie können alles tun«, sagte Rodney. »Es ist ihnen egal, wenn wir hungern oder frieren.«

»Wir müssen Wachen bei den Feldern aufstellen.«

»Das ist ein ganz schöner Aufwand.«

»Es sind ja nur noch drei oder vier Wochen bis zur Ernte.«

»Wirst du Susan und Oliver sagen, dass es gefährlich werden kann?«, fragte George.

»Ich weiß nicht. Für beide ist es so schon hart, sich einzugewöhnen. Susan ist ungeheuer tapfer, aber manchmal merke ich, wie sie ihre Verzweiflung zu verbergen versucht. Oliver scheint sich langsam zurechtzufinden. Ich will die beiden nicht unnötig in Panik versetzen.«

»Aber meinst du nicht, es wäre besser, sie vorzubereiten?«

»Vielleicht passiert ja gar nichts«, erwiderte Rodney.

»Daran glaube ich nicht«, hörte ich George sagen.

Jaron erschien im Flur und ich verschwand schnell im Bad. Jaron klopfte und fragte: »Willst du nicht mit schwimmen kommen?«

»Doch, aber ich habe keine Badehose.«

»Ich hole dir eine.«

Kurz darauf klopfte es wieder. Ich schob den Riegel zurück und Jaron reichte mir bunte Shorts herein. Ich zog sie schnell an und ging nach draußen, wo Mom im Pick-up auf mich wartete. Die Ladefläche war voller Kinder und Jaron und ich, wir kletterten noch dazu.

Der Badesee lag nur zwei Meilen entfernt in einer Senke und ich war schwer enttäuscht, als ich das Wasser sah. Es war eine schlammig braune Brühe. Nicht sonderlich einladend, aber den anderen schien das nichts auszumachen. Sogar Ryan war im Wasser und gab seiner Nichte Cilla

Schwimmunterricht. Wenn er wollte, konnte er also ein richtig netter Kerl sein.

Ich stand am schlammigen Ufer, die Arme vor der Brust verschränkt und ließ den Lehm durch meine Zehen flutschen.

»Na was ist?«, rief Tammy mir zu. »Bist du wasserscheu?«

Ich watete langsam hinein. Das Wasser war warm wie Pissbrühe und vermutlich war es auch zur Hälfte welche. Aber was machte das schon. Es gab schließlich Schlimmeres, das wusste ich inzwischen. Was ich in der Küche belauscht hatte, ging mir nicht aus dem Kopf. Irgendetwas hing wie eine Bedrohung über allem und ich konnte es nicht einordnen, mir kein Bild davon machen, weil ich zu wenig wusste. Die Feinde waren gesichtslose Männer in Uniformen. Ich hatte keine Ahnung, wozu sie fähig waren. Rodney hatte gesagt, sie konnten *alles* tun. Aber was bedeutete *alles?*

»Hey, träumst du, Olli?«, fragte Tammy und spritzte mich nass.

Sie trug einen gelb-blau gestreiften Badeanzug und sah hübsch aus darin. Mein Blick hing an ihren wohlgeformten braunen Beinen, den runden Armen und ihren Brüsten. Ihr nasser Zopf flog wie eine glänzende Schlange durch die Luft und ich ließ mich schließlich in die braune Brühe fallen und tobte mit den anderen herum, als gäbe es nichts Schöneres als diesen Badeteich.

Später saß ich im Gras, das am Ufer des Sees weich und grün war. Chip kam aus dem Wasser und schüttelte sich genau neben mir, was fröhliches Gelächter auslöste. Dann ließ er sich erschöpft fallen und legte seinen Kopf auf meinen Oberschenkel. Ich hatte wieder mal einen neuen

Freund gefunden. Meine Abneigung gegen Hunde löste sich in Luft auf. Ich streichelte den kleinen Burschen durch das nasse Fell und er genoss es ebenso wie ich.

Der Abend verging mit Handspielen und Hufeisenwerfen. Als es dunkel wurde, saßen alle um ein Lagerfeuer, rösteten Fleisch oder aßen Suppe aus einem großen schwarzen Kessel. Großvater Joe erzählte Geschichten. Ein oder zwei kannte ich schon, aber die meisten hörte ich zum ersten Mal. Tammy saß dicht neben mir, sodass unsere Arme sich berührten. Ich konnte ihre Wärme spüren und hatte zum ersten Mal seit langer Zeit das Gefühl, dass alles in Ordnung war. Die Umstände hatten mich aus meinem gewohnten Leben herausgerissen und an einen völlig fremden Ort versetzt. Ich hatte viel verloren und einiges dafür bekommen, genau so, wie Großvater Joe es gesagt hatte. Mein Leben war nicht zu Ende, wie es mir erst vorgekommen war. Ich musste andere Wege gehen, Wege, die mir fremd waren und die zu betreten ich mich fürchtete. Aber ich war nicht allein.

16. Kapitel

Genau sieben Tage später waren wir wieder alle bei Familie Fool Bear versammelt. Diesmal lachte niemand. Fast alle weinten, auch ich. Diesen Tag werde ich mein Leben lang nicht vergessen.

Es geschah zwei Wochen, bevor die Schule anfing. Ich hatte den Nachmittag bei den Pferden verbracht und war mit Moon ein Stück geritten. Seit ich das Gespräch zwischen Rodney und Onkel George belauscht hatte, ritt ich jeden Tag einmal zum Hanffeld und kontrollierte, ob alles in Ordnung war und kein Fremder auf unserem Land herumschlich. Aber es war nie jemand dort. Der Hanf stand gut und Mitte September würden Rodney und seine Leute die Pflanzen ernten, um sie an einen Mann zu verkaufen, der ihm viel Geld dafür geboten hatte.

Der Unterrichtsbeginn rückte näher, und obwohl ich nun schon einige Leute aus Kyle und Umgebung kannte, graute mir vor der Schule. Ich zählte die Tage und sie wurden schnell weniger. Trotzdem war ich an diesem Tag guter Laune und hatte auch schon Pläne für das Wochenende. Tammy würde zu Besuch kommen und gemeinsam wollten wir zu Grandpa Joe reiten, um ihm ein wenig zu helfen.

Aber als ich ins Haus kam und Rodney und meine Mutter in der Küche fand, Mom vollkommen in Tränen aufgelöst und Rodney mit versteinertem Gesicht, da wusste ich, dass etwas Furchtbares passiert war.

»Was ist denn los, Mom?«, fragte ich erschrocken. Eine eisige Hand griff nach mir und ließ mich frösteln. Beim Hanffeld war ich eben gewesen, dort war alles in Ordnung. Das konnte es nicht sein. Aber was war es dann? Was war passiert?

Meine Mutter schüttelte nur den Kopf. Wenn sie weinte, dann konnte sie nicht sprechen. Ich sah Rodney fragend an.

»Boo ist tot«, sagte er.

»Was?« Ich konnte nicht glauben, was ich gehört hatte.

»Er ist gestern Abend nicht nach Hause gekommen und sie haben überall nach ihm gesucht. Heute, gegen Mittag, hat man ihn dann gefunden. Kopfüber in einem Müllcontainer. Alvina hat eben angerufen. Sie sagt, von allein ist er da nicht reingekommen.«

Ich setzte mich, weil meine Knie nachgaben. Ein dicker Kloß wuchs in meinem Hals und verhinderte, dass ich irgendetwas sagen konnte. Boo, der vor ein paar Tagen erst 22 geworden war, war tot. Das wollte nicht in meinen Kopf. Mein Verstand sperrte sich dagegen.

»Ich fahre jetzt rüber zu meiner Schwester«, sagte Rodney.

»Ich komme natürlich mit«, sagte meine Mutter, die ihre Sprache wieder gefunden hatte.

»Ich auch«, sagte ich.

»Okay«, meinte Rodney. »Dann lasst uns gleich fahren.«

Im Haus von Alvina und George hatten sich ein paar Leute versammelt und es kamen immer mehr dazu. Jene, die geholfen hatten Boo zu suchen. Familienmitglieder, die Beistand leisten wollten, und Leute aus der Nachbarschaft. Alvina weinte. Sie war immer wie eine Sonne gewesen – jetzt war alles Leuchten aus ihr gewichen. Mom umarmte sie stumm.

Tammy saß ganz klein in einem alten Sessel. Sie hatte Boos Hündchen auf dem Schoß und ich sah ihren dunklen, verzweifelten Blick. Tränen liefen wie ein unversiegbarer Strom über ihre Wangen. Onkel George und Jaron standen mit finsteren Mienen stumm an der Wand. Zwei indianische Polizisten saßen auf der Couch und waren dabei, ein Protokoll aufzunehmen.

Dadurch erfuhren wir, was sich vermutlich zugetragen hatte: Jaron hatte Boo mit vier weißen Farmerjungs gesehen, mit denen er sich des Öfteren herumtrieb.

»Sie sind noch nicht volljährig und haben Boo dazu benutzt, ihnen Alkohol zu kaufen«, sagte Jaron. »Aber schlimmer war, dass sie den Fusel dann mit ihm teilten und sich einen Spaß daraus machten, wenn er vollkommen außer Kontrolle geriet.«

»Kennst du die Namen der vier?«, fragte der dicke Polizeibeamte und wischte sich mit einem Taschentuch den Schweiß von der Stirn.

Jaron nickte. »Wayne Muller, Clayton Ross, Archie Conelli und Bruce ...«, er zögerte ... »Seinen Nachnamen weiß ich nicht so genau. Warren oder Waldon ...«

»Weldon«, sagte Tammy. »Er heißt Bruce Weldon, ich kenne ihn. Eigentlich ist er ein ganz netter Junge ...« Ihre Stimme verebbte in rauem Schmerz.

Der Officer notierte die Namen und wollte wissen, was weiter passiert war.

»Ich sah Boo zu den Jungs in den Wagen steigen«, sagte Jaron. »Ich rief ihm noch hinterher, aber das hatte wenig Zweck. Er hatte eine schlechte Phase und hörte auf niemanden, nicht mal auf mich. Wahrscheinlich sind sie mit ihm nach Scenic gefahren, um Alkohol zu kaufen. Was passiert ist, wissen nur die vier.« Jaron presste die Lippen zusammen.

»Jedenfalls haben sie mir den Jungen nicht wieder zurückgebracht«, schluchzte Alvina und schnäuzte sich in ihr Taschentuch.

»Sie haben nach ihm gesucht?«

»Ja«, sagte George. »Wir haben nach ihm gesucht, aber es war dunkel und wir fanden ihn nicht. Erst heute gegen elf Uhr. Boos Beine hingen über den Rand des Müllcontainers draußen am Ende der Straße. Sie haben ihn weggeworfen wie ein Stück Abfall.« Zorn blitzte in Georges Augen auf.

Jeder Anwesende wurde noch kurz befragt, ob er etwas gesehen oder gehört hatte, dann fuhren die Polizisten weg.

Tammy ging nach draußen und ich folgte ihr. »Wo ist Boo denn jetzt?«, fragte ich sie.

»In der Gerichtsmedizin in Rapid City. Sie wollen eine Autopsie machen, um die genaue Todesursache bestimmen zu können.« Tränen liefen über Tammys Gesicht und ich hätte sie gerne in den Arm genommen. Aber ich war wie gelähmt.

»Es ist schlimm«, sagte ich. Gleichzeitig wurde mir klar, dass es keine Worte gab, um zu beschreiben, wie schlimm das alles war und was ich fühlte. Wie durcheinander musste es erst in Tammy aussehen.

»Ich habe ihn gestern angeschrien«, sagte sie. »Es ging mal wieder was nicht nach seinem Kopf und er hat sich aufgeführt wie ein Verrückter. Jaron war nicht da und ich wurde nicht mit Boo fertig. Ich habe ihn angeschrien und ihm gesagt, er solle verschwinden, weil keiner es mit ihm aushalten könne.« Sie schluchzte und ich entdeckte in ihren Augen eine untröstliche Traurigkeit.

Chip winselte und kläffte zwischen unseren Füßen herum. Tammy hob das Hündchen hoch und verbarg ihr Gesicht in seinem Fell.

»Es ist doch nicht deine Schuld, dass Boo tot ist«, sagte ich.

»Aber wenn ich ihn nicht fortgejagt hätte . . .«

»Tammy, das ist großer Unsinn.« Ich schrie beinahe, als ich das sagte.

»Was weißt du denn schon«, sagte sie und lief mir davon.

Ich hatte keine Erfahrung mit dem Tod. Meine Großeltern starben, als ich noch ganz klein war und nichts davon begriff. Ich hatte noch nie jemanden verloren, der mir nahe stand. Ich wusste nicht, was ich zu Tammy sagen sollte, ohne sie noch mehr zu verletzen. Aber ich wollte sie auch nicht allein lassen.

Also lief ich ihr nach und fand sie auf den Knien, das Gesicht in ihren Händen verborgen. Ich hockte mich neben ihr nieder und streichelte ihren bebenden Körper. Bis sie sich aufrichtete und ihre Arme um meinen Hals schlang. Ihre tränenfeuchte Wange an meinem Hals, ihr jagendes Herz an meiner Brust, ihr von Schluchzern geschüttelter Körper. Noch nie hatte ich so intensiv empfunden. Ich spürte ihren Schmerz, als wäre er mein eigener. In meinen Schläfen pochte das Blut.

Ich küsste Tammys Tränen weg, immer drauf bedacht, ihren Lippen nicht zu nahe zu kommen. Ich streichelte ihren Rücken und wiegte sie, wie man ein Kind wiegt. Langsam wurde Tammy ruhiger und irgendwann löste sie sich von mir.

Ich strich ihr vorsichtig eine nasse Haarsträhne aus dem Gesicht. »Sag einfach, was ich tun kann«, flüsterte ich.

»Halt mich nur fest«, bat sie und lehnte sich wieder gegen mich.

In diesem Augenblick wuchs ich. Mein Verstand wuchs, meine Kraft wuchs und wahrscheinlich wurde sogar mein Körper ein paar Zentimeter größer. Ich würde Tammy beschützen. Deshalb war ich hier. Das war meine Aufgabe. Ich würde sie beschützen und ihr das Lachen wiederbringen, das sie verloren hatte.

Wir saßen noch eine ganze Weile zusammen im Gras und Tammy erzählte mir von Boo. »Als ich geboren wurde, war er schon da«, sagte sie. »Für mich war er nie etwas anderes gewesen als mein richtiger Bruder. Und jetzt soll er tot sein. Ich kann es nicht begreifen.«

»Kanntest du die Jungs, mit denen er zusammen war?«

Tammy nickte. »Es sind weiße Bauernjungs. Nicht besonders helle, aber clever genug einen behinderten Indianer für sich auszunutzen. Mein Vater hat die vier schon lange auf dem Kieker und er wird nicht eher Ruhe geben, bis sie für ihre Tat bestraft worden sind. Sie wussten genau, wo Boo wohnt. Aber anstatt ihn nach Hause zu bringen, haben sie ihn in einen Müllcontainer gesteckt.« Tammy verbarg ihr Gesicht, weil neue Tränen kamen.

»Jaron hat der Polizei ja die Namen gegeben, also werden sie sicher schnell verhaftet werden«, sagte ich.

Tammy hob den Kopf und musterte mich mit einem merkwürdigen Blick. So als wüsste ich nicht, wovon ich rede. »Ja«, sagte sie, »vielleicht werden sie tatsächlich schnell verhaftet. Aber ich wette, genauso schnell sind sie auch wieder draußen. Wenn ihre reichen Daddys die Kaution bezahlen, dürfen sie gehen. Und bis es zu einer Gerichtsverhandlung kommt, kann es ewig dauern.«

»Aber sie müssen doch ihre Strafe bekommen«, sagte ich empört. »Immerhin haben sie ein Menschenleben auf dem Gewissen.«

Tammy sah mich traurig an. »Du weißt nicht, wie das hier läuft, Olli. Hier wird der Wert eines Menschenleben nach der Hautfarbe gemessen. Wäre Boo ein Weißer und die vier Jungs Indianer, sähe alles ganz anders aus.«

»Was ist mit Gerechtigkeit?«

»Für uns Indianer gibt es keine Gerechtigkeit, Olli.«

»Das ist nicht fair.«

»Nein, ist es nicht. Aber eines Tages wird es auch für uns Gerechtigkeit geben. Habe ich dir schon gesagt, dass ich Anwältin werden will? In ein paar Jahren werde ich mich gut auskennen mit den Gesetzen unseres Landes und ich werde mein Wissen dazu nutzen, der Gerechtigkeit zum Sieg zu verhelfen.«

»Da hast du dir einen schwierigen Weg ausgesucht«, sagte ich, beeindruckt von Tammys großen Plänen.

»Ja, ich weiß. Aber das bin ich meinem Volk schuldig«, sagte sie. »Ich bin es meinem Bruder Boo schuldig und den vielen anderen, die vor ihm gestorben sind.«

»Hast du gar keine Angst?«

»Doch. Ich habe große Angst. Aber mein Zorn ist größer.«

Es tat Tammy gut, zu reden, das spürte ich. Ihre Tränen versiegten und ihre Stimme bekam wieder einen festeren Klang. Ich empfand es als unglaubliches Glück, dass sie ausgerechnet mit mir redete; dass sie einem *Wasicun* ihr Herz ausschüttete. Meine Hände suchten nach ihren. Sie waren kalt, obwohl es warm war.

In den nächsten Tagen war der sinnlose Tod von Boo Fool Bear das Gesprächsthema Nummer eins im Reservat. Auch bei uns zu Hause wurde kaum über etwas anderes gesprochen. Die Obduktion seines Leichnams hatte ergeben, dass Boo an einer Alkoholvergiftung gestorben war. Nun war da die Frage, ob Boo nicht hätte gerettet werden können, wenn die Jungs ihn an diesem Abend nach Hause gebracht hätten und er gleich in ein Krankenhaus gekommen wäre. Tammy hatte mir erzählt, dass sie gewusst hatten, wo Boo wohnte. Sie hätten bloß zwei Straßenecken weiterfahren müssen und hätten ihn vor seiner Haustür abladen können.

Neuigkeiten erreichten uns jedes Mal sehr schnell. Man hatte Wayne Muller, Bruce Weldon, Archie Conelli und Clayton Ross noch am Tag nach Boos Tod verhaftet. Der 19-jährige Wayne Muller wurde angeklagt Boo Fool Bear in den Müllcontainer gesteckt zu haben. Er wurde des Totschlags beschuldigt und der schweren Misshandlung eines behinderten Erwachsenen. Alle vier wurden beschuldigt Zeugen eines Verbrechens gewesen zu sein, ohne Hilfe geholt oder Meldung gemacht zu haben.

Als Boo eine Woche später auf dem Friedhof von Kyle

beerdigt wurde, waren die vier wieder auf freiem Fuß, so wie Tammy es vorhergesagt hatte. Ihre Väter hatten die Kaution bezahlt und die Jungs mitgenommen. Ihr Fall würde irgendwann vor einem Zivilgericht verhandelt werden.

So voller Zorn hatte ich die Indianer noch nie gesehen. George und Rodney sprachen über die ausstehende Verhandlung, Jaron und Ryan schmiedeten Rachepläne. In der Haut der vier Jungs wollte ich jetzt nicht stecken. Aber ich hatte auch kein Mitleid mit ihnen. Was sie getan hatten, war menschenverachtend und musste bestraft werden. So oder so, da war ich ganz Jarons und Ryans Meinung. Allerdings war ich auch froh, dass ich in ihrem Rachfeldzug keine Rolle bekommen sollte. Solche Sachen kannte ich nur aus Büchern und Filmen und mit dem wirklichen Leben hatte das nichts zu tun. Das hatte ich jedenfalls geglaubt. Genauso, wie ich an Gerechtigkeit geglaubt hatte.

Ein trockener Präriewind wehte über den Hügel auf dem Friedhof und wirbelte gelben Staub auf. George hatte sich geweigert den Priester der katholischen Kirche, zu der Tante Alvina gehörte, an Boos Grab sprechen zu lassen. Und er hatte es geschafft, sich damit durchzusetzen.

Auch Ryans Mutter war diesmal gekommen. Tammy zeigte sie mir unauffällig. Sie war eine hagere Frau mit Pferdeschwanz und einem verbitterten Gesicht. Ryan stand mit finsterer Miene an ihrer Seite. Seine Hände waren zu Fäusten geballt und ich ahnte den Hass, der in ihm wühlte.

Der einfache Holzsarg wurde in die Grube gesenkt und Großvater Joe, der Boo sehr gemocht hatte, sprach ein paar Worte. Er erzählte von einem Jungen, dessen Mutter, als sie ihm das Leben schenkte, ihm gleichzeitig ein Teil seines Lebens genommen hatte.

»Boo hatte es immer schwer gehabt«, sagte Joe, »und es war ein Glück für ihn, dass Alvina und George ihn aufgenommen haben. Auch für sie war das nicht leicht, denn Boo war kein einfaches Kind, und als aus dem Jungen ein Mann wurde, war es noch schwieriger geworden, mit ihm auszukommen.

Ich wusste, wovon der alte Mann da sprach, denn ich hatte Boos Eigenheiten kennen gelernt. Doch obwohl es mit ihm oft anstrengend gewesen war: Ich war froh ihn gekannt zu haben.

Erde fiel auf den Sarg. Es war die erste Beerdigung, die ich erlebte, und ich war sehr aufgewühlt. Ich hatte etwas verloren. Es war die offene Zuneigung eines Menschen, für den eine andere Hautfarbe keinen Unterschied machte. Seine Gutgläubigkeit, sein Wunsch nach Anerkennung, waren Boo zum Verhängnis geworden.

Tammy trat mit einem großen Zettel ans Grab und las ein langes Gedicht vor, das sie für Boo geschrieben hatte. Als sie damit fertig war, weinten alle, auch ich. Das war in Ordnung so. Ich nahm mir vor Boo nicht zu vergessen, niemals.

Rodney und George schaufelten das Loch wieder zu, in das Boos Sarg gesenkt worden war. Alle anderen machten sich auf den Weg zum Haus der Fool Bears, wo zu Ehren von Boo ein *Give-away* stattfinden sollte. Tammy klärte mich auf, was ein *Give-away* bedeutete. Es war ein Schenkungsfest, bei dem jeder Anwesende etwas bekam, das ihn an den Verstorbenen erinnern sollte.

»*Give-aways* gibt es aus verschiedenen Anlässen«, sagte sie. »Früher kam es vor, dass eine Familie nach einem Schenkungsfest vollkommen ruiniert war, weil sie alles weggegeben hatten. Bei uns wird sich das Ganze im Rahmen halten, da passt meine Mutter schon auf.«

Niemand dachte an Spiele an diesem Tag. Aber es gab Essen in Hülle und Fülle. Jeder Gast bekam etwas geschenkt, das einmal Boo gehört hatte und das an ihn erinnern sollte: ein T-Shirt, die silberne Hose, sein goldenes Netzhemd, eine seiner Baseballkappen, seine Stifte, sein Musikgerät, seine Kassetten, die Poster an seinen Wänden.

Auch ich bekam etwas. Mir war Chip zugedacht worden, das kleine gelbbraune Hündchen. Alvina wollte Chip nicht behalten, weil der Hund sie zu sehr an Boo erinnerte. Sie hielt ihn einen Augenblick hoch und drückte ihn mir schließlich an die Brust.

Zuerst wollte ich das Geschenk ablehnen. Denn dass ich Chip gut leiden konnte, hieß noch lange nicht, dass ich auch für ihn sorgen wollte. Aber ein Blick in Tammys schwarze Augen sagte mir, dass ich die Gabe nicht ausschlagen durfte.

Nun gehörte Chip also mir und meine Verantwortung wuchs. Ich nahm ihn von Alvina entgegen und er leckte mir gleich freudig über das Gesicht. Alle, die es gesehen hatten, lachten.

Auch später, in der Nacht, lachten die Lakota. Alvina erzählte lustige Geschichten aus Boos Leben und in diesem Augenblick begriff ich, was Sadie gemeint hatte, als sie das Lachen als Waffe bezeichnete. Es war eine gute Waffe, eine, die keine Wunden schlug, sondern Wunden heilte.

Irgendwann an diesem Abend lachte auch ich und endlich verschwand der Druck von meiner Brust. Es gab allerdings einige, die konnten nicht lachen. Dazu gehörten Onkel George, Rodney, Ryan und Jaron und auch Tammy. Ich ahnte, dass es nicht Trauer war, die sie davon abhielt. Es war furchtbare Wut. Und ich musste immerzu daran denken, was Sadie gesagt hatte: »Wenn sie ihr Lachen nicht mehr haben, sind sie verloren.« Eiseskälte kroch mir den Rücken hoch und lähmte meinen Atem. Das durfte nicht passieren. Niemals.

17. Kapitel

Bis zum Schulanfang blieben nur noch zwei Tage und ich schaute dem, was auf mich zukam, mit banger Erwartung entgegen. In Thüringen hatte unterdessen der Unterricht in den Schulen wieder begonnen. Es ging auch ohne mich weiter.

Als ich am Wochenende mit Markus telefonierte, merkte ich sofort, dass etwas nicht stimmte. Er war anders als sonst, dafür kannte ich ihn zu gut, als dass er es vor mir verbergen konnte.

»Du kannst es mir ruhig sagen.«

»Was soll ich dir sagen?«, fragte Markus nervös.

»Wenn Nina einen anderen hat. Ich habe es kommen sehen und werde es überleben.« Was redete ich da?

»Wirklich?«

»Wirklich. Ist es Sebastian?«

»Ja, Sebastian.«

»Das hab ich mir gedacht.« Ich versuchte mir Sebastians Bild vor Augen zu holen, aber es gelang mir nicht. Nur Nina war noch da, wenn ich die Augen schloss. Sie war noch da, aber nicht mehr für mich. Es tat nicht weh, was mich wunderte. Was war bloß los mit mir? War ich ein anderer geworden?

»Olli? Bist du noch dran?«

»Ja, ich bin noch dran.«

»Sie will dir schreiben.«

»Okay.«

»Du tust dir doch jetzt nichts an, oder?«

Unfreiwillig musste ich lachen. »Es gibt Schlimmeres, als von einem Mädchen verlassen zu werden.«

Nun schwieg Markus eine Weile. Dann fragte er: »Bist du das wirklich? Rede ich mit *dem* Oliver Blumert?«

»Oliver Bad Hand«, verbesserte ich ihn.

»Ja, natürlich, das hätte ich beinahe vergessen.«

»Ich kann es nicht vergessen, Markus.«

»Was ist nur los mit dir, du klingst so komisch.«

»Ich schreibe dir, okay?«

»Ist alles in Ordnung mit dir? Ist was passiert?«

»Hier passiert ständig was, Markus«, sagte ich. Ich wusste noch nicht, ob ich ihm von Boo erzählen wollte, weil ich ahnte, dass er es nicht begreifen würde. »In zwei Tagen beginnt die Schule und ich habe mörderischen Bammel davor. Ich schreib dir, wie es gelaufen ist, okay?«

»Alles klar.«

»Grüß Nina von mir.«

»Ist das dein Ernst?«

»Ja.« Ich legte auf.

Mein erster Tag an der Büffelkopfschule war eine Katastrophe. Mom brachte mich zur Haltestelle für den Schulbus, wo bereits zwei indianische Jungs und ein Mädchen warteten. Ich hatte meiner Mutter ausdrücklich verboten, mich mit Umarmungen oder Ähnlichem vor den anderen zu blamieren. Aber sie konnte es natürlich nicht lassen, mich im Auto zu küssen, als sie mir einen guten Schulanfang wünschte.

Die beiden Jungs mit Bürstenschnitt und weiten Kniehosen grinsten mich hämisch an, als ich mich zu ihnen gesellte. Ich kannte sie nicht. Obwohl sie unsere Nachbarn waren, hatte ich sie bisher nur von weitem gesehen.

»Hi«, sagte ich und wenigstens das Mädchen grüßte zurück. Sie war älter als ich, während die beiden übergewichtigen Burschen in XXL-T-Shirts in meinem Alter zu sein schienen. Ich hörte das Wort *Wasicun* fallen und kam mir vor wie ein Langhaariger, der auf einsamer Flur in Gegenwart von zwei Skinheads auf seinen Bus warten musste. Was hatten die beiden Fettklopse eigentlich gegen mich?

Aber immerhin, das Mädchen war auch noch da und sie sah nett aus. Ich rückte ein wenig näher an sie heran und sagte ihr meinen Namen, worauf ich erfuhr, dass sie Shauna hieß. Mehr hatten wir uns allerdings nicht zu sagen. Die beiden Dicken fingen an zu lachen und sahen zu mir herüber. Aber bevor wir auf irgendeine Weise in näheren Kontakt treten konnten, kam der Schulbus und ich setzte mich neben einen kleinen braunen Burschen mit langem Zopf, der mich freundlich von der Seite angriente. Na also, tröstete ich mich.

Bis wir in Kyle ankamen, was ungefähr 20 Minuten dauerte, war der Bus ziemlich voll geworden und ich immer noch der einzige Weiße inmitten der Indianer. Verdammter Mist, dachte ich, das fängt ja gut an.

Dann waren wir da – vor der Büffelkopfschule. Mein Weg vom Bus bis zum Schulgebäude glich einem Spießrutenlauf. Jeder drehte sich nach mir um und ich hörte immer wieder das Wort *Wasicun*. Es gab auch ein paar freundliche Gesichter, vermutlich Leute, die mich von irgendwoher kannten oder was Nettes über mich gehört hatten. Vor mir kreisten die braunen Gesichter mit den schwarzen Haaren und den weißen Zähnen wie in einem Kaleidoskop. Es waren zu viele. Ich erkannte niemanden wieder, obwohl ich manchmal meinen Namen fallen hörte. Auf einmal fühlte ich mich schwach, als hätte ich keine Knochen mehr im Leib. Ein Gefühl des Fremdseins überschwemmte mich und ich zweifelte daran, dass ich der Sache gewachsen war.

Ich trieb einfach mit. Sämtliche Schüler mussten den Seiteneingang des Schulgebäudes benutzen, da der Haupteingang baufällig war und Verletzungsgefahr durch herabfallende Bauteile bestand. Mich traf fast der Schlag, als ich sah, dass jeder Schüler von einem Stammespolizisten in Uniform mit einem Metalldetektor abgetastet wurde, bevor er das Schulgebäude betreten durfte. Ich machte da keine Ausnahme. War das vielleicht ein seltsames Gefühl. Ich wollte nicht irgendwohin fliegen oder ein Regierungsgebäude betreten, ich wollte nur zur Schule gehen. Das heißt: Ich musste zur Schule gehen.

Es waren nur zwei Polizeibeamte da und so dauerte es entsprechend lange. Ich wurde Zeuge, wie ein unscheinbar aussehender Bursche herausgefischt wurde, weil er einen Holzstock mit einer Metallspitze bei sich trug. Befremdet und fasziniert zugleich, stand ich da und beobachtete die Polizisten bei ihrer Arbeit. Ich hörte auf die Reaktionen der Schüler, die von Belustigung über Aggression bis Langeweile reichten.

Als mich jemand am Arm berührte, fuhr ich erschrocken zusammen. Es war Tammy, die hinter mir stand. »Hi Olli«, sagte sie. »Bist du okay?«

Ich war überglücklich, sie zu sehen. »Ja, ich bin okay. Aber was ist eigentlich hier los?«

»Das ist eine blöde Geschichte«, erzählte Tammy. »Kurz vor den Ferien rannte einer von den Großen im Schulgebäude herum und drohte alle umzubringen. Er hatte ein Messer bei sich und die Schulleitung nahm die Sache sehr ernst. Ich weiß nicht, ob du von Littleton gehört hast?«

Ich nickte. Wohl jeder auf der Welt, der einen Fernseher oder ein Radio besaß, hatte von Littleton gehört. Im April 1999 hatten zwei Schüler der Columbine High-School in Littleton zwölf Schüler, einen Lehrer und sich selbst umgebracht. Die Bilder des Massakers waren um die Welt gegangen. Damals dachte ich: Scheiß-Amerika mit seinen idiotischen Waffengesetzen. Aber drei Jahre später erschoss in Erfurt ein Gymnasiast 16 Menschen an seiner Schule und tötete sich danach selbst. Niemand konnte mehr mit dem Finger nach Amerika zeigen.

»Es ist nicht nur Littleton«, fuhr Tammy fort. »Es sind ähnliche Dinge an anderen Schulen passiert, nur dass dabei nicht so viele getötet wurden. Jetzt gibt es Anti-Gewalt-Programme an den Schulen. Auch hier bei uns.«

Mein Magen krampfte sich zusammen. Wenn einige Schüler der Büffelkopfschule darauf aus waren, jemanden zu ärgern, wer würde das wohl sein? Ich natürlich, der Fremde mit der Brille und der weißen Haut.

Tammy konnte vermutlich Gedanken lesen oder ich war auf einmal blass geworden. Sie sagte: »Keine Angst, an unserer Schule ist noch nie ernsthaft etwas passiert.«

»Da war ich auch noch nicht da«, erwiderte ich kläglich. Es klang nur halb so elend, wie ich mich fühlte.

Tammy lachte: »Du bist hier nicht der einzige Weiße«,

klärte sie mich auf. »Und die anderen haben ihre Schulzeit bisher auch überlebt.«

Na herzlichen Glückwunsch.

Es klingelte und ich schrak zusammen. Nun musste ich mich von Tammy trennen, leider, denn sie war eine Klassenstufe unter mir. Aber sie zeigte mir noch, in welchen Raum ich gehen musste, dann war sie im Getümmel verschwunden und ich mir selbst überlassen. Ich konnte mich nicht erinnern mich jemals so einsam und verlassen gefühlt zu haben, nicht mal in den Badlands. Doch es gab kein Entkommen. Ich musste diesen Schritt gehen und so betrat ich klopfenden Herzens das Klassenzimmer.

Ich hatte es geahnt. Vielleicht war ich ja nicht der einzige Weiße in der Little Wound High-School, aber in meiner neuen Klasse war ich das schon. Und natürlich – wie konnte es anders sein – waren da auch die beiden Dicken aus dem Bus. Schlimmer hätte es nicht kommen können.

Ich setzte mich irgendwo in die Mitte der Bänke und der Platz neben mir blieb leer. Etwas anderes hatte ich auch nicht erwartet. Wer wollte schon neben einem *Wasicun* sitzen.

Mit mir waren 19 Schüler im Raum, als die Lehrerin ihn betrat. Sie hieß Amelia Blackbear und war so Anfang vierzig, jedenfalls schätzte ich das. Sie trug ein weißes T-Shirt und einen dunkelgrünen Rock und sah sympathisch aus, was mir ein wenig den Druck von den Schultern nahm. Im Klassenzimmer war ich erst einmal sicher, jedenfalls solange sie hier drin war.

Außer mir waren noch zwei neue Schüler dazugekommen und wir mussten unsere Namen nennen und ein bisschen was von uns erzählen. Ich war zuerst dran und stotterte erbärmlich herum. Als ich ein paar Worte zu Deutschland sagte, hörte ich, wie hinter mir jemand *»Fucking Nazi«* zischte. Ich fuhr herum wie von der Tarantel gestochen und blickte in die grinsenden Gesichter der beiden Dicken, die sich sehr ähnlich sahen und alles synchron zu tun schienen. Ich war wütend und fühlte mich gleichzeitig furchtbar hilflos. Die Narbe auf meinem Jochbein, dort, wo mir vor einem Jahr ein Typ aus der rechten Szene seine beringte Faust ins Gesicht geschlagen hatte, pochte und glühte. Niemand konnte nachfühlen, was ich in diesem Augenblick empfand. Die Beschimpfung klang noch in meinen Ohren, als ich in die verschlossenen Gesichter meiner neuen Klassenkameraden blickte und ihren verschwiegenen Vorbehalt zu spüren bekam. All meine Energie war weg, mein neu gewonnenes Selbstwertgefühl dahin. Ich fühlte mich benommen und unfähig auch nur ein Wort dazu zu sagen.

Mrs Blackbear schien zu ahnen, was in mir vorging. Sie sagte ein paar Takte über rechte Gruppierungen in Deutschland, die es in Amerika allerdings ebenso gäbe. Sie verteidigte mich, aber ich war ihr nicht dankbar dafür, denn das war nicht der richtige Weg. In den letzten Wochen hatte ich eine Menge über Indianer gelernt und hatte angefangen zu verstehen, in welchem Dilemma sie steckten. Aber dass es unter ihnen welche gab, die ihren Rassismus so stolz zur Schau trugen wie ein Marken-T-Shirt, das hatte ich einfach nicht erwartet. Sie hatten keine noble Gesinnung, nur weil sie Indianer waren. Sie waren Jugendliche wie überall auf der Welt und damit musste ich von nun an zurechtkommen.

Als ich auf dem Pausenhof stand, wurde mir klar, dass

mich noch einiges erwartete und der eigentliche Kampf erst begonnen hatte. Ich fragte mich, ob sie ihr Misstrauen gegen alles, was eine weiße Haut hatte, wohl jemals besiegen würden?

Ich suchte nach Tammy, konnte sie aber nirgends entdecken. Wo war sie bloß? Ich fühlte mich allein und fehl am Platz. Wo waren sie alle, die auf Moms und Rodneys Hochzeit gewesen waren und sich bei uns durchgefuttert hatten? Wo waren sie, mit denen ich zusammen am Teich baden gewesen war? Warum kannte mich plötzlich niemand mehr?

Als die beiden Dicken aus meiner Klasse, Louis und Ricky Little Soldier mit feistem Grinsen auf mich zukamen und mich in einer Ecke von den anderen abdrängten, da wusste ich, dass mein letztes Stündlein geschlagen hatte. Klapperschlangen, Killermücken und die Badlands waren nichts gegen diese beiden fetten Idioten.

Louis boxte mir vor die Schulter und ich flog in den Dreck. »Na du blödes Bleichgesicht«, sagte er. Mehr fiel ihm dazu nicht ein.

»Solche wie du haben uns hier gerade noch gefehlt.« Ricky lachte dämlich. Von einem, der Ricky hieß, hatte ich auch nichts anderes erwartet. Ich versuchte mich aufzurappeln und machte mir mehr Sorgen um meine Brille als um mich. Louis trat mir mit seinen riesigen Nike-Turnschuhen vors Knie und ich fiel wieder um. Schmerzpfeile jagten mein Bein hinauf und schossen bis ins Gehirn. Auch wenn ich inzwischen einiges dazugelernt hatte, Prügeleien lagen mir immer noch nicht und anscheinend war ich auch noch dasselbe friedfertige Lamm. Ich war ein Blödmann, ein Idiot, da hatten die beiden vollkommen Recht.

Tammys Bruder Jaron hatte mir beigebracht, wie die Dinge hier liefen. *Put up or shut up!* Leiste Widerstand oder halte den Mund.

Ich hielt den Mund.

Louis trat noch mal nach mir und traf mich in den Magen. Ich krümmte mich vor Schmerz und sah weiße Spiralen vor meinen Augen, so weh tat es. In mir braute sich etwas zusammen. Es war Wut, rasende Wut. Nicht ich war der Idiot, sie waren welche. Fest entschlossen, mich von nun an zu wehren so gut es ging, versuchte ich mich erneut aufzurappeln. Es klingelte und Ricky schubste mich ein letztes Mal in den Dreck. Dann verschwanden die beiden.

Ich krümmte mich auf der Erde und verfluchte mein Schicksal. Es würde niemals aufhören, denn sie waren nicht auf Versöhnung eingestellt. Wenn ich die Achtung von einem gewonnen hatte, standen zwei neue da, denen mein Gesicht nicht passte. Unter diesen Menschen war ich ein Fremder, ein Alien, ein Ausländer. Zum ersten Mal spürte ich am eigenen Leib, was das bedeutete: nicht wie alle anderen zu sein. Und dabei war es doch nur die Hautfarbe, mehr nicht.

Nach der Schule hätte ich mich am liebsten im Zimmer verkrochen und dort mein Selbstmitleid samt meiner körperlichen Schmerzen gepflegt. Aber Mom und Rodney waren zu Hause und ich konnte ihnen nicht aus dem Weg gehen.

Ricky und Louis hatten geschickt zugeschlagen. Äußerlich sah man mir nichts an.

»Wie war dein Tag?«, fragte meine Mutter.

»Ganz okay«, log ich, obwohl ich die ganze beschissene

Wahrheit am liebsten herausgeschrien hätte. Dass ich von zwei Gorillas verprügelt worden war und man mich als *Fucking Nazi* beschimpft hatte. Aber inzwischen hatte ich gelernt meine wahren Gefühle zu verbergen. Das hatte ich mir von den Indianern abgeguckt.

»Danke für das Gespräch«, sagte Mom.

»Lass ihn.« Rodney legte meiner Mutter eine Hand auf den Arm. »Er wird schon reden, wenn er so weit ist.«

Ich ging auf mein Zimmer und hörte Musik. Dass es nicht einfach werden würde, darauf war ich vorbereitet gewesen. Ich hatte mit einer Menge gerechnet, nur nicht damit, dass ich gleich am ersten Tag verprügelt werden würde. Na gut, Ryan hatte mich auch verprügelt, aber er hatte wenigstens einen Grund gehabt, mich zu hassen. Louis und Ricky hatten keinen. Ich hatte ihnen nichts getan, ich nahm ihnen auch nichts weg. Sie hatten einfach so, ohne Grund, ihre Wut an mir ausgelassen.

An diesem Nachmittag stürzte alles mit neuer Wucht auf mich ein: Dass ich hier im Reservat leben musste, obwohl ich das nicht gewollt hatte. Dass ich Nina verloren hatte, nur damit meine Mutter Rodney haben konnte. Dass ich einsam war und unglücklich.

Da half auch das tolle Essen nicht, das Mom extra für mich gekocht hatte – zur Feier des Tages sozusagen. Rodney hatte am Sonntag ein Kaninchen geschossen und Mom es nach einem alten Lakota-Rezept zubereitet, das sie von Tante Alvina bekommen hatte. Sie kniete sich da richtig rein. Es machte ihr Spaß, nach den alten Lakota-Rezepten zu kochen, weil sie merkte, wie Rodney sich darüber freute. Mir war das Recht, denn was die Reservatsindianer üblicherweise aßen, wenn niemand in der Familie

Lust hatte, zu kochen, war absolut ungesund und einfallslos.

Es gab also in Möhren und Zwiebelsud geschmortes Kaninchen mit gegrillten Topinamburs. Sunchokes, wie die Lakota sie nannten. Gegrillt schmeckten sie wie Kartoffeln, sollen aber angeblich viel gesünder sein. Wie auch immer, das Essen sah gut aus und schmeckte hervorragend. Aus diesem Grund blieb es mir auch nicht im Hals stecken nach diesem Tag, wie ich erst befürchtet hatte.

Während der gemeinsamen Mahlzeit fragte Mom mich weiter aus, über meine Lehrerin und wie viele Jungs und Mädchen in meiner Klasse waren. Ich antwortete einsilbig. Ich hatte null Bock auf ein Gespräch und wollte einfach nur schlechte Laune haben.

Nach dem Essen verkrümelte ich mich auf die Koppel zu den Pferden. Ich klopfte Moon, die mich freudig begrüßte, den Hals, legte meine Wange an ihre weichen Nüstern und erzählte ihr von meinem Kummer. »Die haben mich als Nazi beschimpft«, sagte ich, »obwohl sie überhaupt nichts von mir wissen. Sie fragen auch nicht, es ist ihnen egal. Sie mögen mich nicht, weil ich weiß bin. Bestenfalls bin ich ihnen gleichgültig.«

Moon legte ihren Kopf auf meine Schulter, als wollte sie mich trösten und irgendwie tat sie das auch. Ihr Atem roch nach frisch gekautem Gras. Ich erzählte ihr von Louis und Ricky, den beiden dicken Jungs, die nur ein paar Meilen von uns entfernt wohnten und die mich aus irgendeinem Grund nicht ausstehen konnten. Moon war eine geduldige Zuhörerin. Manchmal schnaubte sie leise, als wolle sie mir ein paar hilfreiche Worte zukommen lassen. Vermutlich wartete sie darauf, dass ich mit ihr ausritt. Aber mir taten sämtliche Knochen weh und ich musste sie enttäuschen.

Auf einmal spürte ich, dass ich nicht mehr allein war mit der Stute und den anderen Pferden. Ich drehte mich um und da stand Rodney. Er beobachtete mich.

»Schleichst du dich immer so an?«, fragte ich ärgerlich.

»Ich bin nicht geschlichen«, erwiderte er. »Du hast mich nur nicht kommen gehört. Ich habe gemerkt, dass dich etwas bedrückt, und dachte, vielleicht willst du darüber reden.«

Ach verdammt, er meinte es ehrlich, und obwohl ich wollte, konnte ich nicht sauer auf ihn sein. Die ganze Stiefvatergeschichte war großer Blödsinn, weil Rodney sich viel mehr Gedanken um mich machte als mein eigener Vater. Ich hatte das Gefühl, als würde er immer das Richtige tun. Und vielleicht brachte es ja auch eher etwas, mit Rodney über die ganze Sache zu reden, als mit einem Pferd. Ein Gefühl von Hilflosigkeit machte sich in mir breit. Ich ließ die Arme hängen wie ein erschöpfter Vogel seine Flügel.

»Es gibt da ein paar Leute in meiner Klasse, die was gegen mich haben«, sagte ich und schniefte.

»Irgendjemand, den du kennst?«

»Die beiden Fettklopse von dort drüben.« Ich zeigte in die Richtung, in der der Trailer von Louis und Ricky stand.

»Louis und Ricky Little Soldier?«, fragte er mit gerunzelter Stirn.

Ich nickte und hoffte, er würde nicht gleich in seinen Pick-up springen und die beiden zur Rede stellen, denn dann wäre ich morgen endgültig erledigt.

Rodney zog die Schultern nach oben und schob die Hände in die Vordertaschen seiner Jeans. »Die beiden sind Cousins. Rickys Eltern leben nicht mehr und Louis' Vater sitzt im Gefängnis. Louis' Mutter kümmert sich um die beiden Jungs und versucht sie so gut es geht großzuziehen.«

»Ist ja alles schön und gut«, sagte ich. »Aber warum müssen sie ihren Frust an mir auslassen? Ich habe ihnen nichts getan.«

»Du bist fremd und du bist weiß.«

»Genügt das hier, um jedermanns Feind zu sein?«, fragte ich.

»Du bist nicht jedermanns Feind, Oliver«, versuchte Rodney mich zu beschwichtigen. »Erwarte nur nicht zu viel für den Anfang.«

Das hatte ich irgendwann schon mal gehört. Es war eine ganze Weile her.

»Sie haben mich *Fucking Nazi* genannt«, spuckte ich es endlich aus. »Dass sie mich *Wasicun* nennen, kann ich ertragen. Aber ich lasse mich nicht als Nazi beschimpfen, nur weil ich blaue Augen habe und aus Deutschland komme.«

Rodney legte mir seine große Hand auf die Schulter und ich ließ es geschehen, weil mir die Wärme und der leichte Druck seiner Finger gut taten.

»Ich verstehe deine Wut, Olli. Gib ihnen ein wenig Zeit, sich an dich zu gewöhnen. Viele von uns sind verbittert und geben ihren Hass auf die Weißen an ihre Kinder weiter. Louis und Ricky haben gelernt feindselig gegenüber Nichtindianern zu sein. Rickys Eltern starben, weil ihnen ein betrunkener Weißer die Vorfahrt genommen hat. Das kann er nicht vergessen. Zeige ihnen, dass es keinen Grund gibt, dich zu hassen.«

»Ich habe keine Lust, mich vor irgendjemandem zu beweisen. Scheißegal, wer es ist.« Ich stieß wütend Luft durch die Zähne und sagte: »Was, wenn sie mich verprügeln? Meine Chancen stehen da ziemlich schlecht.«

»Das werden sie bestimmt nicht«, lenkte Rodney ein. »Die beiden wissen, wo du hingehörst, und ich bin der Einzige hier in der Nähe, der Louis' Mutter hilft, wenn sie Hilfe braucht.«

»Ich würde da nicht drauf bauen«, sagte ich.

»Was?«

»Schon gut.« Rodney war eben auch einer von denen, die an das Gute im Menschen glaubten. Ich hätte ihm erzählen können, dass Louis mich mit seinen XXL-Turnschuhen in den Magen getreten hatte, aber dann würde er sofort zu Louis' Mutter fahren und ihr alles brühwarm erzählen. Dann wäre ich morgen tot.

»Und sonst? Was ist mit den anderen aus deiner Klasse?«, fragte Rodney.

»Ich kann nicht sagen, dass ich sonderlich beliebt bin«, erwiderte ich. »Aber irgendwann werden sie mich in Ruhe lassen.«

18. Kapitel

In der Nacht plagten mich Alpträume. Louis und Ricky Little Soldier in wilder Kriegsbemalung waren mit Pfeil und Bogen hinter mir her. Ich rannte um mein Leben. Ich stolperte, stürzte lang hin und machte mir vor Angst in die Hosen, während ich über mir höhnisches Gelächter hörte. Ich rappelte mich auf und versuchte erneut wegzurennen. Aber meine Knie gaben nach und in meinen Ohren hörte ich das Summen des Pfeils, nachdem er den gespannten Bogen verlassen hatte. Als er mich zwischen die Schulterblätter traf und die blutige Spitze aus meiner Brust herausragte, wachte ich endlich auf.

Schweißgebadet lag ich da, froh dem Heldentod noch einmal entkommen zu sein. Ich schmiedete Pläne, wie ich Louis und Ricky dazu kriegen könnte, mich in Ruhe zu lassen. Gleichzeitig wusste ich, dass es nicht funktionieren würde. Mit dem Verstand war den beiden nicht beizukommen. Ich sehnte mich nach Tammy und war gleichzeitig sauer auf sie, weil sie sich in der Pause nicht hatte blicken lassen. Mein Stolz hatte mich davon abgehalten, sie nach der Schule anzurufen und ihr von allem zu erzählen. Ich hatte mich schon wieder verprügeln lassen, ohne mich zu wehren. Auf diese Weise kam man nicht weit, jedenfalls nicht hier, im Reservat. Da musste man stark sein, wenn man durchkommen wollte. Ich dagegen war ein Schwächling, und wer schwach ist, stört.

Am nächsten Morgen brach ich schon mit Magenschmerzen auf. Ein schwerer dunkler Klumpen lag in meinem Bauch, als hätte ich Zement geschluckt. Diesmal lief ich zur Straße. Ich brauchte dafür eine Viertelstunde und wollte es in Zukunft als Konditionstraining ansehen.

Weil ich mich beeilte, war ich der Erste an der Bushaltestelle. Wenig später kam Shauna. Sie hatte inzwischen erfahren, wer ich war, und fragte mich nach den neuesten Neuigkeiten über Boos Tod aus. Ich war froh mit ihr reden zu können. Als Louis und Ricky kamen, beachtete ich sie überhaupt nicht. Sie machten blöde Witze über Shauna und mich, aber das war zu verkraften, wenn sie nur ihre hohlen Kräfte nicht an mir ausließen.

Der maisgelbe Schulbus kam und ich ließ Shauna höflich den Vortritt. Als ich meinen Fuß hob, um in den Bus zu steigen, bekam ich von hinten einen Stoß und krachte dem Fahrer vor die Füße. Ich stieß mir mörderisch das Schienbein an der metallenen Treppenkante und es kostete mich ungeheure Kraft, vor Schmerz nicht loszujaulen wie ein Hund.

»Na he, nicht so stürmisch, junger Mann«, sagte der Busfahrer kopfschüttelnd.

Shauna half mir auf die Beine, was mir ungeheuer peinlich war. Louis grinste wie ein fetter Pfannkuchen und mir wurde klar, dass das noch nicht alles gewesen war, was er mir für diesen Tag an Boshaftigkeiten zugedacht hatte.

Vor dem Schulgebäude traf ich Tammy und sie merkte sofort, das etwas nicht mit mir stimmte. War ja auch nicht zu übersehen.

»Was ist los mit dir?«, fragte sie.

»Ach nichts«, ich winkte beleidigt ab. »Nur dass ich gestern in der Pause von zwei Idioten verprügelt worden bin und heute dem Busfahrer die Füße geküsst habe, weil einer von ihnen mich von hinten gestoßen hat.«

Tammy entdeckte mein lädiertes Schienbein, das langsam dick und blau wurde. Mitleidig sah sie mich an. Genau das wollte ich: bemitleidet werden. Ich brauchte ein paar Streicheleinheiten, die hatte ich mir verdient.

»Weißt du, wer es war?«

»Was tut das zur Sache?«

Sie zuckte die Achseln.

»Wo warst du eigentlich gestern in der Pause?«, fragte ich. »Ich habe dich gesucht.«

»Meine Lehrerin wollte mich sprechen, wegen Boo«, sagte Tammy. »Sie will eine Aufklärungskampagne über FAS starten und ich soll ihr dabei helfen.«

Es klingelte und wir mussten uns trennen. In den ersten beiden Stunden hatte ich Mathe und stellte fest, dass ich da einen ansehnlichen Vorsprung verbuchen konnte. Außerdem war nicht zu übersehen, dass Ricky und Louis ziemliche Nieten in Mathe waren. Die beiden hatten echt keinen Schimmer und wurden einige Male zum Gespött der Klasse. Das verschaffte mir Genugtuung und ich lachte mit. Auch wenn mir klar war, dass es Folgen haben würde.

In der ersten großen Pause schloss ich mich auf der Toilette ein und aß mein Pausenbrot auf dem Klodeckel sitzend. Das war absolut unappetitlich, denn die Toiletten waren nicht die saubersten. Ich las die Schmierereien an den Wänden und an der Tür und ahnte, dass ich es nicht durchhalten würde, jede Pause auf dem Klo zu verbringen.

In der zweiten Pause ging ich todesmutig wieder nach

draußen und suchte verzweifelt nach Tammy. Sie musste doch da sein, verdammt noch mal. Aber bevor ich sie finden konnte, hatten Louis und Ricky mich entdeckt. Sie drängten mich ins Abseits und blieben erst stehen, als ich eine Wand im Rücken hatte. Ich spürte den rauen Putz durch mein T-Shirt hindurch und wusste: Es gibt kein Entkommen. Louis legte mir seine Wurstfinger um den Hals und drückte ein bisschen zu. »Na, du blödes weißes Arschloch! Jetzt ist dir das Lachen vergangen, was?«

Mir wurde die Luft knapp und ich versuchte gar nicht erst, etwas zu erwidern. Schon erstaunlich, wie beweglich Louis bei seiner Leibesfülle doch war. Zack, hatte ich sein Knie im Magen und gab einen rauen Laut des Schmerzes von mir. Bestimmt wäre ich zu Boden gegangen, wenn mich sein eiserner Griff um die Gurgel nicht festgehalten hätte.

Schließlich lockerte er seine Klammer ein wenig, wohl, um mich besser winseln hören zu können. Aber den Gefallen tat ich ihm nicht. Ich sagte: »Wieso sucht ihr euch nicht jemanden in eurer Gewichtsklasse, ihr Feiglinge?«

»Halt's Maul!«, zischte Ricky. Die beiden blickten sich grinsend an und ich sah Louis' fleischige Faust auf meine Nase zufahren, als er plötzlich mit einem überraschten »Oh« vor mir in die Knie ging.

Hinter ihm stand Ryan Bad Hand und musterte mich besorgt.

Ricky holte zum Schlag aus, aber Ryan fing seinen Arm geschickt ab. Ich sah Ryans harte Muskeln spielen, als er Ricky ebenfalls in die Knie zwang. Ryan verschränkte die Arme vor der Brust und sagte: »Wenn ihr diesen *Wasicun* noch einmal anfasst, bekommt ihr es mit mir zu tun. Kapiert?«

Louis und Ricky nickten synchron.

»Und jetzt haut bloß ab hier.«

Die beiden verkrümelten sich eiligst.

Ryan zupfte meine Kleider zurecht, als wäre er meine Mutter und ich sein kleiner Junge. Er fragte: »Alles in Ordnung mit dir?«

Ich schniefte und nickte. Wenigstens konnte ich wieder atmen. Ungläubig musterte ich meinen unerwarteten Retter.

»Jetzt sind wir quitt, kleiner Bruder.« Ryan grinste. »Vor denen brauchst du keine Angst mehr zu haben.«

»Danke«, stotterte ich. Ich konnte es immer noch nicht fassen. Er hatte mir geholfen. Ryan Bad Hand, der mich noch vor ein paar Tagen am liebsten skalpiert hätte, hatte seine starke Hand schützend über mich gehalten. Es geschahen also doch noch Wunder.

Tammy und Jaron fanden uns und Tammy dachte wohl das Falsche, denn sie sah Ryan mit funkelnden Augen an und fragte: »Was war denn hier los?«

»Ricky und Louis haben ihn verkloppt«, sagte Ryan.

Tammy warf mir einen »Ist-das-auch-wahr-Blick?« zu und ich nickte.

»Ich habe mir schon so was gedacht«, sagte Jaron. »Am ersten Schultag gebärden sich einige wie große Krieger und warten nur drauf, dass ein neues Bleichgesicht auf dem Schulhof auftaucht, dem sie ihre Überlegenheit zeigen können.« Er klopfte mir auf die Schulter. »Wir müssen eben ein bisschen besser auf dich aufpassen.«

Mann, tat das gut.

»Ich habe den beiden deutlich zu verstehen gegeben, dass sie sich nicht noch mal an ihm vergreifen sollen, sonst bekommen sie es mit mir zu tun.«

Tammy grinste, und als ich ihre Zahnlücke sah, wusste ich, dass ich dieses Mädchen mehr liebte, als ich je für möglich gehalten hatte. »Na dann hast du nichts mehr zu befürchten, Olli«, sagte sie. »Es wird nicht lange dauern und sie sehen dich gar nicht mehr.«

Na toll, dachte ich. Gab es wirklich nur diese zwei Möglichkeiten: verprügelt oder übersehen zu werden?

Es klingelte und wir mussten in unsere Klassen zurück. Der Rest des Tages verlief ohne handgreifliche Zwischenfälle. Und auch wenn mir nicht unbedingt Sympathie entgegenströmte, man ließ mich wenigstens in Ruhe.

Da ich in diesen Tagen so sehr mit mir selbst beschäftigt war, spürte ich nicht, dass auch für andere die Dinge nicht so gut liefen. Die Gerichtsverhandlung der vier Jungen, die Boos Tod zu verantworten hatten, war auf Mitte September festgesetzt worden. Rodney hatte Onkel George einen Anwalt empfohlen und der hatte den Mann engagiert, weil er kein Vertrauen in das Justizsystem von South Dakota hatte. Der Anwalt hieß Corwin Bagola und war ein Sioux aus dem Cheyenne-River-Reservat, das in der Mitte des Staates South Dakota lag. Er war Indianer und würde George Fool Bear nicht ausnehmen, aber er musste bezahlt werden.

Seit Boos Tod hatte ich Tammy nicht mehr lachen hören. Und da ich selbst nicht gut drauf war, wusste ich nicht, wie ich das hätte ändern können, obwohl ich nichts lieber getan hätte.

Rodneys Grinsen, an das ich mich inzwischen gewöhnt hatte, war auch verschwunden. Wenn ich ihm begegnete, war seine Stirn von Sorgenfalten umwölkt und er machte keine Späße mehr, wie ich es von ihm gewohnt war.

Sogar Mom lief umher wie Falschgeld. Wenn ich sie ansprach, wirkte sie zerstreut und war mit ihren Gedanken ganz woanders. Boos schrecklicher Tod hatte die gesamte Familie in einen Schock versetzt, von dem sie sich nur langsam wieder zu erholen schien.

Eines Abends hörte ich wieder einmal, wie Rodney und meine Mutter in der Küche miteinander sprachen. Ich setzte mich auf die Treppe und lauschte.

»Boos Tod hat uns völlig durcheinander gebracht«, sagte Rodney. »Alle scheinen wie gelähmt. So kann es nicht weitergehen, Susan. Es muss etwas passieren, das uns aus diesem Loch wieder herausholt.«

»An was hast du denn gedacht?«, fragte meine Mutter.

»Es muss etwas sein, das uns eint und uns neue Kraft gibt«, antwortete Rodney. »Kraft, um die Verhandlung im Gericht durchzustehen, um mit unserer Trauer fertig zu werden und uns auf den Winter einzustellen. Ich habe da schon eine Idee. Der Hanf ist so weit. Ihn noch länger stehen zu lassen wäre ein Risiko. Nächstes Wochenende werden wir alle zusammenkommen und ihn ernten. Wir werden beten und ein kleines Fest feiern.«

»Das ist eine gute Idee«, hörte ich meine Mutter sagen.

Ich hielt das auch für eine gute Idee. Dann waren wir wenigstens eine Sorge los, denn Rodney hatte erst vor zwei Tagen einen Anruf von Dustin Shortbull bekommen, dass wieder ein Fremder um das Hanffeld der Deer-Creek-Genossenschaft geschlichen war.

Die Hanfernte wurde auf den nächsten Samstag festgesetzt und ich freute mich darauf. Sonntagnachmittag kam Großvater Joe mit seinem eigenen, endlich reparierten Pick-up zu uns, dessen Motor gefährlich röchelte. Als er aus seiner froschgrünen Klapperkiste stieg, musste ich lachen. Das Auto war mindestens so alt wie er selbst. So sah es jedenfalls aus. Kein Wunder, dass die Reparatur mehrere Wochen gedauert hatte. Wahrscheinlich hatte der Mechaniker die Ersatzteile in ganz Amerika aufspüren müssen.

Der alte Mann war gekommen, um mit uns im Hanffeld für eine gute Ernte zu beten und das Feld zu segnen. Auch Familie Fool Bear und Ryan waren gekommen. Zusammen fuhren wir zum Feld, dessen Pflanzen unsere Köpfe weit überragten.

Großvater Joe sprach seine Gebete auf Lakota, weil der Hanf diese Sprache besser verstand, wie er behauptete. Tammy übersetzte für mich. Der alte Mann dankte der Mutter Erde, dass sie die Pflanzen so prächtig habe gedeihen lassen. Er dankte dem Regen und der Sonne und den Geistern, die die Pflanzen beschützt hatten. Dass sie sich so gut entwickeln konnten, sei ein gutes Zeichen.

»Nach der Zerstörung unserer traditionellen Lebensweise ist Armut zur neuen Tradition im Reservat geworden«, sagte Großvater Joe. »Das darf nicht das Ende sein. Wir müssen wieder anfangen unser Leben selbst in die Hände zu nehmen. Wer nur andere verantwortlich macht, ändert selber nichts. Dieses Hanffeld ist ein neuer Anfang und wird unsere Zukunft sein.«

Später fassten wir einander bei den Händen und beteten für eine reibungslose Ernte. Ich hatte noch nie gebetet, aber jetzt tat ich es. Ich wusste, wie viele Hoffnungen an diesen grünen Stängeln hingen, und so fiel es mir nicht schwer, das Beste zu hoffen und zu wünschen.

Danach gab es ein Picknick am Feldrand, bei dem

auch die Geister nicht leer ausgingen. Als ich Tammys glucksendes Lachen hörte, wurde mir warm ums Herz. Konnte es ein gutes Leben im Schlechten geben? War so etwas möglich? Konnte es etwas geben, das wirklicher war als das, was ich sah oder hörte?

Es ging mir gut an diesem Abend. Ich blickte in den fremden Himmel über mir und fühlte mich dennoch eins mit dieser Erde, auf der ich saß. Ich hatte keine Angst mehr vor der Schule. Nicht dass ich mich dort besonders wohl fühlte, aber ich sah Hoffnung, dass es besser werden würde.

Als es dunkel wurde, fuhren die anderen und Mom, Rodney und ich blieben noch eine Weile allein auf dem Hügel zurück.

19. Kapitel

Am Donnerstag vor dem geplanten Erntewochenende schreckte mich ohrenbetäubendes Geknatter aus dem Schlaf. Der Motorenlärm war direkt über mir und einen Augenblick war ich wie gelähmt, weil ich dachte, jetzt ist Krieg im Reservat und gleich schießen sie, und das war's dann. Aber niemand schoss und der Lärm entfernte sich, sodass ich mich aus dem Bett traute und mit weichen Knien zum Fenster wankte.

Was ich sah, war unglaublich: Über Rodneys Hanffeld kreisten zwei schwarze Hubschrauber wie angriffslustige Libellen. Und jetzt sah ich auch geschlossene Lastwagen zum Feld hinauffahren. Ich warf einen Blick auf meine Armbanduhr. Es war fünf Uhr morgens. Was da draußen vor sich ging, konnte nichts Gutes sein.

Ich sprang in Jeans und T-Shirt und rannte nach unten, um Rodney zu wecken. Als ich auf der letzten Stufe ankam, rannte er mit flatterndem Haar und nur halb angezogen an mir vorbei. »Bleibt im Haus und rührt euch nicht«, schrie er mir zu. Zwei Minuten später raste Rodney mit dem Pick-up über den Feldweg den Hügel hinauf. Ich stand vor dem Haus, sah ihm nach und mein Herz schlug gegen die Brust wie die Faust eines Boxkämpfers gegen den Sandsack. Au Kacke, dachte ich, jetzt gibt es Ärger. Und zwar richtigen.

»Oliver!«, hörte ich meine Mutter rufen. Ihre Stimme hatte einen hysterischen Unterton, der mir Angst machte. Ich eilte zurück ins Haus und fand sie in der Küche, wie sie völlig aufgelöst versuchte zu telefonieren. Nachdem sie drei Nummern gewählt und jeweils kurz durchgegeben hatte, was vor sich ging, sagte sie zu mir: »Wir nehmen den Van.«

Erst verstand ich sie nicht. Ich dachte, sie wollte abhauen und Rodney den ganzen verdammten Mist alleine durchstehen lassen, aber da kannte ich meine Mutter schlecht. In den Wochen, die wir nun schon hier lebten, hatte sie sich zur wahren Kämpfernatur entwickelt.

»Na los, komm schon, Olli. Wir müssen Rodney helfen!«

»Er hat gesagt, wir sollen das Haus nicht verlassen«, erwiderte ich lahm.

Ihre blauen Augen blitzten mich verärgert an.

»Schon gut«, sagte ich und folgte ihr. Chip, der mir schon die ganze Zeit zwischen den Beinen umhersprang, bellte aufgeregt. »Du bleibst hier«, sagte ich und streichelte ihn. »Ist besser für einen kleinen Hund wie dich.«

Mom am Steuer, düsten wir mit dem Van den Hügel zum Hanffeld hinauf. Die Hubschrauber kreisten immer noch und nun sah ich, dass Männer in schwarzen Overalls dabei waren, unsere Ernte zu zerstören. Dem Hanf wurde mit Unkrautvernichtungsmaschinen zu Leibe gerückt und danach wurde er auf die beiden Lastwagen geladen. Das ganze Feld war von uniformierten, schwer bewaffneten FBI-Beamten umstellt, die die Aktion bewachten.

Mom parkte den Van neben dem Pick-up. Wir stiegen aus und ich sah Rodney barfuß, mit offenem Hemd und erhobenen Händen dastehen. Zwei FBI-Beamte hatten ihre halbautomatischen Gewehre auf ihn gerichtet.

Das Ganze war filmreif, aber ein Blick in Rodneys Augen

sagte mir, dass es kein Witz war, sondern bitterer Ernst. Reservatsalltag sozusagen, der blitzschnell lebensgefährlich werden konnte, jedenfalls für die Indianer. Um hier zu leben, braucht man Mut, hatte Rodney mal zu mir gesagt. Nun begriff ich, was er meinte.

Plötzlich hatte ich Angst um ihn. Na gut, ich hatte ihn mir nicht ausgesucht, aber so ein schlechter Ersatzvater war er nun auch wieder nicht. Er nahm mich immer ernst, auch wenn ich mich wie ein Idiot aufführte, was mehr als einmal vorgekommen war. Er mochte mich. Vielleicht nicht, weil ich so ein netter Kerl war, aber weil ich Susans Sohn war. Er hatte sich immer alle Mühe gegeben, mir den Einstieg in diese abgefahrene Kultur zu erleichtern, und ich hatte mich oft bockbeinig gestellt. Aber jetzt, wo die schwarzen Mündungen zweier Gewehre auf ihn gerichtet waren, wurde mir klar, dass ich ihn mochte und ihn auf keinen Fall verlieren wollte. Er war im Augenblick der einzige Vater, den ich hatte.

Meine Mutter überlegte nicht lange und stellte sich neben Rodney, ebenfalls mit erhobenen Händen. Mir blieb bald das Herz stehen. War sie von allen guten Geistern verlassen? Wollte sie mich zur Vollwaisen machen und unter all den Indianern hier allein im Res zurücklassen? Das würde ich keine Woche überleben.

Ich sah die Augen meiner Mutter angriffslustig blitzen. Und in Rodneys schwarzen Augen, die eben noch voller Sorge gewesen waren, tauchte ein zufriedenes Grinsen auf. Sein Feld, seine Hoffnung, ein Beispiel für andere sein zu können, wurde gerade zerstört, aber er hatte die Liebe meiner Mutter. Sie war ihm wichtiger als alles, was er besaß. Und verdammt, sie gaben ein tolles Paar ab, die beiden. Rodney mit im Wind wehendem Haar, ein Hemdzipfel in der Hose, einer draußen hängend. Und meine Mutter im roten Hippiekleid, ebenfalls mit offenen Haaren, die in der aufgehenden Sonne zu leuchten anfingen.

Ich beneidete sie um ihr Glück. Darum, dass sie einander hatten, bis ich begriff, dass ich ein Teil von ihnen war. Ich brauchte bloß aufhören mich dagegen zu wehren. Ganz langsam hob auch ich meine Hände hinter den Kopf und stellte mich auf die andere Seite neben Rodney. So fanden uns später Sandy Weasel Bear, die Schatzmeisterin der Deer-Creek-Genossenschaft, die mit einem Reporter von der Zeitung *Indian Country Today* auf den Hügel gefahren kam, und George Fool Bear, der sich sofort in seinen Wagen gesetzt hatte und aus Kyle zu uns gekommen war.

Tom Eagle, der Reporter, schoss Unmengen Fotos und schließlich kamen sich die beiden FBI-Beamten komisch vor und nahmen ihre Gewehre herunter. Ein hörbares Aufatmen ging durch unsere geschlossene Kampflinie und auf einmal spürte ich, wie Rodney seinen Arm auf meine Schultern legte. Er zitterte, das spürte ich ganz deutlich. Ich konnte ihn nicht ansehen, denn ein furchtbar dankbares Gefühl drückte meine Kehle zu und trieb mir das Wasser in die Augen. Ich war stolz wie ein junger Krieger, der seine erste Feindberührung hinter sich hatte. In Gedanken sah ich die Skalps der beiden FBI-Beamten an meinem Gürtel baumeln. Ich wünschte, Ryan wäre hier und könnte uns so sehen.

Zwischen Rodney und Sandy kam es zu einem kurzen Wortwechsel, in dem sie ihn informierte, dass das FBI und die Drogenbehörde dabei waren, auch das andere Hanffeld der Genossenschaft abzuernten und zu beschlagnahmen. Der Triumph, der eben noch in Rodneys Augen gestanden hatte, wich dumpfer Verzweiflung. Wieder einmal war die Hoffnung der Lakota zerstört worden, dass es eine Perspektive für die Zukunft gab. Und was mich am meisten verblüffte: Ich fühlte genauso wie er. Als wäre es meine Zukunft, die dort auf Laster geladen und abtransportiert wurde.

Rodney sah seiner Ernte hinterher, mit Trauer, Groll und Bedauern im Blick. Ich hörte, wie er mit den Pflanzen sprach. Sie sollten mutig und stark sein und im nächsten Jahr wieder kommen.

Es war schlimm. Schlimmer als alles, was ich bisher im Reservat erlebt hatte. Aber es sollte noch dicker kommen, vor allem für unsere Familie. Als das Feld nach drei Stunden ratzekahl abgeerntet war und der letzte Laster mit unserer Ernte davonfuhr, richteten die FBI-Agenten ihre Gewehre wieder auf Rodney. Er war verhaftet. Als meine Mutter das begriff, sah ich eine furchtbare Angst in ihren Augen. Aber sie schrie nicht oder zeterte, sie brüllte auch nicht wütend herum, wie ich es erwartet hatte: Sie schien am ganzen Körper wie gelähmt.

Rodney konnte Mom nicht mehr umarmen, weil sie ihm bereits Handschellen angelegt hatten, aber er ging ganz nah an sie heran und raunte ihr etwas zu. An mich gewandt, sagte er: »Kümmere dich um deine Mutter!« Dann zerrten sie ihn weg und schoben ihn unsanft in den Jeep der Bundespolizei.

So plötzlich, wie der Spuk begonnen hatte, war er auch wieder vorbei. Die Lastwagen der Drogenbehörde waren längst außer Sichtweite, die Hubschrauber drehten ab und das FBI verschwand mit Rodney als Gefangenem. Nun standen nur noch fünf einsame Gestalten auf dem Hügel vor dem abgeernteten Feld. Tom Eagle, Sandy, George, Mom und ich. Eine ganze Weile sagte niemand etwas, dann ging Sandy zu meiner Mutter und berührte sie am Arm.

»Mach dir keine Sorgen, Susan«, sagte sie. »Sie haben nichts gegen ihn in der Hand und müssen ihn spätestens nach drei Tagen wieder freilassen.«

Meine Mutter schien gar nicht zu hören, was Sandy sagte. Ihr starrer Blick fixierte einen Punkt in der Ferne, irgendetwas, von dem ich nicht wusste, was es war. Vielleicht unsere Zukunft.

Sandy redete aufgeregt weiter: »Vor fünf Jahren hat die Stammesregierung ein Gesetz verabschiedet, das den Anbau von Nutzhanf im Reservat in Zukunft erlaubt. Mit diesem Einsatz hat die Drogenkontrollbehörde ihre Befugnisse überschritten und unsere Stammessouveränität verletzt. Tom wird einen großen Artikel schreiben und ich werde mich darum bemühen, Leute zu finden, die uns unterstützen.«

Meine Mutter nickte nur mechanisch. Sandys Worte schienen gar nicht zu ihr durchzudringen. Ich ging zu ihr hin und legte den Arm um sie. Da fing sie an zu weinen und klammerte sich an mich, als wäre ich jetzt ihr einziger Halt auf dieser Welt. Dabei war ich selbst noch wie gelähmt von dem, was soeben passiert war. Dieses wunderbare Gefühl von Stärke, das mich vor wenigen Augenblicken noch durchströmt hatte, war verschwunden.

Tom und Sandy verabschiedeten sich, nachdem sie sich mehrmals versichert hatten, dass wir zurechtkommen würden. George machte sich auf den Weg, um Corwin Bagola zu treffen, in der Hoffnung, dass der Anwalt auch Rodneys Fall übernehmen würde. Ich fuhr den Van zurück zum Haus und Mom den Pick-up. Dann saßen wir uns in der Küche gegenüber und grübelten, was wir für Rodney tun konnten; was in dieser Situation das Klügste sein würde. Ich hatte Chip auf dem Schoß, der froh war, dass wir wieder da waren. Ihn zu streicheln tat unendlich gut.

Irgendwann hörte der Tränenstrom auf Moms Wangen auf und sie blickte mich seltsam an. »Ich muss dir was sagen, Oliver.« Ihre Stimme klang brüchig, zitternd, wie die einer alten Frau.

Ich war ganz Ohr, denn ich ahnte bereits, dass es etwas war, was mein Leben erneut verändern würde. Ich wollte es nicht hören, denn mein Leben war schon genug durcheinander. Noch mehr Chaos konnte ich im Augenblick nicht gebrauchen.

»Was ist los?«, fragte ich. »Werden sie Rodney einsperren? Hat er was Verbotenes getan?«

»Ich hoffe, dass es nicht so ist«, seufzte meine Mutter. »Vor allem für das Baby.«

»Das *Baby?«* Verdammt, das haute mich jetzt doch um, denn ich hatte mit allem Möglichen gerechnet, nur damit nicht.

»Ich bin schwanger«, sagte Mom und ihre Hände fielen kraftlos auf die Tischplatte. »Rodney weiß noch nichts davon. Ich habe gestern einen Schwangerschaftstest gemacht und wollte es ihm heute sagen. Ich war so glücklich, Olli. Und nun?«

Sie fing wieder an zu weinen und es dauerte eine Weile, bis ich zu ihr gehen und sie in den Arm nehmen konnte. In ihrem Bauch wuchs Rodneys Kind. Es war derselbe Bauch, aus dem ich gekommen war. In ein paar Monaten würde es in diesem Haus ein kleines, schreiendes Etwas geben, das an den Brüsten meiner Mutter saugen und ihre ganze Zeit beanspruchen würde. Sie würde es genauso lieben wie mich. Oder vielleicht noch mehr, weil es klein und hilflos war.

Für einen Moment vergaß ich das abgeerntete Feld und Rodneys Verhaftung. Ich dachte, dass ich hier im Res auch so verdammt klein und hilflos war wie ein Baby. Dass ich meine Mutter brauchte, mehr denn je. Aber ich durfte es nicht zeigen. Ich musste stark sein, und das passte mir ebenso wenig wie der Gedanke, einen Bruder oder eine Schwester zu bekommen.

»Ich wage nicht, daran zu denken, was aus uns wird, wenn sie Rodney wirklich einsperren«, sagte sie, als wir einander wieder losließen.

»Hast du schon mal daran gedacht, nach Deutschland zurückzugehen, wenn alles hier schief läuft?«, fragte ich meine Mutter.

Sehr schnell schüttelte sie den Kopf. »Ich weiß, im Augenblick sieht es so aus, als ob eine Menge schief läuft. Aber ich könnte Rodney nicht verlassen, Oliver. Ich liebe ihn wirklich.«

»Und wenn er eingesperrt wird?«

»Dann braucht er mich erst recht.«

»Ich weiß«, sagte ich mit enger Kehle. »Wir werden das schon schaffen. Schließlich haben wir ja noch Tante Alvina, Onkel George und Großvater Joe. Sie werden uns schon nicht im Stich lassen.«

»Nein, sie werden uns nicht im Stich lassen«, sagte sie, wie um sich selbst davon zu überzeugen. »Ich will jetzt versuchen nachzudenken und dann werde ich ein paar Leute in Deutschland anrufen. Ich muss auch Rodneys Kindern Bescheid sagen, Ryan und Sadie.«

Ich sah auf die Küchenuhr. Die Schule hatte längst angefangen und ich nahm an, dass man mein Fehlen entschuldigen würde, wenn sie erst erfuhren, was sich hier zugetragen hatte. Außerdem war die Schule jetzt völlige Nebensache.

Während Mom telefonierte, ging mir eine Menge Dinge durch den Kopf. Wovon sollten wir leben, wenn der Ernährer unserer Familie im Gefängnis saß? Bevor wir ausgewandert waren, hatte meine Mutter eine Erklärung unterschreiben müssen, dass sie und ich in den USA keinen Anspruch auf Sozialhilfe stellen würden. Sonst hätte sie Rodney gar nicht heiraten dürfen.

Mom würde nicht nach Deutschland zurückgehen, auch dann nicht, wenn uns das Wasser bis zum Hals stand. Ich würde die Schule sausen lassen müssen und mich nach einem Job umsehen. Aber wie sollte ich das bewerkstelligen? Im Res gab es keine Jobs. Nicht für Indianer, geschweige denn für einen wie mich.

Ich kam mir hilflos vor, jetzt, da Rodney meine Mutter und mich nicht mehr beschützen konnte. Was würden sie mit ihm machen, im Gefängnis? Großvater Joe hatte mir da einiges erzählt, was mich sehr beunruhigte.

Kaum dass ich an den alten Mann dachte, hörte ich auch schon seinen klapprigen Pick-up den Feldweg heraufröcheln. Mom und ich liefen Joe entgegen, und als ich sah, wie herzlich er meine Mutter umarmte, da wuchs in mir die Hoffnung, dass vielleicht doch noch alles gut werden würde.

»Wo ist Rodney?«, fragte Joe.

Mom schüttelte nur weinend den Kopf. In meinem ganzen Leben hatte ich sie nicht so viel weinen sehen wie jetzt.

»Sie haben ihn verhaftet«, sagte ich. »Das FBI hat ihn mitgenommen.«

»Was ist hier eigentlich los? Ich habe kaum verstanden, was du am Telefon gesagt hast.«

»Es ist alles schon vorbei«, klärte ich ihn auf. »Sie haben das Hanffeld abgeerntet und Rodney verhaftet.«

»Das Hanffeld ist . . .«

Ich sah den Kummer in den Augen des alten Mannes und drehte mich weg, weil ich es nicht ertragen konnte.

Joe holte tief Luft und sagte: »Lasst uns nach drinnen gehen und über alles sprechen.«

Da saßen wir nun an unserem Küchentisch, an dem so viel gelacht worden war. Ich erzählte Großvater Joe bis ins Kleinste, was passiert war. Dann berichtete meine Mutter, wen sie bereits informiert hatte und dass Onkel George auf dem Weg zu seinem Anwalt war.

Schließlich erzählte sie Rodneys Vater von ihrer Schwangerschaft. Die Sorgenfalten auf der Stirn des alten Mannes glätteten sich und seine Augen begannen zu leuchten. Er freute sich. Tränen traten in seine Augen.

»Was für eine wunderbare Nachricht an so einem furchtbaren Tag«, sagte er und legte seine große braune Hand auf Moms Hände. »Weiß Rodney es schon?«

Mom schüttelte den Kopf. »Ich weiß es selbst erst seit gestern. Ich wollte es ihm heute sagen.«

»Und das wirst du auch«, tröstete Joe. »Er muss es wissen. Damit er einen Grund hat, durchzuhalten.«

Ich weiß nicht, wie lange wir so saßen, als ein weiteres Auto vor unserem Haus hielt und Tante Alvina mit einem großen Topf Suppe erschien. Danach kamen immer mehr Leute. Sie brachten Essen oder Geld, blieben da oder fuhren wieder. Mom erzählte, Joe erzählte und ich auch. Immer wieder mussten wir berichten, wie sich alles zugetragen hatte.

Wir löffelten Suppe, ich nahm das Geld in Verwahrung und kümmerte mich um das schmutzige Geschirr. An diesem Tag begriff ich, dass das Sprichwort »Geteiltes Leid ist halbes Leid« seine Berechtigung hatte. Für den Augenblick linderte es unsere Furcht, dass so viele Menschen Anteil nahmen an dem, was uns widerfahren war.

Irgendwann tauchte auch Ryan in der Küche auf, mit Tammy und Jaron im Schlepptau. Sie hatten es nach der Schule erfahren und sich gleich auf den Weg zu uns gemacht. Ryan schnappte mich am Arm und zog mich aus der Küche ins Freie. Tammy und Jaron kamen uns nach.

Chip sprang um unsere Beine herum und freute sich, dass Tammy und Jaron da waren.

»Was war nun eigentlich los?«, fragte Ryan und seine schwarzen Augenbrauen zogen sich zusammen wie die Schwingen eines Vogels, der zum Flug ansetzte.

Zum x-ten Mal erzählte ich von den Hubschraubern, den FBI-Beamten mit ihren halbautomatischen Gewehren und den Lastwagen der Drogenbehörde.

»Die ganze Ernte ist weg?«, fragte Ryan mit gepresster Stimme.

Ich nickte und sah, wie er mit den Tränen rang. Er schaffte es, sich zu beherrschen, aber Tammy drehte sich zur Seite und weinte. Dieses Feld war nicht nur Rodneys Hoffnung gewesen. Die Träume vieler hingen daran und wir waren alle betroffen. Als mir das bewusst wurde, wuchs ein dunkler Klumpen Hass in mir, Hass auf jene, die uns das angetan hatten.

»Und was nun?«, fragte ich beklommen.

»Wir sind noch nicht erledigt, oder?«, bemerkte Ryan.

»Nun wird Dad wieder ein Pferd verkaufen müssen«, sagte Tammy. Sie weinte nicht mehr. Doch ihre Stimme klang wie Eis, das bricht. Ein kalter Schauer rann mir den Rücken hinunter.

Jaron legte seiner Schwester den Arm um die Schulter. »Das wird er bestimmt nicht. Ich opfere mein Preisgeld vom Powwow, wenn es in der Haushaltskasse eng wird.«

»Diese verdammten Schweine«, sagte Ryan. Seine Hände waren zu Fäusten geballt. »Sie machen alles kaputt, was wir anfangen. Es genügt ihnen nicht, was sie uns bisher angetan haben, es muss immer und immer weitergehen. Wie ich sie hasse, die *Wasicun*.«

Bei seinem letzten Wort zuckte ich zusammen. Es war wie ein Hieb in den Magen. Ryan hatte es bemerkt und er legte mir eine Hand auf die Schulter. »Ich meine nicht dich, Bruder. Du hast dich längst als einer von uns bewährt. Und mit der Zeit werde ich mich schon noch an dich gewöhnen.«

Er grinste breit und bohrte mir gleichzeitig seine kräftigen Finger in die Schulter. »Wir müssen jetzt zusammenhalten, sonst bricht diese Sache unserer Familie das Genick.«

»Da ist noch was«, sagte ich.

Drei schwarze Augenpaare richteten sich erwartungsvoll auf mich. »Meine Mutter ist schwanger.«

Eine Weile war es schrecklich still. Tammy war die Erste, die lächelte. Ich sah ihre Zahnlücke und mir wurde warm ums Herz. »Na, wenigstens eine gute Nachricht an diesem Tag.«

Ryan war die Kinnlade nach unten geklappt und Jaron schlug ihm auf die Schulter. »Kopf hoch, alter Junge, auf einen kleinen Bruder mehr oder weniger kommt es nun auch nicht mehr an.«

Tammy lachte. Ich umarmte und küsste sie. Es musste sein. Das brauchte ich jetzt. Und sie schien nicht mal was dagegen zu haben.

»He, he, nun mal langsam«, sagte Jaron. »Das heißt nicht, dass ich scharf drauf bin, Onkel zu werden.«

Nun lachten wir alle und ich war mächtig froh. Wir hatten das Lachen wieder gefunden. Es war ein schrecklicher Tag und keines unserer Probleme war verschwunden, nur weil wir lachten. Aber wir würden die nächsten Wochen und Monate meistern, irgendwie. Wir würden uns nicht unterkriegen lassen.

20. Kapitel

Das Wochenende verging wie im Fluge. Dauernd waren Leute da, um ihre Hilfe anzubieten, und manche kamen auch nur, weil sie neugierig waren. Am Montag erschien Tom Eagles Foto von Rodney, meiner Mutter und mir mit erhobenen Händen in fast allen Zeitungen und wurde sogar im lokalen Fernsehsender gezeigt. KILI-Radio sendete die Geschichte mehrmals am Tag, erzählt von Großvater Joe.

Am Nachmittag hielt ein schwarzer Wagen mit verspiegelten Scheiben vor unserem Haus und Rodney stieg aus. Sie hatten ihn gehen lassen, wie Sandy es vorhergesagt hatte. Aber nun drohte ihm ein Gerichtsverfahren, das ihn für zehn Jahre hinter Gitter bringen konnte.

Rodney sah blass aus und hager, als ob er viel länger im Gefängnis gewesen wäre als nur drei Tage. Er umarmte Mom und mich und dann ging er in sein Arbeitszimmer, weil er eine Menge zu erledigen hatte.

Nach dem Abendessen traf ich ihn bei seinen Pferden. Er redete mit Tatanka, so wie ich mit Moon geredet hatte, als ich unglücklich war. Vielleicht waren wir ja gar nicht so verschieden. Auf jeden Fall mochte ich Rodney und ich hatte Achtung vor ihm.

Als er mich kommen sah, kletterte er über den Koppelzaun und wir standen einander gegenüber. »Es tut mir Leid, Oliver«, sagte er.

Ich versuchte in seinen Augen zu lesen, in denen ich großen Kummer sah. »Was tut dir Leid?«

»Dass ich euch in diese Lage gebracht habe, dich und deine Mutter. Ich war immer fest der Überzeugung gewesen, es könnte funktionieren.«

Mir wurde mulmig zu Mute. »Es funktioniert doch, oder?«

Rodney schüttelte den Kopf. »Die Ernte ist vernichtet. Damit wollte ich uns über den Winter bringen. Ich hatte einen festen Abnehmer für den Hanf.«

»Dann müssen wir uns eben etwas anderes einfallen lassen«, sagte ich und wunderte mich selbst, woher meine Worte plötzlich kamen.

»Ist das dein Ernst?« Er musterte mich eindringlich. »Ich dachte immer, du hasst es, hier zu sein.«

Verlegen senkte ich den Kopf und scharrte mit der Schuhspitze im trockenen Gras. »Lange war das so. Und auch jetzt ist das Res für mich nicht unbedingt der Ort, an dem ich gerne leben möchte«, sagte ich. »Aber du lebst hier und wir sind jetzt eine Familie. Also müssen wir versuchen das Beste daraus zu machen.«

»Du machst mir Mut, Junge«, sagte er. »Ich habe nicht mehr zu hoffen gewagt, dass du eines Tages so denken würdest. Es war schwer für dich und ich habe das wohl bemerkt. Ryan hatte seinen Anteil daran.«

»Ryan ist in Ordnung«, sagte ich.

»Er hat dich gequält.«

»Er war verletzt und hatte keinen Grund, mir zu trauen.«

»*Du* bist in Ordnung, Olli.«

Rodney legte seine Arme auf den Koppelzaun und streichelte Tatanka die Nüstern. »Aber wenn ich für lange Zeit ins Gefängnis muss, Olli, was dann? Ich kann nicht von dir und deiner Mutter erwarten, dass ihr euch allein durchschlagt. Schon gar nicht mit einem Baby.« Er seufzte.

»Wir sind ja nicht allein«, entgegnete ich. »Da sind eine Menge Leute, die uns helfen werden. Denkst du, ich habe nicht begriffen, wie das hier läuft?«

Rodney lächelte traurig. »Das stimmt. Meine Familie würde euch niemals im Stich lassen. Aber ich kann von deiner Mutter nicht verlangen, dass sie zehn Jahre auf mich wartet.«

Zehn Jahre, dachte ich. Da würde ich 25 sein. Ich konnte Mom nicht allein hier lassen, also würde sich meine Rückkehr nach Deutschland noch um ein paar Jahre verschieben.

»Ich glaube, diese Entscheidung müssen wir schon ihr selbst überlassen«, sagte ich.

In der Nacht, als ich noch mal auf die Toilette musste, hörte ich Rodney in der Küche weinen. Das hätte ich nie von ihm gedacht. Für mich war er immer der starke Rodney gewesen, den nichts umhauen konnte. Ich hörte, wie er Mom vom Gefängnis erzählte. Er war schon mehrmals drin gewesen, einmal für zwei Jahre.

»Es ist die Hölle«, hörte ich ihn sagen. »Im Knast nehmen sie dir alles, deine Kraft, deine Würde und am Ende auch deine Seele. Ich schaffe das nicht, Susan. Nicht zehn Jahre lang.«

Ich konnte nicht verstehen, was Mom ihm antwortete, aber es hörte sich wie Trost an. Meine Mutter war stark, aber wie stark, das begriff ich erst jetzt. Sie hatte von Anfang an gewusst, dass so etwas passieren konnte, und trotzdem hatte sie Rodney geheiratet.

Ich ging wieder ins Bett und grübelte darüber nach, was wir tun konnten, um zu verhindern, dass Rodney ins Gefängnis kam. Was er brauchte, war ein Anwalt, und zwar ein guter. Aber wer sollte den bezahlen?

Später, es war kurz nach Mitternacht, hörte ich leisen Donner grollen. Das war schon öfter so gewesen, aber meistens hatte sich das Gewitter wieder verzogen und der Regen war ausgeblieben. Diesmal kam die Gewitterfront sehr schnell näher. Es krachte und blitzte und das Weiß der Blitze erhellte mein Zimmer. Dann regnete es in Strömen. Auf diesen Regen hatten alle lange gewartet. Es donnerte wieder und ich dachte daran, was Großvater Joe über den Donnervogel erzählt hatte. Er war ein mächtiges Wesen und ich hoffte, dass dies ein gutes Zeichen war.

Am nächsten Morgen musste ich durch eine Schlammrinne waten, um zur Straße zu kommen. Ricky, Louis und Shauna waren schon da und ich merkte, dass etwas anders war als sonst. Shauna fragte mich ein bisschen aus und Louis und Randy verschonten mich mit ihrem dämlichen Grinsen, weil sie neugierig lauschten, was ich zu erzählen hatte. In der Schule lief dann alles ganz easy, ich konnte es überhaupt nicht fassen. Mit einem Mal kannte mich jeder, wusste, wie ich hieß, woher ich kam und dass Rodney Bad Hand mein Stiefvater war. Die Mädchen steckten auf dem Schulhof die Köpfe zusammen und tuschelten und manchmal passierte es, dass mir jemand freundlich zunickte, als wäre es eine Ehre, mich zu kennen.

In meiner Klasse war das Eis ganz plötzlich gebrochen. Meine Mitschüler umringten mich und fragten mich bis ins kleinste Detail darüber aus, was am Donnerstag auf Rodneys Nutzhanffeld vorgefallen war und was jetzt mit meinem Stiefvater geschehen würde.

Ich erzählte ihnen, dass sie ihn zwar freigelassen hatten, dass ihm aber nun eine lange Haftstrafe drohte, dafür, dass er die Gesetze des Staates South Dakota nicht eingehalten hatte. Die Anteilnahme an unserem Schicksal erstaunte mich und wirkte wie eine ungeheure Kraftquelle.

Auf dem Schulhof warteten Ryan und Tammy auf mich. Ryan war immer noch gefasst darauf, mich beschützen zu müssen, bis ihm klar wurde, dass es nicht mehr notwendig war.

Er legte seine Hand auf meine Schulter und sah eine Weile zu, wie ich auf meinem Pausenbrot herumkaute. Schließlich sagte er: »Du brauchst mich jetzt nicht mehr, oder? Kannst ganz gut auf dich selbst aufpassen.«

»Sieht so aus«, sagte ich. »Tut trotzdem gut, zu wissen, dass du hin und wieder ein Auge auf mich hast.«

Ryan lachte. »Na klar, kleiner Bruder, das werde ich.« Er zwinkerte Tammy zu und schlenderte davon, die Hände in den Hosentaschen und die Schultern leicht nach vorn gebeugt. Es war derselbe Gang, den auch sein Vater und Großvater Joe draufhatten.

Da standen wir nun und Tammy war genauso verlegen wie ich. »Hätte nie gedacht, dass der dich irgendwann akzeptiert«, sagte sie. »Aber du hast es geschafft.«

»Was habe ich geschafft?«, fragte ich und sah ihr dabei in die Augen, damit sie mir nicht ausweichen konnte.

»Du hast dir seine Achtung erarbeitet.«

»Ich habe mir gar nichts erarbeitet«, erwiderte ich.

»Du hättest seinem Vater einiges erzählen können.«

Ich zuckte die Achseln. »Vielleicht bin ich nicht so stark wie Ryan, aber blöd bin ich auch nicht.«

»Stimmt«, sagte Tammy und grinste, dass ihre Zahnlücke zum Vorschein kam.

»Und was würde passieren, wenn ich dich küsse«, fragte ich, »hier, vor all den anderen?«

»Dann würden sie sagen ›Hey, der küsst seine Cousine‹ und würden dich verhauen.«

»Dann wäre ich doch blöd.«

»Stimmt.«

»Aber du bist nicht meine richtige Cousine.«

»Bin ich doch.«

»Bist du nicht.«

Es war das Klingelzeichen, das unsere Diskussion beendete.

Am Samstag sattelte ich Moon und ritt zu Großvater Joe, um ihm zu helfen. Chip durfte mich begleiten und war ganz aus dem Häuschen. Der alte Mann freute sich über meinen Besuch und Chip freute sich über Skippy, die beiden hatten sich längst angefreundet.

Ich hackte Holz für Großvater Joe. Inzwischen konnte ich es besser und außerdem hatte ich festgestellt, dass meine Oberarme Konturen bekamen, weil sie jeden Tag auf irgendeine Weise im Einsatz waren.

Irgendwann hörte ich Joe drinnen telefonieren. Später kam er heraus, setzte sich auf seine Bank und beobachtete mich, Skippy zu seinen Füßen. Gegen Mittag wurde es noch mal richtig heiß. Ich gönnte mir eine Pause und setzte mich zu Joe, der mir ein Glas Zitronenlimonade eingoss.

»Du hast begriffen, worum es geht«, sagte er und ich

wusste, er meinte die Handhabung des Beils, aber gleichzeitig ahnte ich, dass er noch etwas anderes meinte.

»Ich fühle mich gut dabei«, sagte ich.

Er nickte. »Dann ist es in Ordnung.«

Am Nachmittag, wir waren dabei, den Koppelzaun zu reparieren, kam Ryans alter Buick den Hügel herunter. Ich war überrascht, Großvater Joe schien es nicht zu sein.

»Genug für heute«, sagte er zu mir. »Wir haben Besuch.«

Ich wunderte mich noch mehr, als ich nicht nur Ryan, sondern auch Tammy aus dem Wagen steigen sah. Chip begrüßte sie mit übermütigem Gebell und ich beneidete den kleinen Hund darum, dass er seiner Freude so ungehemmt Ausdruck verleihen konnte.

Großvater Joe grinste zufrieden. »Dann mal los, machen wir einen Ausflug.«

Es war später Nachmittag und ich wunderte mich, wo er jetzt noch mit uns hinwollte, zumal sich am Himmel eine dunkle Regenwolke zeigte, die sehr schnell bedrohliche Ausmaße annahm. Und auch wenn das Res mir keine Angst mehr einjagte, vor einem Präriegewitter hatte ich mächtigen Respekt.

Aber meine Bedenken wurden ignoriert. Ich wusch mir noch Hände und Gesicht, dann ging es los. Ryan am Steuer, Joe und Skippy auf dem Beifahrersitz und Tammy, Chip und ich auf der Rückbank.

Ryan fuhr bis zur Schotterstraße, dann sah er seinen Großvater fragend an. Der zeigte nach links und sagte: »Sheep Mountain.«

Wir fuhren in Richtung Sharps Corner, immer verfolgt von der riesigen Wolke, die drohend über uns hing und ab und zu ein paar Tropfen verlor. In Sharps Corner tankte Ryan, dann ging es weiter auf der 27 Richtung Scenic, raus aus dem Reservat.

Kurz hinter der Reservatsgrenze stand ein unscheinbares Schild am Straßenrand mit der Aufschrift »Sheep Mountain Table«. Ryan bog nach links auf eine weiße Schotterpiste und nach einer Viertelmeile waren wir mittendrin im Land der Geister. Die Gewitterwolke hatten wir hinter uns gelassen, aber es war nicht klar, ob sie abziehen oder uns einholen würde.

Wir waren mitten in den Badlands. Keine Farben diesmal, alles war weiß und grau, die Kalktürme, der Boden, sogar der Himmel. Ich fühlte mich wie auf der Hauptstraße einer Geisterstadt. Zwischen den Kalkhügeln weiße Wirbel aus Wind und Lehmteilchen. Merkwürdige Gestalten, die nicht von dieser Welt schienen. Ein kalter Schauer rann mir den Rücken herunter. Ryan fuhr Schritt, sodass wir alles sehen konnten, aber er hielt nicht an, als ob er Angst hätte, dass sein Buick eingekreist werden könnte von den grauen Windwesen, eingekreist und einverleibt.

Niemand sprach, nur Skippy winselte leise und drückte sich in Großvater Joes Schoß. Chip schwieg. Als die Schotterpiste bergan ging, gab Ryan Gas und wenig später war schlagartig alles vorbei. Wir waren oben auf dem Plateau. Keine Gewitterwolke mehr, keine grauen Windgeister. Blauer Himmel und gelbes Gras bis zum Horizont. Eine unendlich weite Ebene erstreckte sich vor uns. Kaum zu glauben, dass wir uns eben noch im Land der Geister befunden hatten.

Ryan fuhr den unbefestigten Weg so zielstrebig, als wolle er heute noch den Horizont erreichen. Bis es nicht mehr weiterging. Wir standen vor einem Abgrund, die Fahrt war zu Ende.

Ich stieg aus und lief die wenigen Schritte bis zum Rand. Vor mir öffnete sich eine tiefe Schlucht, die in ein weites Tal überging. Direkt vor mir und zu beiden Seiten schmal aufragende Türme aus rötlichem Gestein, durchzogen von schier endlosen farbigen Bändern. Eine Märchenwelt orientalischer Türme inmitten der Prärie. In der Talebene gelbgrünes Gras, durchbrochen von ausgedörrten weißen Bachläufen. Ein paar dunkle Sträucher, nur vereinzelt, dann wieder die bizarren Hügel, bis zum Horizont.

Noch nie hat mein Blick so weit gereicht wie an diesem Ort. Das Gefühl, nur die Arme ausbreiten zu müssen, um fliegen zu können, war übermächtig. Wie um mich zurückzuhalten, legte Großvater Joe seine schwere Hand auf meine Schulter. Tammy und Ryan standen neben ihm.

Ich war froh, dass er mich hielt. Tränen füllten meine Augen, aber ich schämte mich nicht dafür. Ich atmete tief ein und dieser Atemzug schien endlos.

»Das ist unser Land«, sagte Joe leise, »auch wenn es nicht zum Reservat gehört.«

Aus den Augenwinkeln heraus sah ich, wie Ryan seine Fäuste ballte.

»Sie haben euch alles weggenommen«, sagte ich. Etwas schnürte mir die Kehle zu.

»So sieht es aus«, sagte Joe. »Aber wir müssen aufhören jeden Tag daran zu denken und die Weißen dafür zu hassen. Sonst gibt es nie ein Ende für diesen Kreislauf aus Schuld und Hass und Hass und Schuld. Ich glaube, es musste so kommen, dass die Weißen sich hier breit gemacht haben, auch wenn wir dagegen gekämpft haben bis zuletzt. Es musste so kommen und jetzt ist alles aus dem Gleichgewicht. Aber auch wenn das so seine Zeit braucht, wir können es wieder finden, das Gleichgewicht. Wenn Indianer und Weiße es wollen, können wir miteinander auskommen.«

Ryan schüttelte unmerklich den Kopf. »Aber wie sollen wir miteinander auskommen, wenn ihnen das alles gehört.« Er machte eine weit greifende Geste.

»Sie glauben bloß, dass es ihnen gehört, mein Junge«, sagte Joe. »In Wahrheit gehören wir dem Land. Und das kann uns keiner nehmen, keiner.«

Ich hörte, wie die Wagentür klappte, und als ich mich umdrehte, sah ich, wie Tammy eine Decke auf der Wiese ausbreitete und einen Picknickkorb darauf stellte. Joe nickte grinsend, klopfte mir auf die Schulter und ging zu Tammy, die, von Skippy und Chip bettelnd umkreist, die beiden Hunde immer wieder von der Decke scheuchte.

Ryan stand neben mir, schweigsam, aber es war kein Groll in diesem Schweigen. »Darf ich dich mal was Persönliches fragen?« Ich schob verlegen die Hände in meine Hosentaschen.

»Schieß los!«, sagte er.

»Du hast den Sonnentanz mitgemacht?«

»Ja. Einmal bisher, kurz bevor du mit deiner Mutter ins Reservat gekommen bist. Es war das erste Mal für mich und nun bin ich verpflichtet, auch in den nächsten drei Jahren daran teilzunehmen.«

Ich traute mich nicht weiterzufragen, aber Ryan konnte meine Gedanken lesen. »Du willst wissen, warum, nicht wahr?«

Ich hob die Schultern.

»Du hast nicht gefragt, das ist gut. Ich will es dir trotzdem sagen. Ich habe ein Fleischopfer dargebracht, in der Hoffnung, dass meine Mutter und mein Vater wieder zusammenkommen.« Er sah mich an und ich senkte den Kopf. »Es sollte nicht sein und irgendwer wird sich etwas dabei gedacht haben.«

»Wenn du das nächste Mal tanzt«, fragte ich und fasste mir erschrocken auf den Mund, weil ich drauf und dran gewesen war, ihn etwas zu fragen, was ich lieber nicht fragen sollte.

Aber Ryan lachte kopfschüttelnd. »Schon gut«, sagte er, »als dein großer Bruder werde ich dir deine Neugier verzeihen. Ich werde für unsere Familie tanzen, die *Tiospaye*. Für das Baby und für den Hanf.«

Ich nickte beruhigt.

»Wenn du willst, kannst du dabei sein, das nächste Mal«, sagte er.

»Was?« Ich sah ihn mit weit aufgerissenen Augen an.

Ryan grinste. »Nicht, was du denkst. Du sollst nicht tanzen. Aber du kannst zusehen und helfen.«

»Okay«, sagte ich und fühlte mich mächtig geehrt.

Ryan sagte: »Danke, kleiner Bruder«, dann ließ er mich stehen und ging zu den anderen.

Ich wollte fragen, wofür, aber dann wusste ich es auch so. Es war ein gutes Gefühl, einen großen Bruder zu haben, noch dazu einen wie Ryan Bad Hand. Ich blickte noch einmal in das Tal, das vor mir lag, versuchte mir vorzustellen, wie sie gelebt hatten, bevor die weißen Siedler gekommen waren und ihr Leben so vollkommen verändert hatten.

Langsam begann ich zu verstehen, was Großvater Joe

meinte, wenn er sagte: »Wir gehören dem Land.« Für die nächsten Jahre würde auch ich zu diesem Land gehören. Vielleicht nicht auf dieselbe Weise, wie sie es taten, aber doch auf meine ureigenste Weise. Ich dachte an das Baby, das in ein paar Monaten geboren werden würde, und dass ich mir keine Sorgen machen musste, weil es in eine *Tiospaye,* in eine Großfamilie hineingeboren wurde, in der einer für den anderen sorgte.

Mein Magen fing an zu knurren, und als ich mich umdrehte zu den anderen, sah ich Tammy mit einem halb angeknabberten Hühnerbein winken. Ich lächelte, als ich ihre Augen sah. Ich war zu Hause. Wer hätte das gedacht. Aber das war erst der Anfang und ein Ende würde es niemals geben.

Antje Babendererde

Julischatten

Sim heißt eigentlich Simona und will um jeden Preis auffallen. Und das tut sie wie ein bunter Hund im Reservat Pine Ridge im Nordwesten der USA, mit ihren merkwürdigen kurzen Haaren, ihren verrückten Klamotten und dem schiefen Lächeln. Doch als sie die unzertrennlichen Freunde Jimi und Lukas kennenlernt, ändert sich etwas für sie. Denn der blinde Lukas zeigt ihr eine ganz neue Sicht auf die Welt und auf sich selbst. Und in den attraktiven Jimi verliebt sie sich Hals über Kopf. Doch die Dinge in Pine Ridge sind nicht so, wie sie scheinen. Während die Ereignisse sich überschlagen, die ihrer dreier Leben für immer verändern sollen, muss Sim erkennen, dass sie sich für einen der beiden Jungen entscheiden muss. Für Lukas oder für Jimi.

Als Hörbuch bei JUMBO
Auch als E-Book erhältlich

480 Seiten • Arena Tschenbuch
ISBN 978-3-401-50514-5
www.arena-verlag.de